W0021408

Der Weihnachts Quilt

JENNIFER CHIAVERINI

Der Weihnachts Quilt

Deutsch von Theresia Übelhör

Weltbild

Meinen Großeltern,
Virginia und Edward Riechmann

Ich schenke euch einfach die weihnachtliche Freude und Hoffnung

– Gerda Bergstrom

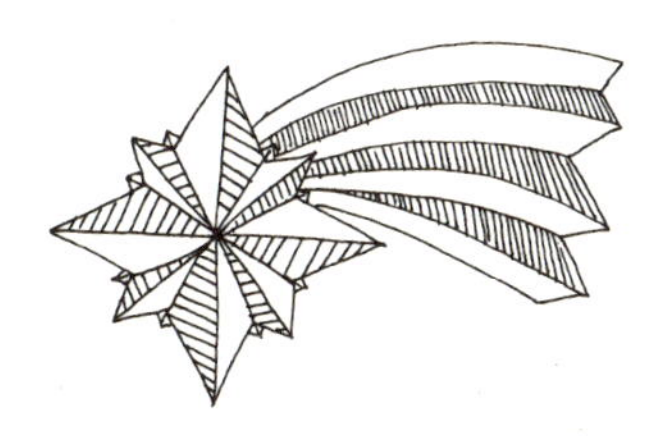

1

Es war ein Wunder, dass in Sylvias Elternhaus, das so mit Erinnerungen angefüllt war, überhaupt noch Platz für Möbel blieb. Als die Dezembertage kälter und die Nächte länger wurden, schienen sich die vergangenen Jahre immer hartnäckiger in die Gegenwart hineinzudrängen – und ärgerten Sylvia Tag und Nacht mit ihrer Beharrlichkeit. Sie stellte sich vor, dass die Geister vergangener Weihnachtsfeste sich in den Fluren versammelten, sich um die Lieblingssessel am Kamin stritten, sich in dem Herrenhaus, das Elm Creek Manor genannt wurde, umsahen und entsetzt die Köpfe schüttelten, weil sie das Haus so sehr hatte verkommen lassen. Sie würde ein kleines Vermögen verdienen, wenn sie von den Geistern Miete verlangen könnte, aber leider hatten diese nur sehnsuchtsvolles Wispern und trauriges Seufzen zu bieten. Nichts würde sie besänftigen können, außer wenn sie das Weihnachtsfest nach Art der Familie Bergstrom feierte – mit allem Drum und Dran und der Einhaltung jeder einzelnen der früher so geliebten Traditionen.

Würde Sylvia mit den Geistern reden – was sie natürlich nicht tat, sie war sechsundsiebzig, aber noch nicht so weit, dass sie in einem leeren Zimmer laut vor sich hin sprach, na, besten Dank! –, dann würde sie sie warnen, dass sie höchstwahrscheinlich enttäuscht würden. So sehr

Sylvia die Weihnachtsfreude ihrer Kindheit vermisste, die Bergstroms waren, bis auf Sylvia, alle gestorben, und mit ihnen waren auch ihre Traditionen verschwunden. Außerdem hatte sich Sylvia fest vorgenommen, dass dies das langweiligste, am wenigsten festliche und ödeste Weihnachtsfest in der Geschichte von Elm Creek Manor werden sollte.

Ihre wesentlich jüngere Freundin Sarah McClure hatte Sylvias Warnung vor einem tristen Weihnachtsfest in ihrem abgelegenen Haus im Herzen Pennsylvanias mit einem Lachen abgetan. »Ich will ja gerade keine Aufregung«, erklärte Sarah, während sie drei Patchwork-Socken zusammennähte, die in der Bibliothek an den Kamin gehängt werden sollten. »Weihnachten bei meiner Mutter, das würde interessant werden, aber aus völlig falschen Gründen.«

Sylvia fasste verärgert den Entschluss, sich intensiv um die Aussöhnung zwischen Sarah und ihrer Mutter zu kümmern. Schließlich hatte Sarah versprochen, sich darum zu bemühen. Vor anderthalb Jahren war Sylvia nach fünfzigjähriger Abwesenheit wieder in Elm Creek Manor eingezogen, da sie nun, nach dem Tod ihrer Schwester Claudia, mit der sie sich zerstritten hatte, die Alleinerbin des Anwesens der Familie Bergstrom war. Sie hatte vorgehabt, es zu verkaufen, doch mit Sarahs Hilfe hatte sie mit ihrer Vergangenheit Frieden geschlossen und festgestellt, dass sie ihr geliebtes Elternhaus nie würde verkaufen können. Doch die Frage blieb, wie wieder Leben und Freude Einzug halten könnten in das Herrenhaus, das viel zu groß war für eine alte, alleinstehende Frau. Sarah hatte eine geniale Lösung vorgeschlagen, die ihre gemeinsame Liebe für das Quilten und ihr Bedürfnis nach Gesellschaft miteinander verband, nämlich aus dem Bergstrom-Anwesen einen Sommertreffpunkt für Quilterinnen zu machen. Während Sylvia und Sarah ihre Geschäftsbeziehung aushandelten, beschloss Sylvia als Wiedergutmachung für alles, was Sarah getan hatte, um Sylvia mit Verwandten zu versöhnen, mit denen sie sich überworfen hatte, eine Klausel anzufügen. Diese sollte Sarah ermutigen, auch ihre eigenen Beziehungen in Ordnung zu bringen.

»Ich verstehe nicht, was für ein Konflikt zwischen dir und deiner Mutter besteht«, hatte Sylvia gesagt, »aber du musst mir versprechen, dass du mit ihr redest und dich ehrlich bemühst, das Problem zu lösen. Sei nicht so dumm und stur wie ich. Lass bloß nicht zu, dass der Groll schwelt und Beziehungen zerstört.«

Auf diese unerwartete Bitte war Sarah eindeutig nicht vorbereitet gewesen. »Ich glaube, du hast keine Ahnung, wie schwierig das wird.«

»Ich gebe gar nicht vor, das zu wissen, aber ich kann es mir vorstellen. Ich erwarte keine Wunder. Ich bitte dich nur darum, aus meinen Fehlern zu lernen und es zu versuchen.«

Sarah hatte mit ihrer Antwort so lange gezögert, dass Sylvia schon befürchtete, sie würde es ablehnen und ihr Vorhaben, das Elm Creek Quilt Camp ins Leben zu rufen, würde scheitern, doch am Ende stimmte Sarah zu. Sylvia nahm sie beim Wort, und gemeinsam machten sich die beiden Frauen daran, Elm Creek Quilts aufzubauen. In diesem ersten Jahr arbeiteten sie so intensiv an der Verwirklichung ihres Traums, dass Sylvia es Sarah verzeihen konnte, wenn sie ihr Versprechen nicht einhielt. Sie waren dermaßen beschäftigt und arbeiteten zusammen mit Sarahs Mann Matt und ihren angestellten talentierten Quilt-Lehrern vierzehn Stunden am Tag oder mehr, sodass Sarah gar keine Zeit hatte, ihre Mutter zu besuchen und ihre Meinungsverschiedenheiten auszuräumen. Aber dann war der Sommer vorüber und der Lehrgang zu Ende, und Sarah tat noch immer nicht mehr, als ihre Mutter jede zweite Woche anzurufen und kurz mit ihr zu plauschen. Als sie ihre Absicht kundtat, das Weihnachtsfest in Elm Creek Manor zu verbringen, wurde Sylvia klar, dass Sarah, wenn sie dies zuließe, die Einlösung ihres Versprechens immer weiter aufschieben würde. Da es nicht infrage kam, ihre Vereinbarung aufzuheben – Elm Creek Quilts hatte Sylvias Leben viel zu sehr bereichert, als dass sie dies aufs Spiel setzen wollte –, musste sie dafür sorgen, dass ihre Bedingung tatsächlich erfüllt wurde.

Sylvia dachte sich, dass keine Zeit geeigneter sei als Weihnachten, um Frieden mit der Familie zu schließen, doch Sarah konnte sich aus hundert Meilen Entfernung schwerlich mit ihrer Mutter aussöhnen. Irgendwie würde Sylvia Sarah überzeugen müssen, dass sie in ihrem Elternhaus ein weit fröhlicheres Weihnachtsfest verbringen würde – zusammen mit ihrer Mutter, die sie liebte, auch wenn sie mit ihr nicht gut auskam. Leider biss Sarah nicht an. Anstatt sich nach glücklicheren Feiertagen an einem anderen Ort zu sehnen, war sie entschlossen, Sylvia, ob sie es wollte oder nicht, ein fröhliches Fest aufzudrängen.

Wäre es nach Sylvia gegangen, dann hätte sie das Weihnachtsfest genauso begangen, wie sie es getan hatte, seit sie vom elterlichen Anwesen in ein bescheidenes Haus in Sewickley, Pennsylvania, gezogen war: Gottesdienstbesuch am Morgen, dann ein Weihnachtskonzert im Radio und schließlich vielleicht ein Abendessen im Haus einer hartnäckigen Freundin, die sich weigerte,

Sylvias wiederholte Zusicherung zu akzeptieren, dass es ihr nichts ausmache, die Feiertage allein zu verbringen. Das hatte ihr immer ausgereicht, und sie war am 27. Dezember jedes Mal aufgewacht und erleichtert gewesen, dass sie wieder ein Weihnachtsfest ohne Tamtam, ohne allzu viele wehmütige Erinnerungen an längst vergangene Festtage hinter sich gebracht hatte. Aber aus der Ferne war es viel einfacher gewesen, das Raunen der Erinnerungen zu ignorieren. Nun, da sie nach Hause zurückgekehrt war, ertappte sie sich dabei, dass sie sich danach sehnte, ihren Lockungen zu folgen. Und hätte sie es nicht besser gewusst, dann hätte sie womöglich Verdacht geschöpft, dass Sarah Bescheid wusste, wie verlockend für sie die Versuchung war, klein beizugeben, denn Sarah bemühte sich allzu häufig, sie zur Aufgabe ihrer Pläne für ein langweiliges Weihnachtsfest zu überreden.

»Sylvia?«, rief Sarah aus der Diele und erschien Sekunden später in der Tür zur Küche, in der Sylvia sich gerade eine Tasse Tee machte. »Störe ich?«

Sylvia tat Honig in ihren Tee. »Ich war gerade im Begriff, es mir mit einem guten Buch gemütlich zu machen.«

»Dann hast du ja Zeit und kannst mir helfen, den Weihnachtsschmuck zu suchen.«

»Ich habe dir schon gesagt, wo du danach suchen sollst.« Sylvia trug ihre Tasse ins Wohnzimmer im Westflügel, in dem sie sich am liebsten niederließ, um zu lesen oder zu quilten. Sonnenstrahlen fluteten durch die wegen der Kälte fest geschlossenen Fenster herein. Durch die kahlen Äste der stattlichen Ulmen erhaschte sie einen Blick auf die leuchtend rote Scheune auf der anderen Seite des Baches, des Elm Creek, der wie ein blaugrauer Schnitt durch die weiße Schneedecke aussah.

»Du hast mir gesagt, dass der Weihnachtsschmuck auf dem Speicher ist. Wenn du keine genaueren Angaben machen kannst, wird es Ostern sein, bis ich ihn finde.«
Sylvia zuckte mit den Schultern, nahm ihr Buch zur Hand, das aufgeschlagen auf ihrem Sessel lag, und setzte sich. »Vielleicht solltest du es also gleich bleiben lassen.«
»Ehrlich, Sylvia!«, empörte sich Sarah. »Jetzt ist Heiligabend. Wenn wir heute Vormittag nicht dekorieren, dann können wir es gleich sein lassen.«
»Du hast recht. Warum verzichten wir dieses Jahr nicht einfach auf den Weihnachtsschmuck? In ein paar Tagen müssen wir sowieso alles wieder wegräumen. Das scheint kaum der Mühe wert zu sein.«
Sarah starrte sie ungläubig an. »Ich habe ja schon fast erwartet, dass du das mit einem ›Quatsch, alles Humbug!‹ abtust.«
Sylvia setzte sich die Brille auf, die sie an einer dünnen Silberkette um den Hals hängen hatte. »Na, besten Dank, ich bin weder geizig noch eine Spielverderberin, aber ich habe schon bevor du geboren wurdest aufgehört, Weihnachten groß zu feiern. Ich habe dich immer wieder gewarnt. Wenn du die Feiertage festlicher hättest verbringen wollen, dann hättest du die Einladung deiner Mutter annehmen sollen. Ich kann mir vorstellen, dass sie das Haus prächtig geschmückt hat.«
Sarah runzelte die Stirn, wie sie es gewöhnlich tat, wenn Sylvia auf ihre Mutter zu sprechen kam. »Meine Mutter hat mich eingeladen, meinen Mann aber nicht.«
»Tatsächlich? Ich war davon ausgegangen, dass dein Mann automatisch mit eingeschlossen ist. Das sind die Ehemänner bei solchen Anlässen in der Regel.«
»Du kennst meine Mutter eben nicht, sonst würdest du nicht davon ausgehen, dass Matt inbegriffen ist – es sei

denn, sie sagt es ausdrücklich. Sie hofft noch immer, dass unsere Hochzeit ein böser Traum war und sie eines Morgens aufwacht und feststellt, dass ich mit meinem Freund vom ersten Schuljahr an der Penn State Highschool verlobt bin.«

Sylvia war ganz sicher, dass Sarah übertrieb. Matthew war ein netter junger Mann, und Sylvia konnte sich nicht vorstellen, dass Sarahs Mutter so entschieden gegen ihre Ehe sein konnte, wie Sarah behauptete. »Aber was ist mit eurer Übereinkunft, abwechselnd deine und Matthews Familie zu besuchen? Da ihr letztes Weihnachten bei seinem Vater verbracht habt, konnte deine Mutter sehr wohl davon ausgehen, dass ihr sie dieses Jahr besuchen kommt.«

»Das hätten wir tun können.« Sarah setzte sich Sylvia gegenüber in einen Sessel. »Aber wir wollten an Weihnachten hier sein, bei dir.«

»Weihnachten ist ein Fest der Familie.«

»Du weißt, dass du für uns wie ein Familienmitglied bist. Elm Creek Manor ist inzwischen unser Zuhause. Wir würden den Gedanken nicht ertragen, dich an Weihnachten in diesem großen Haus ganz allein zu lassen.«

Sylvia tat so, als sei ihr das gleichgültig, und blätterte eine Seite in ihrem Buch um, obwohl sie kein einziges Wort gelesen hatte. »Schieb eure Entscheidung nicht mir in die Schuhe. Ich bin letztes Jahr gut zurechtgekommen.«

»Wenn wir gewusst hätten, dass du hier ganz allein bist, dann wären wir geblieben. Du hast uns gesagt, du würdest Agnes am Weihnachtsabend zum Essen einladen.«

»Meine Schwägerin war verreist, sie hat eine ihrer Töchter besucht.«

»Ja, und das hast du seit Thanksgiving gewusst, aber

darauf verzichtet, es uns zu sagen. Würdest du bitte das Buch weglegen und mit mir reden?«
Sylvia steckte den Zeigefinger zwischen die betreffenden Seiten ihres Buches, klappte es zu und blickte Sarah über den Rand ihrer Brille an. »Na schön, junge Dame. Ich höre.«
Sarah betrachtete sie genervt, aber voll Zuneigung. »Du sagst uns dauernd, dass wir, wenn Matt und ich uns ein festliches Weihnachten wünschen, anderswo hätten feiern sollen. Ich verstehe nicht, warum wir nicht hier, mit dir zusammen, ein fröhliches Weihnachtsfest feiern können.«
Insgeheim räumte Sylvia ein, dass Sarah allen Grund hatte, verwirrt zu sein. Schließlich hatten sie beide so viel zu feiern: Sylvias Rückkehr auf das Familienanwesen, das erfolgreiche erste Jahr des Elm Creek Quilt Camp, neue Freundschaften und eine verheißungsvolle Zukunft. Wenn jemand Grund hatte, herumzutanzen und »Frohe Weihnachten« zu sagen, dann Sylvia.
Sie hätte wissen müssen, dass Sarah zu scharfsinnig war, um auf ihre plumpe List hereinzufallen, aber sie war noch nicht bereit, aufzugeben.
»Ich bin zu alt für dieses Tamtam«, erklärte sie. »Weihnachten ist etwas für Kinder.«
Von Sarahs Miene konnte sie ablesen, dass es ihr nicht gelungen war, der Begeisterung ihrer jungen Freundin einen Dämpfer aufzusetzen. »Dann ein Hoch auf die Kindheit!«, rief Sarah aus. Sylvia seufzte und schlug ihr Buch wieder auf, aber Sarah streckte die Hand aus und klappte es wieder zu. »Es muss doch ein paar Weihnachtsbräuche der Familie Bergstrom geben, die du gern wieder aufleben lassen würdest.«
Das stimmte: Die Bergstroms hatten über viele Genera-

tionen zahlreiche schöne Weihnachtstraditionen weitergegeben. In der Woche vor Weihnachten schufteten die besten Köchinnen der Familie in der Küche und zauberten die herrlichsten Köstlichkeiten hervor – Plätzchen und Lebkuchen und einen Strudel nach dem geheimen Rezept der Schwester ihres Urgroßvaters. Elm Creek Manor war einst um die Weihnachtszeit vom herrlichen Duft nach Gewürzen und Plätzchen erfüllt gewesen, der sich mit dem Geruch von Tannennadeln, Stechpalmen und Zimt vermischte. Jedes Familienmitglied half, die Treppen und Kaminsimse mit frisch geschnittenen Tannenzweigen zu schmücken, und das Paar, das zuletzt geheiratet hatte, durfte den Christbaum der Familie aussuchen. Der Weihnachtsbaum wurde vor dem Bau des Südflügels immer im Wohnzimmer aufgestellt, später zierte er jedoch den Ballsaal. Der Baum wurde mit den über drei Generationen hinweg angesammelten Schätzen geschmückt – Keramikfigürchen aus Deutschland, funkelnde Kristallprismen aus New York, geschnitzte Holzengel mit wollenen Haaren aus Italien. Der Lieblingsschmuck der Kinder war ein achtzackiger Glasstern. Seine roten Zacken mit den goldenen Spitzen glänzten im Kerzenschein und warfen leuchtende Farbblitze vom Boden an die Decke. An Heiligabend versteckte einer der Erwachsenen den Stern irgendwo im großen Haus und ließ die Kinder dann suchen. Das Kind, das das Glück hatte, den Stern zu entdecken, erhielt einen Preis – ein kleines Spielzeug oder eine Tüte mit Süßigkeiten – und wurde in die Höhe gehoben, um den Stern höchstpersönlich an die Baumspitze zu hängen. Zwei Mal hatte Sylvia den Stern entdeckt, aber nachdem ihr kleiner Bruder laufen gelernt hatte, hatte sie ihn den Stern immer finden lassen. Ihre Schwester hatte

ihn nie ohne die Hilfe eines lieben Onkels entdeckt, der ihr einen Tipp ins Ohr flüsterte.
Natürlich gab es so vieles mehr – Erinnerungen an Gottesdienste, Musik, Geschichten, Freunde und Lachen stürmten auf sie ein. Ja, die Bergstroms hatten viele wunderbare Weihnachtsbräuche gepflegt, aber Sylvia glaubte nicht, es ertragen zu können, wenn sie durch wohlmeinende junge Leute wieder zum Leben erweckt wurden, die deren Bedeutung gar nicht wirklich verstehen konnten, vor allem, wenn das bedeutete, dass Sarah ihren Weihnachtsbesuch bei ihrer Mutter um ein weiteres Jahr verschob.
Von Sylvias Schweigen ungerührt, fuhr Sarah fort: »Man kann doch gar nicht zu alt dafür sein, sich zurückzulehnen und sich am Weihnachtsschmuck zu erfreuen.«
Sylvia seufzte. Es hatte wohl keinen Zweck, sie davon abzuhalten. »Natürlich nicht.«
Sarah ergriff ihre Hände. »Dann leiste mir auf dem Speicher Gesellschaft, während ich nach dem Schmuck suche. Wir müssen ein paar Stechpalmenzweige mit Lametta aufhängen, sonst meint der Weihnachtsmann noch, wir hätten ihn vergessen.«

Sarah bestand darauf, dass Sylvia vor ihr die schmalen, knarrenden Stufen zum Speicher hinaufstieg – denn so konnte sie sie auffangen, falls sie stolpern sollte, mutmaßte Sylvia. Sie fröstelte in der eisigen Dunkelheit, als Sarah an ihr vorbei in die Mitte des Raumes ging. Sie zog an der Kordel, und das fahle Licht der einsamen kahlen Glühbirne beleuchtete einen Kreis auf den Bodenbrettern. Übereinandergestapelte Koffer und Kartons sowie alte Möbel warfen dunkle Schatten in die Ecken, die das Licht nicht mehr erreichte.

Zu Sylvias Rechten lag der ältere Westflügel des Herrenhauses, das ursprüngliche Haus der Familie Bergstrom, das Mitte des neunzehnten Jahrhunderts von den ersten aus Deutschland nach Amerika ausgewanderten Bergstroms errichtet worden war. Direkt vor ihr erstreckte sich der Südflügel, der angebaut worden war, als ihr Vater ein kleiner Junge war. Im Speicher waren die Stellen, die das ursprüngliche Haus und den Anbau miteinander verbanden, deutlicher zu sehen als in den unteren drei Stockwerken, weil hier die Farbe der Wände ein klein wenig anders und der Boden nicht ganz eben waren. Diese Tatsache war jedoch kaum zu erkennen, da die Habe von vier Generationen ihrer Familie so gut wie jeden Quadratzentimeter des Bodens bedeckte.

Sarah blickte sich zufrieden im Speicher um; wahrscheinlich beglückwünschte sie sich, dass es ihr endlich gelungen war, Sylvia hier heraufzulocken. »Nun? Wo sollen wir anfangen?«

Sylvia hatte keinen Schimmer. Seit ihrer Rückkehr aus dem selbst auferlegten Exil war sie so selten wie nur möglich auf den Speicher hinaufgestiegen. Sie hatte seit mehr als fünfzig Jahren nicht mehr nach den Schachteln mit dem Weihnachtsschmuck gesucht.

»Dort drüben, glaube ich«, sagte Sylvia zu Sarah und deutete in die Richtung, wo sie zwei Truhen, eine grüne und eine blaue, und eine feste Schachtel vermutete. Zuerst stand sie nur da und ließ Sarah stöbern, aber bald kam sie sich dumm und albern vor, weil sie untätig herumstand, deshalb beteiligte sie sich an der Suche.

»Ich glaube, ich habe etwas gefunden«, rief Sarah von der anderen Seite der Falltür. Sylvia beobachtete, wie sie eine lange rechteckige Schachtel hervorzog und ihr dabei die gewellten braunen Haare ins Gesicht fielen. Auf der mit einem Wald grüner Tannen verzierten Schachtel stand in roter Tinte: »Festlicher Weihnachtsbaum.« Ein kleinerer schwarzer Aufdruck identifizierte das Produkt als »Evergleam. Made in Manitowoc, Wisconsin, USA.«

»Die habe ich noch nie gesehen«, sagte Sylvia, die sich ihre staubigen Hände abwischte und näher kam, um sie sich genauer anzuschauen. Sarah machte die Schachtel auf der einen Seite auf, fasste hinein und zog mit einiger Mühe das heraus, was allem Anschein nach eine Handvoll Holzspäne war, die wie Alufolie glänzten.

»Das ist einer dieser Christbäume aus Aluminium«, stellte Sarah erfreut fest. »Meine Großmutter hatte so einen.«

»Meine nicht«, antwortete Sylvia trocken, die sich vorstellte, wie die Mutter ihres Vaters schon allein bei dem Gedanken daran zurückgeschreckt wäre. »Das muss eine von Claudias neueren Anschaffungen sein. Er entspricht ihrem Geschmack.«

»Ach, sei doch nicht so streng mit ihr. Diese Bäume waren mal ganz groß in Mode.« Sylvia zog, bis noch mehr von dem abscheulichen Alubaum zum Vorschein kam.

»Pff. Wenn du meinst.«

»Würde es dir etwas ausmachen, wenn ich ihn in meinem Zimmer aufstelle?«

»Wenn dein Mann den Anblick ertragen kann, kannst du tun, wie dir beliebt.« Schnell fügte Sylvia hinzu: »Solange du mir versprichst, dass er mir nicht unter die Augen kommt.«

»Ich frage mich, ob diese rotierenden bunten Lichter nicht dazugehört haben, die meine Großmutter hatte.« Sarah verschwand hinter einem alten Schrank, und statt ihrer Stimme war zunächst nur zu hören, wie Schachteln über den Boden schrammten. »Wart mal eine Minute. Sylvia? Was hast du gesagt, welche Farbe haben die Truhen?«

»Eine war blau, die andere grün.« Sylvia bahnte sich den Weg durch das Durcheinander, um zu Sarah zu gelangen, die gerade ein mit Farbe bekleckertes Tuch von einer staubigen grünen Truhe mit Messingbeschlägen zog. »Du meine Güte! Du hast sie gefunden.«

»Da ist die andere«, sagte Sarah, die Sylvia triumphierend anstrahlte und die Hand auf eine blaue Truhe legte. »Die Schachtel muss ganz in der Nähe sein.«

»Ist anzunehmen. Dort«, sagte Sylvia. Sie konnte es sich nicht verkneifen, aber sie freute sich, die Sachen wiederzusehen. Claudia hatte in Sylvias Abwesenheit so viele Dinge verscherbelt, dass sie schon mit der Möglichkeit gerechnet hatte, die Truhen hier im Speicher nicht mehr zu finden. Wahrscheinlich hatte der alte Weihnachtsschmuck der Bergstroms lediglich sentimentalen Wert, aber Sylvia traute Claudia durchaus zu, dass sie sich für ein bisschen Kleingeld davon getrennt hatte.

Sie versuchte, Sarah zu überreden, auf die Rückkehr ihres Mannes zu warten, damit er ihnen die Truhen und die Schachtel hinuntertrage, aber Sarah bestand darauf, es selbst zu tun. Sarah musste vier Mal hinaufsteigen, aber sie schaffte es schließlich, und Sylvia hatte kaum mehr getan, als angstvoll Anweisungen zu bellen, wenn ihre junge Freundin im Begriff zu sein schien, die Treppe hinunterzustolpern. Nachdem alles drei Stockwerke tiefer in die Eingangshalle gebracht war, hielt Sarah kaum inne, um Atem zu schöpfen, dann klappte sie schon den Deckel der blauen Truhe auf. Sylvia spähte ängstlich hinein, weil sie sich fragte, ob ihre Schwester die Familienerbstücke durch dünne Aluminiumsachen ersetzt hatte, aber als sie die grünrot karierte Tischdecke und eine Girlande aus goldenen Perlen sah, entspannte sie sich. Ein vertrauter Schatz nach dem anderen – von ihrem

Großvater geschnitzte hölzerne Krippenfiguren, acht mit Namen versehene Weihnachtsstrümpfe, ein Porzellanengel, der in ein Messinghorn bläst, und der Familienschmuck für den Christbaum – tauchte aus der Truhe auf und sah noch genauso aus wie damals, als sie ihn zum letzten Mal weggeräumt hatte, als sei er seit mehr als fünfzig Jahren unberührt geblieben.

War es möglich, dass ihre Schwester die Schachteln in all diesen Jahren nie geöffnet hatte?

Als sich Sarah der zweiten Truhe zuwandte, setzte sich Sylvia neben sie auf den Boden und bewunderte jedes Stück, das Sarah ihr reichte. Den Nussknacker ihres Bruders mit der leuchtend roten Soldatenuniform, ein Schwert in der Hand. Die hölzerne Spieluhr in Form eines mit Spielsachen beladenen Schlittens, die »God Rest Ye Merry, Gentlemen« spielte, wenn man sie mit dem Schlüssel aufzog. Die Papierengel, die sie und Claudia in der Sonntagsschule gebastelt hatten. Ein Kranz aus Tannenzapfen, die sie einst zusammen mit ihrer Mutter in dem Wald gesammelt hatte, der den Elm Creek säumte. Die Erinnerung an jenen Nachmittag, an dem es geschneit hatte, überwältigte sie – das Lachen ihrer Mutter, die frische Winterluft, die ihr wie Nadeln in die Wangen stach –, und sie umklammerte den Kranz so fest, dass unter ihren Fingern spröde Stückchen abbrachen.

Sie schnappte nach Luft und legte den Kranz auf den Boden. Sarah warf ihr über die Schulter einen Blick zu, und ihr Gesichtsausdruck war sehr besorgt. »Ist alles in Ordnung?«

»Mir geht es gut.« Sylvia veränderte ihre Sitzposition auf dem Boden, damit Sarah glaubte, es sei eher die unbequeme Haltung als Wehmut gewesen, die sie aus der Fassung gebracht hatte. Sie zwang sich, ein Lächeln auf-

zusetzen. »Nun. Du hast jetzt wohl genügend Weihnachtsschmuck, meinst du nicht auch?«
»Genug für das ganze Haus, aber bevor ich mich an die Arbeit mache, möchte ich noch sehen, was in diesen beiden Schachteln da ist.«
»Zwei?« Sylvia schaute nach, und tatsächlich, zwei Kartons lagen direkt hinter den Truhen auf dem Marmorboden. »Du meine Güte. Hätte ich besser aufgepasst, dann hättest du dir den letzten Gang hinauf sparen können. Ich habe gesagt: zwei Truhen und eine Schachtel, erinnerst du dich?«
Sarah zuckte mit den Schultern und wandte ihre Aufmerksamkeit wieder dem Inhalt der grünen Truhe zu. »Ich weiß, aber ich habe hineingespäht und weihnachtliche Farben gesehen, deshalb habe ich beide heruntergeholt. Vielleicht hat Claudia die Sammlung ja vergrößert, während du fort warst.«
Nach dem Metallbaum zu urteilen, den ihre Schwester gekauft hatte, hoffte Sylvia inständig, dies möge nicht der Fall sein. Sie ging zu dem Karton, der ihr am nächsten stand, und klappte ihn auf. Darin entdeckte sie weiteren vertrauten Weihnachtsschmuck – Kerzenleuchter, Porzellantassen und Untertassen, die mit Stechpalmblättern und -beeren verziert waren, die lustige Plätzchendose in Form eines Weihnachtsmanns, in der Großtante Lucinda immer vom Nikolaustag bis zum Fest der Heiligen Drei Könige Lebkuchen, Anisplätzchen und Zimtsterne aufbewahrt hatte. Sylvia kramte den Karton durch, und jede neue Entdeckung rief lange ignorierte Erinnerungen wach, sodass sie kaum weitermachen konnte. Als sie fertig war, betrachtete sie die Dinge, die Sarah aus den Truhen geholt und auf den Boden gelegt hatte. Bis auf den rotgoldenen Stern für die Baumspitze, der schon lange

verlorengegangen war, schien nichts zu fehlen – was konnte also in der letzten Schachtel sein?
»Vielleicht solltest du sie lieber aufmachen«, sagte Sylvia, die von der Aussicht, auf einen weiteren schrillen Neuerwerb ihrer Schwester zu stoßen, alles andere als begeistert war.
Sarah wischte sich ihre staubigen Hände ab und öffnete den letzten Karton. »Gute Nachrichten. Ich habe dir ja gleich gesagt, dass ich keinen unnötigen Gang in den Speicher gemacht habe. Es ist wieder Weihnachtszeug.«
»Und worin besteht die schlechte Nachricht?«
»Es gibt keine schlechte Nachricht. Komm und schau selbst.« Sarah grinste über ihre Schulter zu Sylvia hinüber und amüsierte sich über deren Misstrauen. »Ich bin sicher, es gefällt dir. Es ist aus Stoff, nicht aus Alufolie.«
Ganz schwach meinte sich Sylvia zu erinnern, aber sobald sie in den Karton spähte, traf sie die Erinnerung mit der Wucht eines kräftigen Hiebes. »O du lieber Himmel!«
»Was ist los?«
Überwältigt von dem Gefühl, eine Entdeckung gemacht und zugleich einen Verlust erlebt zu haben, sank Sylvia neben der Schachtel auf die Knie. Sie hatte den Weihnachtsquilt nie vergessen, aber sie hatte auch nicht erwartet, ihn je wiederzusehen. Großtante Lucinda hatte ihn begonnen, als Sylvia noch ganz klein war, und eine Reihe von Bergstrom-Frauen hatten an dem unfertigen Quilt gearbeitet, darunter auch Sylvia selbst. Soweit sie es nach dem gefalteten Bündel aus Patchwork und Applikationen beurteilen konnte, war daran kein einziger Stich mehr gemacht worden, nachdem sie zuletzt daran gearbeitet hatte. Und doch war jeder komplizierte Block mit Feathered Stars, jeder fein applizierte Stechpalmenzweig mit Beeren so ordentlich zusammengelegt worden,

als sei eine sorgfältige Quilterin fest entschlossen gewesen, ihr Meisterwerk fertigzustellen. Selbst die Stoffreste waren ordentlich nach Farben sortiert – hier die grünen, dort die roten, goldenen und cremefarbenen, jeweils auf einem Stapel. Der Weihnachtsquilt war zur Seite gelegt, aber nicht aufgegeben worden.

Hatte Claudia vorgehabt, ihn eines Tages doch fertigzustellen, aber herausgefunden, dass er zu viele schmerzliche Erinnerungen heraufbeschwor? Sie hatte keine Kinder, deshalb konnte sie nicht davon ausgehen, dass ein Mitglied der nächsten Generation ihn fertigstellen würde, so wie ihre Großtante und Mutter es jeweils getan hatten. Ganz sicher hatte sie den Quilt nicht für Sylvias Rückkehr aufbewahrt.

Wie viele Weihnachtsfeste hatte ihre Schwester allein und sehnsüchtig in Elm Creek Manor verbracht, verfolgt von Erinnerungen an längst vergangene fröhlichere Tage?

»Sylvia?« Besorgt berührte Sarah Sylvias Hand. »Was ist los?«

»Ach, du weißt, wie es mir jedes Mal geht, wenn du darauf bestehst, in diesem alten Haus herumzustöbern.« Sylvia tätschelte Sarah die Hand und seufzte. Für Sarah war es ein großer Spaß, eine Reise in die Vergangenheit, in die Geschichte von Elm Creek Manor. Für Sylvia war es etwas ganz anderes. »Immer wenn wir auf irgendein altes Relikt aus der Geschichte der Familie Bergstrom stoßen, werde ich daran erinnert, wie sehr ich in den Augen meiner Vorfahren versagt habe, weil ich fortgegangen bin und zugelassen habe, dass alles, was sie ihr Leben lang aufgebaut haben, kaputtgeht.«

»Du bist zwar fortgegangen, aber wieder zurückgekommen«, erinnerte Sarah sie, wie sie es jedes Mal tat. »Elm

Creek Manor steht noch immer, und du hast es mit neuem Leben erfüllt. Deine Familie wäre stolz auf dich.«
»Überrascht, das schon, aber stolz?« Sylvia schüttelte den Kopf. »Da bin ich mir nicht so sicher.«
Sarah lächelte, weil sie sie bestens verstand. »Zugegeben, sie hätten sich das Herrenhaus wahrscheinlich nie als Treffpunkt für Quilterinnen vorstellen können, aber alles, was du mir von ihnen erzählt hast, lässt den Schluss zu, dass sie Kunst und Bildung und Gemeinschaft geschätzt haben. Und ist es nicht genau das, wofür Elm Creek Quilts heute steht?«
Sylvia überlegte. »Vielleicht hast du recht.«
»Ich weiß, dass ich recht habe.« Sarah griff in die Schachtel und zog ein zusammengefaltetes Patchworkbündel heraus. »Du hast einen seit Langem verschollenen Weihnachtsquilt nie erwähnt.« Sie faltete den Stoff auseinander und stellte fest, dass sie anstelle einer fertigen Quiltoberfläche nur einen Streifen Blockhausquadrate in der Hand hielt, der zusammengenäht und um einen kleinen Stapel weiterer Blöcke gewickelt war. »Ach. Das ist ein UFO.«
»Das ist tatsächlich ein UnFertiges Objekt, und soll es auch bleiben.« Sylvia holte das nächste sorgfältig zusammengefaltete Bündel heraus und spürte einen schmerzhaften Stich ins Herz, als sie die Handarbeit ihrer Mutter erkannte, die perfekten Applikationsstiche, für die sie berühmt gewesen war. »Meine Großtante Lucinda hat diesen Quilt vor meiner Geburt begonnen. Er ist zu einer Art Familienspaß geworden. Jeden November hat sie ihn aus ihrem Nähkorb geholt und erklärt, dass sie ihn im kommenden Jahr ganz bestimmt rechtzeitig vor Weihnachten fertigstellen würde. Das hat sie natürlich nie getan, und sobald die Feiertage vorüber waren, hat sie

das Interesse daran verloren und ihn weggeräumt. Ich kann sie gut verstehen: Wer denkt im April schon an Weihnachtsprojekte? Aber in jedem Fall ist sie um Thanksgiving herum wieder in Weihnachtsstimmung gekommen und hat da weitergemacht, wo sie aufgehört hatte.« Sylvia nickte in Richtung eines kleinen Stapels grüner und roter Feathered-Star-Blöcke, die Sarah gerade aus der Schachtel nahm. »Die hat sie gemacht. Ihr ursprünglicher Entwurf hat, wenn ich mich recht erinnere, zwanzig davon umfasst, aber ich glaube kaum, dass sie mehr als sechs gemacht hat.«

»Und dann ist sie zu Variable Stars übergegangen?«, mutmaßte Sarah, die in die Schachtel spähte.

»Um Himmels willen, nein. Lucinda wäre niemals zu etwas so Einfachem übergegangen, nachdem sie viele Jahre diesen Feathered Stars gewidmet hat.« Naserümpfend ignorierte Sylvia die noch in der Schachtel liegenden Blöcke. »Claudia hat diese Variable Stars zusammengenäht, als sie die Fertigstellung des Quilts in Angriff genommen hat. Aber bevor meine Schwester hier tätig wurde, hat meine Mutter diese Stechpalmenapplikationen genäht.« Sylvia konnte sich nur allzu gut an den Tag erinnern, an dem ihre Mutter den Quilt zur Seite gelegt hatte – und an den Grund dafür. Jahre später hatte Sylvia versucht, das fertigzustellen, was die anderen Frauen ihrer Familie begonnen hatten, und war fälschlicherweise davon ausgegangen, dass ihre Blockhausquadrate die unterschiedlichen Teile zu einer Einheit verbinden würden. »Es tut mir leid, aber was du da siehst, sind nicht mehr als gute Absichten, die unerfüllt geblieben sind.«

Sarah betrachtete die verschiedenen Abschnitte des Quilts. »Wir könnten ihn fertig machen.«

Sylvia platzte mit einem Lachen heraus. »Das glaube ich kaum.«
»Warum nicht? Wir haben zusammen schon andere Quilts fertiggestellt. Meinen Sampler, den Erinnerungsquilt, den Claudia und Agnes aus den Kleidern deines Mannes genäht haben ...«
»Das ist etwas anderes. Diese Quilts wurden aus bestimmten Anlässen in Angriff genommen.«
»Dieser hier etwa nicht?«
»Na ja ...« Sylvia suchte nach einer Ausrede. »Wir werden keine Zeit zum Quilten haben, meine Liebe. Hast du das etwa vergessen? Wir müssen den Weihnachtsschmuck aufhängen.«
Sarah sah sie skeptisch an. »Es ist keine zwanzig Minuten her, da hast du noch darauf bestanden, dass es keinen Zweck hat, das Haus weihnachtlich zu schmücken, und jetzt ist es wichtiger, als an diesem Quilt zu arbeiten?«
»Ich vermute, dass ich mich deiner Meinung angeschlossen habe. Ich glaube, du unterschätzt, wie lange es dauert, ein so großes Haus zu dekorieren. Außerdem müssen wir das Weihnachtsessen vorbereiten, dann morgen früh in die Kirche gehen, und ich habe Geschenke für dich und Matthew. Du wirst feststellen, dass Weihnachten vorbei ist, bis wir uns an den Quilt machen können, und dann wirst du genau wie meine Großtante Lucinda keine Lust mehr haben, daran zu arbeiten.«
»Dann spricht alles dafür, jetzt daranzugehen, während ich noch richtig in Weihnachtsstimmung bin.«
Sylvia deutete auf die Truhen, die Kartons und den Weihnachtsschmuck, den Sarah auf dem Boden verteilt hatte. »Du hast, nachdem du diese schweren Truhen vom Speicher heruntergeschleppt hast, also vor, die Halle in diesem Zustand zu lassen?«

Schuldbewusst betrachtete Sarah das Durcheinander.
»Ich denke, ich sollte zuerst lieber aufräumen.«
»Darum kann ich mich kümmern, wenn du Zeit zum Packen brauchst ...«
»Sylvia, zum allerletzten Mal: Ich fahre über Weihnachten nicht zu meiner Mutter.«
»Na schön, aber erwarte nicht von mir, dass ich dir bei diesem Quilt helfe, wo wir doch beide wissen, dass du eigentlich mit dem Auto unterwegs nach Uniontown sein solltest«, sagte Sylvia, die allmählich die Geduld verlor. Sie wusste, dass Sarah Sylvias Pläne in dem Augenblick durchkreuzt hatte, in dem sie beschloss, diesen Quilt fertigzustellen. Und die Zeit wurde ihr knapp.

Sarah legte die Teile des Weihnachtsquilts wieder in die Schachtel, doch die liebevolle Art, wie sie über Großtante Lucindas Feathered Stars strich, machte Sylvia eindeutig klar, dass sie nicht lange zur Seite gelegt sein würden. Und wie Sylvia erwartet hatte, erklärte die junge Frau außerdem, dass es, da der Weihnachtsschmuck nun einmal vom Speicher herunter- und aus den Truhen und Schachteln herausgeholt worden war, sinnvoller sei, ihn aufzuhängen, als ihn wieder wegzuräumen. Sylvia beschloss, sie machen zu lassen, und kehrte ins Wohnzimmer in den Westflügel und zu ihrem Buch und der Tasse Tee zurück, der längst kalt geworden war.
Verärgert ging sie in die Küche, um den Wasserkessel aufzustellen, und schüttelte den Kopf über Sarahs Sturheit. Jetzt beabsichtigte Sarah, das Haus zu dekorieren und den Quilt fertigzustellen, und das würde sie definitiv von einer Reise abhalten. Sobald diese junge Dame sich irgendeinen Spleen in den Kopf gesetzt hatte, ließ sie sich davon mitreißen, als würde der Schweif eines riesigen

Drachen sie in die Lüfte davontragen. Ständig gelang es ihr, irgendeinen großartigen Plan zu verfolgen. Beispielsweise einen Quilt-Treffpunkt zu schaffen. Oder eine verbitterte alte Frau zu überreden, eine zweite Chance in ihrem Leben zu ergreifen.
Aber immerhin, im Vergleich zu dem, was Sarah bereits geleistet hatte, war die Fertigstellung eines Quilts, an dem mehrere erfahrenere Quilterinnen gescheitert waren, vielleicht sogar eine einfache Angelegenheit.
Der Kessel pfiff und stieß einen dünnen Strahl weißen Dampfs aus. Sylvia goss das Wasser ein und wartete gedankenverloren, bis der Tee gezogen hatte. Aus der Eingangshalle drang ihr leise Musik ans Ohr. Neugierig geworden, rührte sie den Honig hastig in ihre Tasse und trug diese in die Halle. Mit dem Aufräumen war Sarah noch nicht weit gekommen, aber sie hatte Kränze an die beiden hohen Doppeltüren des Eingangs gehängt und am Geländer der großen Eichentreppe Girlanden befestigt. Sie hatte ihren CD-Spieler in die Ecke gestellt, aus dem die Melodie von »White Christmas« drang, welche Sylvia aus der Küche gelockt hatte.
»Die Sachen machen sich gut hier«, stellte Sylvia fest und sah sich in der Halle um.
Sarah, die gerade in einer Schachtel kramte, blickte auf und lächelte.
»Nachher rufe ich Matt auf seinem Handy an und bitte ihn, vom Verkaufsstand in der Mall einen Christbaum mitzubringen.«
»Quatsch. Ich lasse nicht zu, dass er dreißig Dollar pro Meter für einen Baum bezahlt, wo wir doch hier auf dem Gelände jede Menge zur Auswahl haben. Außerdem solltet ihr den Baum zusammen aussuchen.«
»Er ist Landschaftsarchitekt! Wenn er einen Obstgarten

anlegen kann, kann er bestimmt auch einen Christbaum auswählen.«

»Ich stelle seine Qualifikationen keineswegs infrage, aber in meiner Familie haben wir immer …«

Als sie nicht weitersprach, half ihr Sarah auf die Sprünge: »Was habt ihr immer?«

»Wir haben immer … unser Geld für wichtigere Sachen gespart und einen Baum aus unserem eigenen Wald gefällt. Aber du und Matthew, ihr könnt es natürlich halten, wie ihr wollt.«

»Du hast also nichts gegen einen Christbaum einzuwenden?«

»Nicht, solange du die heruntergefallenen Nadeln zusammenfegst.«

»Abgemacht.« Sarah warf noch einen letzten bewundernden Blick auf den Weihnachtsschmuck, stand auf und schaute ostentativ auf ihre Uhr. »Zehn Uhr. Ich glaube, es ist Zeit für eine Quilt-Pause.«

»Aber du hast doch gerade erst angefangen.«

Statt zu antworten, nahm Sarah einfach die Schachtel mit den Teilen des Weihnachtsquilts zur Hand.

Sylvia schlenderte, ihre Teetasse umklammernd, hinter Sarah den Flur entlang, durch die Küche und ins Wohnzimmer. Sie setzte sich in ihren Lieblingssessel neben dem Fenster, runzelte die Stirn, griff nach ihrem Buch und ignorierte Sarah geflissentlich, die die verschiedenen Teile des unfertigen Quilts auf dem Sofa und dem Teppich ausbreitete. Mehrere Minuten lang begutachtete die junge Frau schweigend die Handarbeit der Bergstrom-Frauen, dann sagte sie: »Ich glaube, wir haben genug Material, um den Quilt gleich hier fertig zu machen.«

Sylvia klappte ihr Buch zu. »Sei nicht albern. So einfach

kann es nicht sein, sonst hätte es eine von uns schon vor Jahren getan.«
Nachdenklich inspizierte Sarah die Patchwork- und Applikationsarbeiten. »Vielleicht musste nur eine objektive Fremde kommen, um die Möglichkeiten zu erkennen.«
»Junge Dame, ich quilte schon viel länger als du. Jeder kann zwei Stoffstücke planlos zusammennähen und sich die Freiheit nehmen, das als Quilt zu bezeichnen, aber ich denke, dass du etwas anstrebst, was auch dem Auge gefällt, es sei denn, du schraubst deine Ansprüche zurück. Das ist mit dem, was du hier siehst, einfach nicht möglich. Du hast von keinem der Blöcke genug für einen ganzen Quilt, und sie sind nicht unterschiedlich genug, um einen attraktiven Sampler zu ergeben.«
»Nein, schau«, sagte Sarah und arrangierte zwei der applizierten Stechpalmenzweige so, dass sie jeweils neben einem von Claudias Variable Stars lagen. »Das könnte die Mitte des Quilts werden. Wir könnten die Blöcke mit den Feathered Stars darum herum gruppieren, als eine Art Rechteck, mit den Variable Stars in den Ecken. Die Blöcke mit den Feathered Stars werden den Blick auf sich ziehen, und das ist perfekt, weil sie so wunderschön gemacht sind.«
»Das sind sie wirklich«, stimmte Sylvia zu, die stolz auf ihre Großtante war. »Du könntest die Variable Stars meiner Schwester auch weglassen, um nicht zu riskieren, den ganzen Quilt zu ruinieren. Genauigkeit war nie ihre Stärke. Einige dieser Blöcke sehen aus, als wären sie nicht wirklich quadratisch.«
»Nicht im Traum würde ich daran denken, Claudia aus einem Familienquilt auszuschließen. Ich bin mir sicher, dass ihre Blöcke exakt genug sind.«
Sylvia war sich in diesem Punkt weit weniger sicher, und

sie hätte jede Menge Beweise liefern können, die ihre Einschätzung von Claudias Nähkünsten untermauert hätten, aber sie hatte keine Lust, herumzustreiten – und sie erinnerte sich selbst daran, dass es für sie keine Rolle spielte, ob dieser Quilt je fertiggestellt wurde. Deshalb machte sie es sich wieder mit ihrem Buch und ihrem inzwischen lauwarmem Tee gemütlich, doch nachdem sie ein paar Zeilen gelesen hatte, zog Sarah mit ihrem Hin- und Herschieben der Blöcke und Stücke ihre Aufmerksamkeit wieder auf sich. Sie hatte die sechs Feathered-Star-Blöcke von Großtante Lucinda zu einem Oval arrangiert – zwei auf einer Seite, zwei auf der anderen und jeweils einen an jedem Ende. Sylvia musste zugeben, dass diese Anordnung die exquisiten Blöcke voll zur Geltung brachte. Lucinda hatte alle ihre Quilts von Hand zusammengenäht und war bei ihrer Näharbeit so penibel und akkurat, wie sie in jedem anderen Aspekt im Leben großzügig und nachgiebig gewesen war. Sie war die jüngste Schwester von Sylvias Großvater gewesen, das Nesthäkchen, und vielleicht war das der Grund, warum die anderen Familienmitglieder sie wegen ihrer wiederholt fehlgeschlagenen Versuche, den Weihnachtsquilt fertigzustellen, so liebevoll geneckt hatten. Aus ihren frühesten Kindheitserinnerungen kannte Sylvia Lucinda als stets geduldigen und gelassenen Menschen, ruhig und weise – und alt, obwohl sie, im Nachhinein gesehen, wie Sylvia klar wurde, wahrscheinlich noch nicht einmal fünfzig Jahre alt war, als sie den Weihnachtsquilt endgültig zur Seite gelegt hatte.

Bei schönem Wetter hatte Lucinda gern auf der vorderen Veranda genäht, doch wenn der Herbst anbrach, zog sie sich meist ins vordere Wohnzimmer zurück, das auf die Veranda und die große, weite Rasenfläche blickte, die

sich zwischen dem Haus und dem Wald erstreckte. Sylvia, die damals das Quilten noch nicht gelernt hatte, sah ihrer Großtante häufig zu, wie sie mit einem frisch gespitzten Bleistift Schablonen für einen neuen Quilt zeichnete, die Muster vorsichtig auf die Rückseite der bunten Stoffe übertrug und die Stücke mit einem zügigen Ratsch ihrer Schere ausschnitt. Während sie nähte, klammerte sich Sylvia dann an die Armlehne ihres Stuhls, schaute zu und belästigte Lucinda mit Fragen, während diese vier kleine cremefarbene Dreiecke auf ein größeres Achteck aus fröhlich rotem Stoff nähte. In ihrem Eifer, behilflich zu sein, legte Sylvia grüne und weiße Dreiecke paarweise zusammen, sodass sie für die Nadel ihrer Großtante bereitlagen. Sylvia bewunderte die kunstvollen Blöcke, die ihrer Meinung nach grünen Schneeflocken mit roten Spitzen ähnlich sahen. Als der fünfte Feathered Star Gestalt annahm, bat Sylvia Lucinda, ihr beizubringen, wie man ihn anfertigte. »Irgendwann bringe ich dir das Quilten bei«, versprach Lucinda, »aber dieses Muster ist als erstes Projekt für ein kleines Mädchen zu schwierig. Wir machen lieber erst einmal einen Blockhaus-Quilt.«
»Wann?«, drängte Sylvia hartnäckig. »Wann können wir anfangen?«
Lucinda nickte in Richtung der Teile für den Feathered Star, die in ihrem Schoß lagen.
»Wenn ich meinen Weihnachtsquilt fertig habe, fangen wir deinen an.«
Begeistert rannte Sylvia davon, um ihrer großen Schwester die Neuigkeit zu erzählen, und sie war insgeheim erfreut, als Claudia ihre braunen Locken zurückwarf und erklärte, dass sie zu beschäftigt damit sei, Mutter zu helfen, als dass sie mit Großtante Lucinda quilten könnte – ein sicheres Zeichen, dass sie rasend vor

Eifersucht war. Dann fügte Claudia hinzu: »Und alle sagen, dass sie mit diesem Quilt sowieso nie fertig wird.«
»Und ob sie fertig wird!«, erwiderte Sylvia schnippisch und marschierte ins Wohnzimmer zurück, um weiter zu helfen. Auch sie hatte die Sticheleien aufgeschnappt, aber bis jetzt hatten sie nie Grund zur Sorge geboten.
Zu Sylvias Erleichterung kam ihre Großtante weiter ordentlich voran und ließ nicht erkennen, dass sie ihren Quilt etwa aufgeben wolle. Als das Weihnachtsfest vor der Tür stand, vergaß Sylvia in der ganzen Aufregung ihre Sorgen. Sie und Claudia wurden beide auserkoren, in der Schule beim Krippenspiel mitzuwirken – Claudia als Engel, Sylvia als Lamm. Neben den Proben für das Krippenspiel und den Übungsstunden im Kinderchor der Kirche hatte Sylvia kaum Zeit, den Weihnachtsquilt im Auge zu behalten, zumal sie Großmutter beim Backen half und heimlich Weihnachtsgeschenke für die Familie bastelte. Doch Großtante Lucinda kam gut voran, auch wenn Sylvia nun nicht mehr den ganzen Tag neben ihr saß. Zwar legte sie ihre Näharbeit zur Seite und nahm sich Zeit, Weihnachtsplätzchen zu backen, aber am Abend kehrte sie immer zu ihren Feathered Stars zurück. Sylvias Quiltunterricht würde sicher vor Ende des Winters beginnen.
Das bevorstehende Weihnachtsfest brachte auch Besucher nach Elm Creek Manor, Freunde und Verwandte aus nah und fern. Der schönste Tag von allen war der, an dem Sylvias geliebte Großcousine Elizabeth in Begleitung ihrer Eltern wieder eintraf. In den vergangenen fünf Sommern war sie jeweils nach Elm Creek Manor gekommen, um sich um die Kinder zu kümmern und, wie sie sagte, »die frische Landluft zu genießen«. Hin und wieder war sie mit einem Jungen ausgeritten, der etwa in

ihrem Alter war, aber abgesehen von diesen ärgerlichen Unterbrechungen war sie Sylvias fast ständige Begleiterin, ihre Lieblingsspielgefährtin und innigste Vertraute gewesen. Sylvia himmelte sie unweigerlich an: Elizabeth war nett und lustig und schlau und schön – sie besaß alle Eigenschaften, die Sylvia zu haben hoffte, wenn sie erst einmal groß war.

Kaum hatte Elizabeth das Haus betreten, da half ihr Sylvia schon aus dem Mantel und ergriff ihre Hand, um sie zu irgendeinem geheimen Abenteuer zu entführen. Elizabeth folgte ihr lachend, schüttelte sich den Schnee aus den Haaren und gab ihrer Mutter ihre Handschuhe, aber sie machte einen zerstreuten und nachdenklichen Eindruck. Als Sylvia sie fragte, was denn los sei, schaute Elizabeth überrascht drein. »Nichts«, antwortete sie. »Alles ist bestens.« Dann kitzelte sie Sylvia und gab sich wieder so überzeugend ganz wie die alte Elizabeth, dass Sylvia beschloss, ihr zu glauben.

Am Vormittag des Heiligabends stellte Großtante Lucinda ihren fünften Feathered-Star-Block fertig. »Fehlen nur noch fünfzehn«, sagte sie beim Frühstück zu Sylvia, und Sylvia wurde das Herz schwer. So viele Blöcke standen noch zwischen ihr und ihrem Unterricht! Aber ihre Stimmung heiterte sich auf, als Elizabeth, ihre langen goldenen Haare mit einem Seidenband in der Farbe des Winterhimmels zusammengebunden, atemlos an den Tisch kam und sich für ihre Verspätung entschuldigte. Sylvia hatte ein Band in fast dem gleichen Farbton, und wenn Elizabeth ihr half, die Haare auf die gleiche Art zusammenzubinden, dann konnten sie fast als Zwillinge durchgehen – allerdings waren Sylvias Haare dunkelbraun.

Nach dem Frühstück brachen Onkel William und seine

Frau auf, um einen Christbaum zu holen, und sie wurden von den anderen Erwachsenen mit Sticheleien, Gelächter und seltsamen Bemerkungen verabschiedet, von denen Sylvia vermutete, dass sie sie nur teilweise verstand. Das Paar war seit knapp einem Jahr verheiratet, und Sylvia schnappte eine Bemerkung ihrer Großmutter auf, die sagte, dass es ein sehr schlechtes Zeichen wäre, wenn sie länger als zwei Stunden brauchten.
»Es wäre ein viel schlechteres Zeichen, wenn sie in einer halben Stunde schon wieder zurück wären«, entgegnete Sylvias Vater. Die Onkel grinsten, und die Tanten nickten nachdenklich. Verwirrt ließ Sylvia den Blick über die Gesichter ihrer Familienangehörigen schweifen. Was konnte daran falsch sein, wenn sie sofort einen perfekten Baum finden und ihn schnellstmöglich nach Hause bringen würden? Dann konnten sie früher mit dem Schmücken anfangen, das Sylvia kaum erwarten konnte. Am Vortag hatten sie und Claudia Elizabeth und ihrer Großmutter geholfen, den Weihnachtsschmuck aus den beiden Truhen zu holen. Sie hatten sich sehr amüsiert, ihre Lieblingsstücke bewundert, Weihnachtslieder gesungen und Großtante Lucindas noch warme Lebkuchen gegessen – bis ein Verwandter in der Tür erschienen war und Elizabeth, die einen Besucher begrüßen sollte, hinausgerufen hatte. Elizabeth war fast ohne ein Wort zu sagen aus dem Zimmer geeilt, aber Sylvia hatte das bis zum Abendessen nichts ausgemacht, als sie feststellte, dass der Besucher jener junge Mann war, mit dem Elizabeth in den Sommermonaten auszureiten pflegte, und dass er den Platz neben Elizabeth einnahm, den Sylvia normalerweise als den ihren betrachtete. Sie warf ihm über den Tisch hinweg missmutige Blicke zu, aber er lächelte nur freundlich zurück, war also offenbar nicht

einmal schlau genug, um zu bemerken, dass jemand wütend auf ihn war.
Die Jungvermählten kamen knapp zwei Stunden nach ihrem Aufbruch mit einem Baum zurück. »Genau richtig«, sagte Sylvias Großmutter zu Lucinda, als sie hinter dem Rest der Familie in den Ballsaal schlenderten, wo der Baum aufgestellt werden sollte. Sie sprach mit so leiser Stimme, dass Sylvia wusste, dass es sonst niemand hören sollte. »Wären sie nur ein bisschen früher gekommen, dann hätte ich mir Sorgen gemacht, dass sie für ihn nicht stark genug ist.«
»William kann stur sein«, entgegnete Lucinda. »Ich vermute, er hat lieber schnell klein beigegeben, als seine hübsche junge Frau zu verärgern. Er wird dieses untypische Verhalten sicher nicht lange an den Tag legen. Wir werden ja sehen, wie lange sie nächstes Jahr brauchen und ob sie noch miteinander reden, wenn sie nach Hause kommen.«
»Falls sie nächstes Jahr überhaupt noch diejenigen sind, die den Baum aussuchen dürfen«, stellte Großmutter schelmisch fest. »Ich vermute, dass sie es kein zweites Mal tun dürfen.«
Die Frauen lächelten sich wissend zu und verschwanden im Ballsaal. Sylvia blieb in der Eingangshalle stehen und dachte mit gerunzelter Stirn über ihre Worte nach. Warum sollten Onkel William und seine Frau den Baum nicht noch einmal auswählen dürfen? An demjenigen, den sie gerade ausgesucht hatten, war wirklich nichts auszusetzen. War Großtante Lucinda eifersüchtig, weil sie es nie hatte tun dürfen? Sylvia versuchte, sich zu erinnern, aber ihr fiel kein Anlass ein, bei dem ihre Großtante je den Eindruck vermittelt hatte, neidisch zu sein. Na ja, falls Großtante Lucinda den Christbaum gern selbst

mal auswählen wollte, brauchte sie nur zu heiraten. So wollten es die Regeln, und Sylvia nahm es jedem – sogar Großtante Lucinda – gründlich übel, der meinte, die Familienregeln einfach über Bord werfen zu können, wenn es ihm gerade passte.

Lärm und Gelächter rissen sie aus ihren Grübeleien, und sie eilte lieber in den Ballsaal, als den ganzen Spaß zu verpassen. Während Jung und Alt die Zweige von Onkel Williams Baum mit ihrem Lieblingsschmuck dekorierten, erzählte Großtante Lucinda Geschichten von längst vergangenen Weihnachtsfesten, als ihre Mutter Anneke, Sylvias Urgroßmutter, als kleines Mädchen noch in Deutschland lebte. Sylvia war erstaunt, als sie erfuhr, dass ihre Urgroßmutter beim Herrichten des Baums nicht hatte helfen dürfen. »Das durfte keines der Kinder«, erklärte Großtante Lucinda. »Die Erwachsenen haben den Baum geschmückt, während die Kinder in einem anderen Zimmer gewartet haben. An Heiligabend läutete ihre Mutter dann eine Glocke, und alle Kinder kamen hereingerannt, um den Baum zu bewundern und feine Sachen zu essen – Plätzchen und Nüsse und Obst. Meine Mutter und die anderen Mädchen und Jungen haben dann die Zweige des Baums abgesucht, und wer die Glücksgurke fand, bekam einen Preis.«

»Eine Gurke?«, fragte Sylvia. »Wie ist denn eine Gurke in den Baum gekommen?«

»Keine echte Gurke, meine Liebe. Ein Weihnachtsschmuck. Ihre Mutter oder ihr Vater versteckten sie, bevor die Kinder hereinkamen.« Großtante Lucinda hielt nachdenklich inne. »Ich denke, daher stammt unsere Tradition, den Weihnachtsstern zu verstecken.«

»Hat der Weihnachtsmann ihnen die Geschenke gebracht?«, wollte Claudia wissen.

»Nicht an Weihnachten«, antwortete Lucinda. »Ihr wisst doch, dass der Weihnachtsmann in Wahrheit der Heilige Nikolaus ist, und dass sein Namenstag am 6. Dezember gefeiert wird. Am Abend davor haben Urgroßmutter Anneke und ihre Brüder und Schwestern jeweils einen Schuh vor den Kamin gestellt, so wie ihr Kinder die Strümpfe aufhängt. Wenn die Kinder das ganze Jahr über brav gewesen waren, dann waren ihre Schuhe am nächsten Morgen mit Süßigkeiten, Nüssen und Obst gefüllt. Waren sie unartig gewesen, fanden sie darin Kohle oder Zweige. In einem Jahr hat mein Onkel eine Zwiebel in seinem Schuh entdeckt. Ich habe mich immer gefragt, was er wohl angestellt hat, dass er das verdient hatte.«
»Aber bei uns gibt es Nikolaus und Weihnachten«, sagte Sylvia. Es kam ihr ungerecht vor, dass ihre Urgroßmutter nicht beide Feste hatte feiern können.
»Ihr Kinder habt eben Glück«, verkündete Großtante Lucinda. »Auch in anderer Hinsicht habt ihr Glück. Als eure Urgroßmutter ein Kind war, ist der Heilige Nikolaus mit einem Gehilfen namens Knecht Ruprecht übers Land gezogen. Der schleppte die Tasche des Heiligen Nikolaus mit den Geschenken für die Kinder, und er war derjenige, der in die Kamine stieg und die Schuhe der Kinder gefüllt hat. Aber er hatte auch einen Sack und einen Stock dabei. Mit dem Stock hat er unartige Kinder geschlagen, und wenn ein Kind richtig unartig war, dann hat Knecht Ruprecht es in den Sack gesteckt und mitgenommen, sodass es seine Familie nie wiedergesehen hat.«
Sylvia erschauerte.
»Tante Lucinda, du jagst den Kindern ja Angst ein«, sagte Sylvias Mutter.
»Wieso sollten diese Kinder Angst haben?«, protestierte Großtante Lucinda. Sie ließ den Blick über den Kreis der

verängstigten jungen Gesichter schweifen und zog besorgt die Augenbrauen hoch. »Von euch Kindern war in diesem Jahr doch keines unartig, oder?«
Die Kinder schüttelten entschieden die Köpfe, doch noch während sie das taten, dachte Sylvia an die vielen Male, da sie mit ihrer Schwester gestritten, ihren Eltern nicht gehorcht und Plätzchen aus Großtante Lucindas Plätzchendose stibitzt hatte. Sie hoffte inständig, dass Knecht Ruprecht zusammen mit den Gurkenbäumen in Deutschland geblieben war.
»Vielleicht eine weniger beunruhigende Geschichte, Tante Lucinda?«, fragte Sylvias Mutter.
Großtante Lucinda ging sofort auf den Vorschlag ein. »Habe ich euch Kindern schon einmal vom ersten Weihnachtsfest der Bergstroms in Amerika erzählt?«
Sie schüttelten die Köpfe.
»Was für eine Nachlässigkeit meinerseits.« Sie hielt einen Augenblick inne, um sich zu sammeln. »Euer Urgroßvater Hans ist ein paar Jahre früher nach Amerika gekommen als Anneke und Gerda – die Schwester von Hans –, aber ihr erstes gemeinsames Weihnachtsfest haben sie erst 1856 gefeiert. Das Steinhaus, das wir jetzt als den Westflügel kennen, sollte erst zwei Jahre später gebaut werden, sie wohnten damals also in einem Blockhaus auf dem Grundstück, das sie Elm Creek Farm nannten. Hans und Anneke waren jung verheiratet, und Anneke war fest entschlossen, ein unvergessliches erstes Weihnachtsfest zu organisieren, so großartig, wie sie es als Hausfrau in ihrer Geburtsstadt Berlin getan hätte.
Wie ihr euch vorstellen könnt, war das alles andere als einfach. Die Bergstroms waren erst vor Kurzem eingewandert und lebten in einer kleinen Holzhütte in Pennsylvania mitten auf dem Land. Sie besaßen den Grund

und Boden, ein paar Tiere und hatten ihre erste Ernte eingefahren, aber sie hatten keine der Annehmlichkeiten, die wir heute kennen. Anneke wollte als Weihnachtsbraten eine Gans zubereiten, aber es gab keine. Sie wollte ihrem jungen Ehemann als Zeichen ihrer Liebe etwas schenken, aber die Geschäfte in der Stadt führten nichts Passendes, was sie sich hätte leisten können.«
»Und keine Gurken für die Bäume?«, fragte Sylvia.
»Keine einzige Gurke«, antwortete Großtante Lucinda. »An Heiligabend ertappte Gerda Anneke, wie sie gerade in der großen Truhe kramte, die sie aus Deutschland mitgebracht hatte. Anneke gestand ihr, dass sie nach einem Weihnachtsgeschenk für Hans gesucht habe, dass sie aber nichts hatte finden können, was seiner würdig wäre. ›Was wird er nur von mir denken‹, jammerte Anneke, ›wenn ich am Weihnachtsmorgen kein Geschenk für ihn habe?‹
›Meinst du, mein Bruder liebt dich etwa wegen der Dinge, die du ihm schenkst?‹, fragte Gerda. ›Schenk ihm dein Herz und deine Gesellschaft, mehr wird er sich gar nicht wünschen.‹
›Aber das habe ich ihm doch schon geschenkt‹, sagte Anneke.
›Dann hat er schon alles, was sein Herz begehrt.‹
Das schien Anneke zu beruhigen, aber nicht wirklich zufriedenzustellen. Deshalb schrieb sie Hans spät am Abend, als die anderen schon zu Bett gegangen waren, einen Brief, in dem sie ihm mitteilte, wie sehr sie ihn liebe und wie sehr sie sich auf ihre gemeinsame Zukunft freue. Am Weihnachtsmorgen gab sie ihm den Brief. Er las ihn schweigend, und als er ihn fertig gelesen hatte, nahm er sie in die Arme und sagte ihr, das sei das schönste Geschenk, das er je erhalten habe.«

»Hat Hans ihr etwas geschenkt?«, wollte Claudia wissen.
Großtante Lucinda überlegte. »Ich glaube schon, doch das ist nicht überliefert. Aber ich weiß, was Gerda Hans und Anneke geschenkt hat. Sie hatte einem Nachbarn zwei glänzende rote Äpfel abgehandelt, und als sie einen ihrem Bruder und einen ihrer Schwägerin gab, sagte sie: ›Ich schenke euch einfach die weihnachtliche Freude und Hoffnung.‹«
An diesem Punkt nickten die Erwachsenen und murmelten zustimmend, doch Sylvia runzelte die Stirn. »Sie hat ihnen Äpfel geschenkt?«
»Das waren mehr als nur Äpfel«, erklärte Großtante Lucinda. »Denkt daran, wie süß die Früchte sind, und an die Verheißung in den Kernen. Mit diesem schlichten Geschenk hat Gerda zum Ausdruck gebracht, wie schön ihr Leben mit Hans und Anneke war und welch große Verheißungen es für ihre Zukunft bereithielt.«
Claudia blickte skeptisch drein. »Das waren doch nur Äpfel!«
»Das waren nicht nur Äpfel«, stellte Großtante Lucinda entschieden fest. »Sie waren Ausdruck ihrer Liebe und Hoffnungen, schlicht und vielsagend dargestellt. Versteht ihr das denn nicht? Man kann jemandem alle Reichtümer der Welt schenken, aber das ist eine nichtssagende Geste, wenn man sich nicht selbst schenkt.«
»Ich glaube, das können sie noch nicht verstehen«, sagte Onkel William mit einem Grinsen im Gesicht. »Für diese philosophischen Gedanken sind sie noch arg klein.«
»Mag sein.« Großtante Lucinda schaute im Kreis der jungen, interessierten Gesichter herum, bis ihr Blick bei Sylvia hängen blieb. »Mag sein, dass sie es heute noch nicht begreifen, aber irgendwann werden sie es verstehen.«

Sylvia hätte Lucinda liebend gern gezeigt, dass sie verstanden hatte, aber sie war sich dessen nicht ganz sicher. Ihrer Meinung nach war ein Apfel kein richtiges Geschenk, aber vielleicht wurden Äpfel früher, in den alten Zeiten, als wunderbare Geschenke betrachtet. Vielleicht, kam ihr plötzlich in den Sinn, hatten Hans und Anneke die Kerne der Äpfel, die Gerda ihnen geschenkt hatte, eingepflanzt. Vielleicht waren aus eben diesen Kernen die Apfelbäume im Obstgarten gewachsen, den ihre Familie heute noch pflegte und der ihnen reiche Ernten lieferte. Wenn dies der Fall war, dann hatte Gerda Hans und Anneke tatsächlich weihnachtliche Freude und Hoffnung geschenkt – und schenkte sie mit jeder Ernte weiterhin auch deren Nachkommen.

Als sie mit dem Schmücken des Baums beinahe fertig waren, betraute Großmutter Elizabeth, ihre Namensvetterin, mit der Aufgabe, den Glasstern irgendwo im Haus zu verstecken. Sylvia hoffte, Elizabeth würde ihr heimlich einen Tipp geben, damit sie den Stern vor den anderen finden konnte, doch Elizabeth kam schon nach ein paar Minuten wieder in den Ballsaal zurück, flüsterte ihrer Großmutter etwas ins Ohr und lächelte alle ihre jungen Cousins und Cousinen gleichermaßen herzlich an. Am längsten verweilte ihr Blick jedoch auf ihrem Freund, auf diesem Mann von der benachbarten Farm, der wieder aufgetaucht war, als die Familie den Baum aufgestellt hatte, und der keinerlei Anstalten machte, bald wieder zu verschwinden. Entsetzt wurde Sylvia klar, dass sie am Tisch beim Abendessen wahrscheinlich schon den zweiten Abend hintereinander ihren Lieblingsplatz an ihn würde abtreten müssen.

Weil sie in diese neuen, beunruhigenden Gedanken vertieft war, bekam sie nicht mit, wie ihre Großmutter die

Kinder losschickte, den Stern zu suchen. »Sylvia«, hörte sie ihre Mutter rufen. »Willst du dieses Jahr nicht helfen, den Stern zu finden?«
Sylvia rannte aus dem Ballsaal, aber Claudia und die Cousins hatten bereits einen ordentlichen Vorsprung. Sie konnte nur aus der Ferne zusehen, wie sie, entschlossen, die besten Verstecke im Haus als Erste zu erreichen, in alle Richtungen auseinanderstoben. Sie lief ins vordere Wohnzimmer, wo Claudia den Stern im letzten Jahr entdeckt hatte, musste aber feststellen, dass ein Cousin dieses Zimmer schon für sich reklamierte. Sie rannte in die Bibliothek hinauf, doch auch hier waren bereits zwei andere Cousins am Suchen. In jedem Zimmer war es das Gleiche: Claudia und die Cousins sausten lachend und schreiend herum und stellten das Haus mit ihrer Suche nach dem Stern auf den Kopf, sodass Sylvia nichts anderes übrig blieb, als ihnen schnellstens aus dem Weg zu springen.
Traurig zog sich Sylvia in das Schlafzimmer zurück, das sie sich mit Claudia teilte, weil sie wusste, dass niemand sie hier stören würde. Das Spiel hatte für sie auf einmal seinen ganzen Reiz verloren, aber es wäre eine Blamage gewesen, in den Ballsaal zurückzugehen, bevor der Stern gefunden war. Sie kniff die Augen zusammen, um die Tränen zurückzuhalten, und legte sich auf das Bett – und ihr stockte der Atem, als ihr Kopf auf etwas Hartes unter dem Kissen traf. Sofort saß sie kerzengerade auf dem Bett, den Stern in ihrem Schoß, und seine acht roten und goldenen Zacken schimmerten in dem schwachen Lichtschein.
Der Stern, unter ihrem Kopfkissen! Elizabeth hatte ihn an einem Ort versteckt, wo ihn niemand vermuten würde. Sie hatte ihn eigens für Sylvia, ihre Lieblingscousine, dort

verborgen. Vor Stolz und Dankbarkeit beinahe platzend, stand Sylvia von ihrem Bett auf und eilte die Treppe hinunter, den kostbaren Stern an die Brust gedrückt. »Ich habe ihn gefunden!«, rief sie im Laufen. »Ich habe ihn gefunden!« Atemlos stürmte sie in den Ballsaal. »Ich habe den Stern gefunden!«
Die Erwachsenen scharten sich um sie, nahmen sie in die Arme und beglückwünschten sie. Irgendjemand rief den anderen Kindern zu, dass das Spiel zu Ende sei. Sylvia hörte, wie sie aus der Ferne enttäuscht aufschrien.
»Wo hast du ihn denn entdeckt?«, wollte einer der Onkel wissen.
Sylvia brachte es nicht über sich, es ihm zu sagen. »Oben«, antwortete sie und blickte Elizabeth in die Augen. Ihre Cousine lächelte sie mit funkelnden Augen schelmisch an und legte den Zeigefinger über ihre Lippen. Plötzlich von einem Glücksgefühl überwältigt, schmunzelte Sylvia, dann brach sie in lautes Gelächter aus.
Der Preis, mit dem ihre Großmutter sie belohnte, war eine kleine Blechdose mit rot und weiß gestreiften Pfefferminzbonbons. Nachdem ihre Mutter sie dazu aufgefordert hatte, bot Sylvia jedem der anderen Kinder ein Bonbon an, und weil sie sich so sehr über das Geheimnis freute, das sie mit Elizabeth teilte, machte es ihr fast gar nichts aus, dass die Dose, als sie ihr zurückgegeben wurde, schon halb leer war.
Die ganze Zeit hielt Sylvia den Weihnachtsstern umklammert. Plötzlich wurde sie von starken Armen in die Höhe gehoben. »Es ist Zeit, kleines Fräulein«, sagte ihr Vater, der sie neben dem Baum hoch über seinen Kopf hielt. »Nimm den höchsten Zweig. Du schaffst das.«
Sylvia streckte die Arme aus und hängte den Stern an einen stärkeren Zweig, der sich senkrecht nach oben zur

Decke streckte. Alle klatschten, als ihr Vater sie wieder auf den Boden stellte. Als die Tanten die Kerzen am Baum anzündeten, trat Sylvia zurück, damit sie ihn ganz betrachten konnte, von der Quiltdecke, die unten um seinen Stamm drapiert war, bis hinauf zu dem Stern, den sie so perfekt ganz oben angebracht hatte.

»Er ist schön«, sagte Elizabeth. Ihr Freund lächelte und legte ihr den Arm um die Schultern, und sie schmiegte sich mit einem Seufzer vollkommener Zufriedenheit an ihn. Sylvia blitzte ihn wütend an, doch weder er noch ihre Cousine bemerkten es.

Beim Abendessen bekam er wieder einen wütenden Blick zugeworfen, weil er ihr, genau wie Sylvia es vorausgesehen hatte, erneut ihren Platz wegnahm. Sobald sie zum Essen gerufen wurden, war sie ins Esszimmer gerannt, und sie wäre ihm wirklich zuvorgekommen, hätte ihre Mutter sie nicht zur Seite genommen und aufgefordert, sich das Gesicht und die von den Pfefferminzbonbons klebrigen Hände zu waschen. Sylvia musste sich schließlich ans andere Ende des Tisches zwischen Onkel William und Claudia setzen.

Als das Essen aufgetragen war, stand Onkel George auf und räusperte sich. »Ich weiß, dass es üblich ist, dass Vater an Heiligabend den ersten Toast ausspricht«, sagte er und nickte in Richtung des Großvaters, »aber heute Abend habe ich etwas ganz Besonderes zu verkünden, und ich glaube, Millie platzt noch, wenn wir euch unser Geheimnis nicht gleich mitteilen.«

Sylvia schaute zu ihrer Tante hinüber und sah zu ihrer Überraschung, dass ihr Gesicht glücklich strahlte, obwohl ihr Tränen in den Augen standen. Tante Millie ergriff Elizabeths Hand und hielt sie fest. Ein erwartungsvolles Murmeln ging um den Tisch, aber Sylvia hatte den

Blick auf Elizabeth geheftet, die sich hinüberbeugte, ihrer Mutter etwas Aufmunterndes ins Ohr flüsterte, dann ihrem Freund ein Lächeln zuwarf und schließlich ihre Aufmerksamkeit wieder ihrem Vater zuwandte.
»Viele von euch kennen Henry länger als ich, da er hier in der Gegend aufgewachsen ist, und ich bin mir sicher, dass ihr alle wisst, was für ein netter junger Mann er ist.« Erneut räusperte er sich. Sylvia starrte ihn unverwandt an. War er etwa im Begriff zu weinen? »Was ihr vielleicht nicht wisst, ist, dass er für mich schon fast ein Sohn geworden ist. Er sagt mir, dass er meine Tochter liebt, und meine Tochter versichert mir, dass diese Gefühle auf Gegenseitigkeit beruhen. Das müssen sie wohl, denn er hat ihr einen Heiratsantrag gemacht, und sie hat ›ja‹ gesagt. Deshalb schließt euch mir an, der schönen zukünftigen Braut und dem glücklichsten Mann auf Erden Gesundheit und Glück zu wünschen.«
Der darauf folgende freudige Jubel war so ohrenbetäubend, dass sich Sylvia die Finger in die Ohren steckte. Ihr war schlecht. Wenn Henry hier in Elm Creek Manor einziehen würde, dann hätte Sylvia ihre Cousine nie mehr für sich allein. Alle anderen schienen so glücklich zu sein, sogar Tante Millie, die weinte, aber Sylvia konnte sich nichts Schlimmeres vorstellen, als dass Henry Mitglied ihrer Familie würde.
Ein paar Tage nach Weihnachten – an einem öden, ereignislosen Tag, an dem die Weihnachtsfreude unerträglich war und selbst die Geschenke, die der Weihnachtsmann unter den Baum gelegt hatte, ihre Stimmung nicht heben konnten – fand Sylvia heraus, dass die Sache mit Elizabeths Hochzeit ernster war, als sie gedacht hatte.
Sie spielte gerade mit ihren Pferdchen und dem Stall, einem Weihnachtsgeschenk, als Elizabeth ins Kinder-

zimmer kam. »Hallo, Sylvia«, sagte sie und schob ihren Rock unter sich, während sie sich auf den Boden neben sie setzte. »Warum verkriechst du dich ganz allein hier oben?«

»Ich verkrieche mich nicht, ich spiele bloß«, antwortete Sylvia. »Wo ist Henry?«

»Er ist mit deinem Vater und Onkel George im Stall und kümmert sich um die Pferde.«

Sylvia wusste, was das zu bedeuten hatte. Wenn ihr Vater und ihre Onkel bereit waren, Henry in die Geheimnisse der Bergstromschen Vollblüter einzuweihen, dann betrachteten sie ihn bereits als Mitglied der Familie. »Ich glaube nicht, dass die Pferde gern Fremde in ihrem Stall haben. Er sollte nach Hause gehen.«

Elizabeth lachte. »Ach, Sylvia. Du magst Henry nicht sonderlich, oder?«

Sylvia schüttelte den Kopf.

»Ich schon. Er ist mein allerbester Freund, und es würde mich sehr glücklich machen, wenn du ihn mit der Zeit auch mögen würdest. Meinst du, du könntest es versuchen?«

»Ich glaube nicht.«

Elizabeth seufzte und zog Sylvia auf ihren Schoß. »Bitte! Als besonderes Hochzeitsgeschenk für mich.«

Sylvia überlegte. »Wenn er mir verspricht, dass ich ab und zu beim Essen neben dir sitzen darf. Und selbst wenn er dann hier wohnt, sollte er immer mal wieder für eine Weile fortgehen und uns zusammen spielen lassen, so wie wir es immer tun.«

Elizabeth schwieg. »Henry wird nicht hier wohnen«, sagte sie schließlich. »Hast du das nicht gewusst?«

Sylvia, die plötzlich wieder Hoffnung schöpfte, schüttelte den Kopf. Falls Henry nicht hier einzog, würde die Sache

vielleicht doch nicht so schlimm werden. Sylvia konnte womöglich so tun, als seien er und Elizabeth gar nicht verheiratet.
»Wir haben es am Tag nach Weihnachten doch erklärt ...« Elizabeth holte tief Luft. »Aber vielleicht warst du zu wütend, um zuzuhören. Darling, Henry und ich, wir werden nach unserer Hochzeit nicht in Elm Creek Manor wohnen.«
Sylvia drehte den Kopf, um ihrer Cousine in die Augen zu sehen. Sie wusste sofort, dass Elizabeth sich keinen Scherz mit ihr erlaubte. »Wo wollt ihr denn wohnen? In der Nähe?« Sylvia dachte, sie würde vielleicht in Tränen ausbrechen, wenn Elizabeth ihr sagte, dass sie bei Onkel George und Tante Millie wohnen würden. Sie lebten ebenfalls in Pennsylvania, aber viele Meilen entfernt, in Erie.
Elizabeth hielt sie fest umklammert. »Henry hat eine Ranch in Kalifornien gekauft. Wir reisen im Frühling gleich am Tag nach der Hochzeit ab.«
Sylvia hatte vor lauter Kummer auf einmal einen Kloß im Hals. Sie rappelte sich auf die Füße, rannte aus dem Zimmer und ignorierte das Rufen ihrer Cousine.
Sylvia wollte nicht glauben, dass Elizabeth die Wahrheit gesagt hatte, aber die anderen Erwachsenen bestätigten es ihr bald. Schlimmer noch, die Hochzeit sollte nicht im Frühjahr des nächsten Jahres stattfinden, sondern schon im kommenden Frühling, in kaum drei Monaten. Nachdem Sylvia das herausgefunden hatte, rannte sie zu ihrer Mutter und flehte sie an, dafür zu sorgen, dass Elizabeth es sich anders überlegte.
»Das kann ich nicht, selbst wenn ich wollte«, antwortete Sylvias Mutter freundlich. »Henry und Elizabeth wollen sich in Kalifornien selbst etwas aufbauen. Wir werden sie

alle sehr vermissen, aber sie haben ihre Entscheidung getroffen.«
»Können wir sie nicht dazu bringen, dass sie noch ein bisschen warten?«, jammerte Sylvia. »Warum müssen sie so bald heiraten? Können sie nicht bis nächstes Jahr warten?«
»Warum sollten sie warten?«, mischte sich Claudia ein. »Sie lieben sich, und Hochzeiten sind so schön. Hast du nicht gehört, Sylvia? Elizabeth hat gesagt, dass wir die Blumenmädchen sein dürfen.«
»Ich will kein Blumenmädchen sein!«
»Na, ich schon, und ich werde nicht zulassen, dass du mir das verdirbst.« Claudia warf den Kopf in den Nacken. »Du bist ja nur eifersüchtig, weil Elizabeth Henry mehr mag als dich.«
»Tut sie nicht!«, schrie Sylvia. »Ich bin ihr Liebling. Sie hat den Weihnachtsstern extra für mich versteckt! Sie hat ihn unter mein Kopfkissen gelegt, damit ihn kein anderer findet.«
Claudia kniff die Augen zusammen. »Ich wusste ja gleich, dass du zu klein bist, um den Stern so schnell ganz allein zu finden. Du hast geschummelt!«
»Hab ich nicht!«
»Hast du wohl! Stimmt doch, Mama. Sag ihr, dass sie und Elizabeth geschummelt haben.«
»Wir haben nicht geschummelt. Das war nur geholfen.«
»Jetzt aber, Kinder«, ermahnte sie ihre Mutter. »Claudia, du siehst doch, dass deine Schwester ganz durcheinander ist. Lasst uns die Sache nicht noch schlimmer machen.«
»Aber es ist gemein.«
»Das können wir ein andermal besprechen.«
Sylvia zog ihre Mutter an der Hand. »Sagst du Elizabeth, dass sie warten soll? Bitte!«

Statt zu antworten schüttelte Sylvias Mutter traurig den Kopf und schloss sie in die Arme, um sie zu trösten, aber Sylvia befreite sich aus der Umarmung und rannte davon, um Großtante Lucinda zu suchen. Auf sie hörten alle. Wenn sie Elizabeth bat, noch ein Jahr zu warten, dann würde Elizabeth das tun, und wenn Henry sich noch so sehr beschweren würde.

Sie fand Lucinda im vorderen Wohnzimmer, wo sie gedankenverloren an ihrem Weihnachtsquilt arbeitete. Weil Sylvia das einzige Familienmitglied, das ihr vielleicht helfen würde, nicht verärgern wollte, schlich sie sich leise heran, setzte sich zu Lucindas Füßen auf den Boden und lehnte den Kopf gegen die Ottomane. Lucinda warf ihr ein Lächeln zu, hielt den Blick aber auf ihre Arbeit gerichtet. Sylvia schaute zu, wie Lucinda eine Reihe von Sternenspitzen an eine andere nähte, die sie bereits zusammengesetzt hatte, und ihre Nadel stieß durch den bunten Stoff, auf und ab, und verband die Stücke miteinander. Es dauerte nicht lange, dann machte sie am Ende der Naht einen Knoten, legte sich den fertigen Block in den Schoß und drückte ihn mit den Handflächen platt. Mit einem Schlag fiel Sylvia auf, wie sehr die Feathered-Star-Blöcke, die ihre Großtante gemacht hatte, dem Stern oben an ihrem Christbaum ähnelten, jenem Stern, den Elizabeth unter ihr Kopfkissen gelegt hatte.

Stumm zählte sie die Blöcke in dem Stapel neben dem Nähkorb ihrer Großtante und vergaß nicht, den im Schoß ihrer Tante dazuzurechnen. »Das sind jetzt sechs.«

»Ja, das stimmt. Sechs fertig, fehlen noch vierzehn.« Mit einem Seufzer packte Lucinda ihr Nähzeug zusammen und legte es in den Nähkorb. »Aber die mache ich erst später.«

Sylvia wurde das Herz schwer, und dabei hatte sie gedacht, es könnte nicht noch schwerer werden. »Warum? Warum legst du sie weg?«

»Ich habe keine Zeit mehr, an meinem Weihnachtsquilt zu arbeiten, nun, da deine Cousine bald heiratet«, antwortete Lucinda. »Wir haben so viel zu tun, und dafür viel weniger Zeit als gewöhnlich. Ich muss Tante Millie helfen, das Brautkleid zu nähen, und natürlich müssen wir einen Hochzeitsquilt machen sowie ein paar gute, strapazierfähige Quilts für den Alltag und die vielen anderen Sachen, die deine Cousine mit nach Kalifornien nehmen muss.«

Sylvia wählte ihre Worte bewusst sorgfältig. »Wenn du Elizabeth sagst, dass ihr nicht genügend Zeit für all diese Näharbeiten habt, dann verschiebt sie die Hochzeit vielleicht auf nächstes Jahr.«

Lucinda lachte.

»Ach, ich verstehe. Das ist ein sehr schlauer Plan, aber ich fürchte, er funktioniert nicht. Henry ist fest entschlossen, abzureisen, sobald das Wetter schön wird. Die Hochzeit wird unweigerlich Ende März stattfinden, ob es uns gefällt oder nicht, du wirst also das Beste daraus machen müssen.«

Sylvia spürte einen winzigen Funken Hoffnung. Großtante Lucinda war über diese Hochzeit auch nicht rundum glücklich. Vielleicht hatte Sylvia in ihr ja eine Verbündete gefunden.

Aber dann zerschlug Lucinda all ihre Hoffnungen. »Mach dir keine Sorgen, Sylvia. Wir werden früh genug mit deinen Quiltstunden anfangen.«

Vor lauter Verzweiflung brachte Sylvia kein einziges Wort heraus. Großtante Lucinda glaubte also, Sylvia würde sich nur um ihren Quiltunterricht sorgen, und schlimmer noch, sie hatte vor, bei der Arbeit mitzuwirken, und würde so dazu beitragen, Elizabeths Abreise zu beschleunigen.

Sylvia stand also ganz alleine da.

Das neue Jahr brach an. Die meisten Verwandten kehrten am Ende der Weihnachtszeit nach Hause zurück, doch Elizabeth blieb in Elm Creek Manor. Das hätte Sylvia gefreut, hätte sie nicht gewusst, dass sie nur Henrys wegen blieb, nicht etwa ihrer kleinen Lieblingscousine wegen. Wenn ihr Verlobter nicht da war, hielt sich Sylvia immer in Elizabeths Nähe auf, doch sobald er aufkreuzte, zog sich Sylvia schnellstens ins Spielzimmer oder ins Wohnzimmer im Westflügel zurück, wo ihre Mutter häufig saß und las oder einfach die Nachmittagssonne und den Blick auf den Elm Creek genoss. Ihre Mutter hatte ein schwaches Herz, die Spätfolge eines Ausbruchs rheumatischen Fiebers in ihrer Kindheit. Sie musste sich häufig ausruhen, aber sie war nie zu müde, um Sylvia in die Arme zu schließen oder ihr eine Geschichte zu erzählen.

Doch als der Schnee dahinschmolz und sich an den Buchen, die um das Herrenhaus standen, die ersten Knospen zu bilden begannen, war selbst ihre Mutter so sehr mit den Hochzeitsvorbereitungen beschäftigt, dass sie wenig Zeit hatte, ihre schmollende Tochter zu trösten. Bei einer der wenigen Gelegenheiten, als Sylvia und Elizabeth allein waren, fragte Sylvia: »Warum möchtest du eigentlich von Zuhause fortgehen?«

»Eines Tages wirst du das verstehen, kleine Sylvia.« Elizabeth lächelte sie an und schloss sie in die Arme, aber sie hatte Tränen in den Augen. »Eines Tages wirst du dich verlieben, und du wirst wissen, dass dein Zuhause dort ist, wo sich dein Liebster aufhält.«

»Hier ist unser Zuhause«, beharrte Sylvia. »Es wird immer hier sein.«

Elizabeth stieß ein leises Lachen aus und drückte sie an sich. »Ja, Sylvia, du hast recht.«
Zufrieden dachte Sylvia, dass ihre Cousine endlich Vernunft angenommen und beschlossen hatte, hierzubleiben. Aber als Elizabeth aufstand und ins Wohnzimmer eilte, weil Tante Millie sie zu einer Anprobe rief, verflog Sylvias Freude. Elizabeth hatte vor, Henry zu heiraten, obwohl offenkundig war, dass sie ihr Zuhause nicht wirklich verlassen wollte. Das war alles seine Schuld. Gäbe es ihn nicht, dann würde Elizabeth bestimmt nicht fortgehen.
Sylvia wurde klar, dass die einzige Möglichkeit, Elizabeth in ihrer Nähe zu behalten, darin bestand, Henry zu vertreiben.
Von diesem Augenblick an tat Sylvia alles in ihrer Macht Stehende, um die Hochzeit zu verhindern. Sie versteckte Tante Millies Schere, damit sie nicht an dem Brautkleid arbeiten konnte, aber Tante Millie lieh sich einfach Lucindas Schere aus. Sie entwendete den Schlüssel von Elizabeths roter Truhe und warf ihn in den Elm Creek, damit sie ihre Sachen nicht packen konnte. Sie weigerte sich, ihr Blumenmädchen-Kleid anzuprobieren, egal, wie sehr die Tanten ihr zuredeten und sie bedrängten, bis sie gezwungen waren, den Schnitt anhand des Kleides herzustellen, das sie an Weihnachten getragen hatte. In einem letzten, verzweifelten Versuch teilte sie Henry mit, dass sie ihn hasse, dass er am Esstisch nie mehr auf ihrem Stuhl sitzen dürfe und dass sämtliche Familienmitglieder, einschließlich Elizabeth, wünschten, er würde einfach verschwinden, dass sie aber zu höflich seien, es laut auszusprechen.
Ihre Bemühungen blieben natürlich erfolglos. Ende März heirateten Elizabeth und Henry und zogen nach Kali-

fornien. Sylvia bewahrte jeden Brief, den ihre geliebte Cousine ihr schickte, wie einen Schatz auf, auch dann noch, als sie im Laufe der Jahre immer seltener wurden, bis schließlich gar keiner mehr eintraf.

Sylvia sah Elizabeth nie wieder. Oft überlegte sie, was wohl aus ihr geworden war und warum sie aufgehört hatte, ihr zu schreiben. Falls Claudia mit Elizabeth oder ihren Kindern in Kontakt geblieben war, so hatte Sylvia in den Unterlagen ihrer Schwester jedenfalls keinen Hinweis auf eine solche Korrespondenz entdeckt.

Sarah riss sie aus ihrer Träumerei. »Was meinst du?«, fragte sie voll Bewunderung für ihre Anordnung der unterschiedlichen Teile des Weihnachtsquilts und blickte Zustimmung heischend zu Sylvia hinüber.

Sylvia wagte es nicht, die Quiltblöcke anzusehen, aus Angst, sie könnten weitere Erinnerungen wachrufen. »Ich finde, es ist Zeit, das Haus fertig zu schmücken.« Sie stand von ihrem Sessel auf und ging aus dem Zimmer, ohne nachzusehen, ob Sarah ihr folgte.

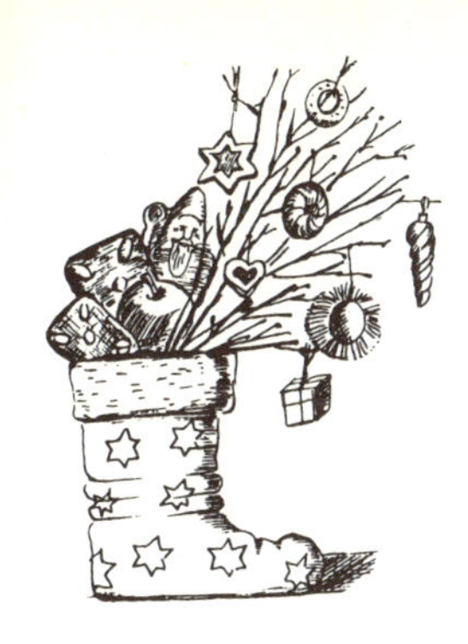

2

Nach ein paar Minuten gesellte sich Sarah zu Sylvia in die Eingangshalle, wo Sylvia gerade damit beschäftigt war, die Tischwäsche für das Esszimmer von jenen Dekorationsstücken zu trennen, die für andere Räume des Hauses gedacht waren. »Ich habe Matt über das Handy nicht erreicht, um ihn daran zu erinnern, dass er einen Baum mitbringen soll«, sagte Sarah. »Wir könnten vielleicht doch selbst einen Baum fällen.«

»Mach, was du willst.«

»Mir wäre es lieb, wenn es uns allen recht wäre.«

»Da es mir ohnehin egal ist, ist mir recht, was immer du tust.« Sylvia bückte sich, um einen Serviettenring in Form eines Efeuzweigs aufzuheben. Früher hatte er zu einem Set aus vierundzwanzig solchen Ringen gehört, aber Sylvia wäre schon zufrieden gewesen, wenn sie drei davon gefunden hätte, für jeden der derzeitigen Bewohner von Elm Creek Manor einen. Es war schade, dass sie beschlossen hatten, ihren Quilterinnen-Treffpunkt nicht ganzjährig offen zu halten, statt nur von März bis Oktober. Ein Dutzend Quilterinnen hätten das Haus sicher mit Leben erfüllt, und mit ihrer Hilfe hätten sie und Sarah das Dekorieren, das Sarah offenkundig trotz der neuen Ablenkung durch den Quilt noch immer am Herzen lag, schnell hinter sich gebracht.

»Das ganze Haus zu schmücken kommt mir, weil wir so spät damit angefangen haben, zu aufwendig vor«, sagte Sylvia. »Warum konzentrieren wir uns nicht auf die Zimmer, in denen wir uns am meisten aufhalten?«
Sarah dachte über den Vorschlag nach, als sei sie unsicher, ob das eine gute Idee war oder eine List, um sie davon abzuhalten, das Haus so prächtig zu schmücken, wie es ihr vorschwebte. »Ich denke, das ist eine gute Idee«, sagte sie schließlich und gab ihre ursprünglichen Pläne sichtlich nur ungern auf. »Welche Zimmer schlägst du vor?«
»Natürlich die Eingangshalle, da wir damit nun schon einmal angefangen haben, und um auf mögliche Besucher einen guten Eindruck zu machen.«
»Erwartest du irgendwelche Besucher?«
»Nein, aber man weiß zu dieser Jahreszeit ja nie.« Und die Hoffnung stirbt bekanntlich zuletzt. Vielleicht würden ein paar der Elm Creek Quilterinnen vorbeischauen, falls sie sich von ihren Familienaktivitäten vorübergehend frei machen konnten. »Wir könnten deine Mutter einladen.«
»Kommt nicht infrage. Das ist keine gute Idee.«
Es war ganz im Gegenteil eine hervorragende Idee, eine so ideale Lösung, dass Sylvia sich hätte in den Hintern treten können, dass sie nicht früher darauf gekommen war.
»Warum denn nicht?«
»Einer der vielen Gründe ist, dass sie mittlerweile gewiss andere Pläne hat, da bin ich mir ganz sicher.«
Das bezweifelte Sylvia. Sarah war Carol Mallorys einziges Kind, und sie hatte mindestens einen Brief geschickt, in dem sie Sarah gebeten hatte, nach Hause zu kommen. Zudem hatte sie mindestens zwei Mal angerufen, das wusste Sylvia definitiv. »Falls sie andere Pläne hat, kann

sie unsere Einladung ja ablehnen, aber wir sollten ihr zumindest das Angebot machen.«
»Dafür ist es zu spät«, beharrte Sarah. »Selbst wenn sie gleich nach unserem Anruf alles liegen und stehen lassen könnte, müsste sie immer noch packen und die lange Fahrt antreten. Sie würde erst spät heute Abend ankommen. Wir könnten den Weihnachtsvormittag zusammen verbringen, aber sie würde mitten am Nachmittag wieder aufbrechen müssen, um zu einer vernünftigen Uhrzeit wieder zu Hause zu sein. Sie muss übermorgen früh aufstehen, um zur Arbeit zu gehen.«
»Woher weißt du, dass sie arbeiten muss?«
»Sie arbeitet immer am zweiten Weihnachtsfeiertag«, stellte Sarah kategorisch fest. »Sie übernimmt im Krankenhaus immer die Frühschicht, damit eine andere Schwester die Möglichkeit hat, sich an diesem Tag frei zu nehmen. Meine Mutter macht lieber Überstunden, als dass sie ausschläft. Das ist in unserer Familie die Weihnachtstradition.«
Sylvia dachte daran, wie lange Sarahs verwitwete Mutter die einzige Ernährerin ihrer kleinen Familie war, deshalb sagte sie: »Vielleicht war das eher eine Frage der Notwendigkeit als des Wunsches, Überstunden zu machen.«
»Ich weiß nicht. Mag sein. Die hätte sie aber auch an jedem anderen Tag machen können. Warum gerade am zweiten Weihnachtsfeiertag, wenn ich Ferien hatte und alle meine Freundinnen etwas mit ihren Familien unternommen haben?«
Trotz des Mitleids, das die Vorstellung einer am zweiten Feiertag zu Hause allein gelassenen kleinen Sarah in ihr hervorrief, schüttelte Sylvia missbilligend den Kopf. Sarah schien unfähig zu sein, irgendetwas aus der Per-

spektive ihrer Mutter zu betrachten. Sie behauptete, es sei zu spät, Carol zum Weihnachtsfest einzuladen, aber jeder vernünftige Mensch konnte deutlich erkennen, dass das lediglich Ausflüchte waren.
Sarah hatte sich abgewandt und war damit beschäftigt, eine Schachtel mit Aufhängern für Weihnachtsstrümpfe durchzukramen, die die Bergstroms früher an jedem Nikolaustag am Kaminsims angebracht hatten. »Wo sollen wir nach der Halle weitermachen?«
Sylvia seufzte leise, weil ihr klar war, dass Sarah nur versuchte, vom Thema abzulenken. »Im Wohnzimmer im Westflügel. Vielleicht können wir den Sessel wegschieben und den Baum in der Ecke aufstellen.«
»Hat deine Familie ihn gewöhnlich dort aufgestellt?«
»Nein, er stand immer im Ballsaal, aber damals brauchten wir ja zusätzlich Platz, um die Familie und die Gäste unterzubringen. Für uns drei ist es im Wohnzimmer im Westflügel doch viel gemütlicher.« Außerdem war der Ballsaal für die Quiltkurse in zwei Unterrichtsräume unterteilt worden, und Sylvia hatte keine Lust, die Trennwände zu entfernen.
Sarah nickte und deutete auf die rot-grün karierten Tischdecken. »Was ist mit dem Esszimmer?«
»Ach, lass uns lieber die Küche dekorieren und wie immer dort essen. Die Tischdecke sieht auf dem Küchentisch genauso festlich aus.«
Sarah stimmte ihr zu, und während sie die Tischwäsche aufhob, sammelte Sylvia drei der Efeuserviettenringe zusammen und nahm die Plätzchendose in Form des Weihnachtsmanns in die Hand. Sie trugen alles in die Küche, in einen der wenigen Räume im älteren Teil des Hauses, die Claudia mehr oder weniger regelmäßig renoviert und modernisiert hatte. Der große Raum war in der

Farbe von Ahornzucker gestrichen, die mithilfe einer kupfernen Lampe, die Sylvia immer an eine altmodische Kutschenlaterne erinnerte, das Sonnenlicht des Nachmittags voll zur Geltung brachte. Die Lampe hing über dem langen Holztisch zwischen den Bänken, die den Platz zwischen der Tür und der Küchenzeile einnahmen. Bis auf das Fenster über der Spüle, die Tür zur Vorratskammer in der südwestlichen Ecke und den offenen Durchgang, der ins Wohnzimmer im Westflügel führte, waren an sämtlichen Wänden Schränke und Geräte aufgestellt. Ein kleiner Mikrowellenherd stand auf der Arbeitsfläche neben dem alten Gasherd, auf dem Sylvia vor ihrer abrupten Abreise vor so vielen Jahren bereits gekocht hatte. Es war ein Wunder der Vorkriegstechnik, dass er überhaupt noch funktionierte. Der Kühlschrank an der gegenüberliegenden Seite wirkte ziemlich neu, vielleicht knapp zehn Jahre alt, doch die bedruckten Vorhänge waren spätestens in den siebziger Jahren in Mode gewesen. Die Geschirrspülmaschine, auf deren Einbau Sarah bestanden hatte, hob sich mit ihrer glänzenden Edelstahlfront stolz von den anderen Küchengeräten ab. Die Einrichtung war ein solches Mischmasch aus Alt und Neu, dass Sylvia den Gedanken nicht ertragen konnte, daran etwas zu ändern, obwohl sie wusste, dass sie keineswegs den Standards einer professionellen Küche entsprach und sich als hoffnungslos unzureichend erweisen würde, falls ihr Quilt-Camp tatsächlich so schnell wachsen sollte, wie Sarah vorhersagte.
Sarah wischte den langen Holztisch ab und legte das rotgrün karierte Tischtuch auf. In die Mitte stellte sie zwei Kerzenleuchter, während Sylvia frische Servietten aus einer Schublade holte und sie durch die Efeuserviettenringe steckte. Dann stellte Sylvia die Weihnachts-

mann-Plätzchendose zwischen die Kerzenleuchter und erklärte, sie eigne sich ideal als Prunkstück.
»Schade, dass sie nicht voll ist«, stellte Sarah fest und hob den Deckel an, um sich zu vergewissern.
»Selbst eine Naschkatze wie du könnte fünfzig Jahre alte Plätzchen nicht zerkauen«, neckte Sylvia sie und setzte sich auf eine der Bänke. Bilder kamen ihr in den Sinn, wie sie und Claudia und ihre Cousins die Beine baumeln ließen, während sie auf der Bank saßen und Plätzchen in ihre Milch tunkten und mit ihren Schuhen Schrammen auf dem Holzboden hinterließen. Mit einem kurzen Blick vergewisserte sie sich, dass die Zeit die meisten dieser Spuren getilgt hatte, aber ein paar wenige waren geblieben. Sie widerstand dem Drang, mit den Fingerspitzen darüber zu streichen.
»Vielleicht sollten wir zur Bäckerei fahren und sie mit Weihnachtsplätzchen auffüllen«, schlug Sarah vor.
»Falls du eine Bäckerei finden würdest, die an Heiligabend geöffnet hat, und wenn ich mir vorstellen könnte, dass du das tun könntest, ohne dass sich meine Großtante Lucinda im Grab umdreht. Gekaufte Plätzchen in ihrer Lieblingsplätzchendose? In diesem Haus grenzt das an ein Sakrileg, meine Liebe!«
Amüsiert nahm Sarah auf der Bank gegenüber Platz. »Ich vermute, ihr Bergstroms habt auf selbst gebackene Plätzchen bestanden.«
»Hättest du eine Bäckerin wie Großtante Lucinda in der Familie gehabt, dann könntest auch du dir nichts anderes vorstellen. Sie hat all die guten deutschen Weihnachtsplätzchen genau so gebacken, wie ihre Mutter es ihr beigebracht hatte. Sie hat in ihre Lebkuchen gemahlene Mandeln und Orangeade getan. Und die Anisplätzchen und die Zimtsterne! Sie hat sich immer bemüht, dass von

Nikolaus bis zum Dreikönigsfest etwas in der Dose war, aber wir Kinder haben sie so schnell weggegessen, wie sie backen konnte. Kein Wunder, dass sie den Apfelstrudel den anderen Bäckerinnen der Familie überlassen hat.«

»Ich habe einmal einen Apfelstrudel gemacht«, stellte Sarah fest. »Man nimmt den Blätterteig aus der Verpackung und legt ihn auf ein Backblech, dann macht man eine Dose Apfelkuchenfüllung auf, verteilt sie, rollt das Ganze auf und bäckt es.«

Sylvia verdrehte die Augen. »Deine Generation wird für ihre kulinarische Ignoranz in die Geschichte eingehen.«

»Er war köstlich«, protestierte Sarah. »Vor allem mit ein bisschen Vanilleguss darüber.«

»Das ist doch kein Strudel!«, empörte sich Sylvia. »Jedenfalls kein echter Strudel. Hättest du den von meiner Mutter je probiert, dann würden selbst deine geschädigten Geschmacksknospen den Unterschied bemerken.«

»Ich lerne gern. Bring mir bei, wie ich den echten zu machen habe.«

Sylvia winkte ab. »Ich habe ihn seit dem Krieg nicht mehr gemacht – seit dem Zweiten Weltkrieg, falls du auf die Idee kommen solltest, dass das weniger lang her sein könnte. Ich bräuchte mindestens einen Tag, um das Rezept aus dem Gedächtnis wieder hervorzukramen.«

»Willst du damit etwa sagen, dass es nicht aufgeschrieben wurde?«

»Natürlich nicht, meine Liebe. Damals hat eine geübte Köchin die Zutaten nicht mit Tassen und Teelöffeln abgemessen; mal war es eine Handvoll Mehl, mal eine Prise Salz – und man backe es im Ofen, bis es fertig ist. Die Anleitungen waren nie so genau, wie die heutigen Köchinnen fordern.«

Und trotzdem hatte das Essen damals immer besser geschmeckt, als die Rezepte von Mutter zu Tochter weitergegeben und im Gedächtnis behalten anstatt auf eine Karteikarte geschrieben oder im Computer gespeichert wurden.

Sylvia hörte, dass die Hintertür zur Halle zuschlug. Und kurz darauf erschien Sarahs Mann in der Tür, zwei große Einkaufstüten in der Hand. »Sieht schön aus«, stellte er mit bewunderndem Blick auf den festlichen Tisch fest. »Bedeutet das, dass Weihnachten doch nicht ausfällt?«

»Nicht einmal Sylvia kann Weihnachten ausfallen lassen«, erklärte Sarah. »Das kann niemand.«

»Doch, Oliver Cromwell hat es getan«, warf Sylvia ein, die aufstand und Matt eine der Tüten abnahm. »In den 1640er-Jahren, als er in England an die Macht kam. Er hielt es für zu dekadent. Aber ich bin nicht Oliver Cromwell, und in Elm Creek Manor ist Weihnachten nie ausgefallen. Ihr solltet nicht wegen fehlender Schneeflocken aus Papier und bunter Lichterketten irgendwelche falschen Schlüsse ziehen. Man braucht keinen Schmuck, um Weihnachten zu feiern.«

»Aber er hilft.« An Matt gewandt, fügte Sarah hinzu: »Komm, lass uns bald gehen und einen Baum holen. Ich habe keine Weihnachtsstimmung, solange es nicht nach Weihnachten aussieht.«

»Und nach Weihnachten klingt«, antwortete Matt. »Wir müssen Weihnachtslieder auflegen.«

»Ich habe meinen CD-Spieler in der Halle gelassen«, erklärte ihm Sarah. Er stellte die zweite Einkaufstüte auf der Arbeitsfläche ab und ging, um ihn zu holen, und sein Kopf mit den lockigen blonden Haaren passte gerade unter dem Türrahmen hindurch. Während sie warteten, räumten Sylvia und Sarah die Lebensmittel weg, die Matt

für ihr Weihnachtsessen besorgt hatte – Süßkartoffeln, Preiselbeeren, Mais, Äpfel, Mehl, Zwiebeln, Sellerie und eine dazugeschmuggelte Dose Bratensaft, die Sylvia absichtlich von der Einkaufsliste gestrichen hatte. Also wirklich! Bratensauce aus der Dose für ein Weihnachtsessen in Elm Creek Manor! Als Sarah gerade nicht hinsah, versteckte Sylvia die Bratensauce ganz hinten in der Ecke der Vorratskammer, damit ihr keine andere Wahl blieb, als Sylvia die Sauce selbst machen zu lassen. Alles, was sie sonst noch brauchten, hatten sie bereits im Haus. Eine Truthahnbrust taute im untersten Fach des Kühlschranks auf, und Sylvia hatte für die Füllung bereits einen Laib Brot in Würfel geschnitten. Früh am Morgen, noch bevor die jungen Leute zum Frühstück heruntergekommen waren, hatte sie einen Kürbiskuchen gebacken.
Sarah und Matt hatten ganz recht, Weihnachtsstimmung mit Schmuck und Gesang in Verbindung zu bringen, aber es waren die weihnachtlichen Gerüche und Spezialitäten, die in Sylvia Erinnerungen wachriefen und sie in vergangene Weihnachtsfeste zurückversetzten, als habe sie sie erst gestern, nicht schon vor Jahrzehnten erlebt. Wann immer Sylvia Anis roch – gleichgültig, wo sie war und welche Jahreszeit gerade herrschte –, fiel ihr sofort Großtante Lucinda ein, wie sie Unmengen köstlicher Plätzchen für ihre gierigen Nichten und Neffen machte. Der Geruch von gebackenen Äpfeln, Zimt und Teig erinnerte sie an ihre Mutter, an ihre Großmutter und sogar an die Schwester ihres Urgroßvaters, Gerda Bergstrom, die die Erste gewesen war, die in der Küche des Farmhauses, aus dem eines Tages Elm Creek Manor werden sollte, Apfelstrudel gebacken hatte.
Gerda Bergstrom hatte das Strudelrezept aus Deutschland mitgebracht, als sie in den 1850er-Jahren auswan-

derte. In diesem Punkt stimmten sämtliche Familiengeschichten überein. Ob sie es selbst ausgedacht oder von ihrer Mutter übernommen hatte, konnte jedoch niemand sagen.

Wie auch immer, jeder, der Gerdas Strudel kosten durfte, bestätigte, dass es der beste war, den er je gegessen hatte: Die Äpfel waren perfekt geschnitten und mit Zucker und Zimt bestreut, der Teig hauchzart und so leicht wie Luft. Doch nur wenige Privilegierte konnten ihren Strudel probieren – und immer nur zur Weihnachtszeit. Das ganze Jahr knauserte sie und sparte das Butter- und Eiergeld, damit sie dann im Dezember genug hatte, um all die Zutaten für die vielen Strudel zu kaufen, die sie in diesem Jahr backen wollte. Stets machte sie für die Familie zwei, die am Weihnachtsmorgen innerhalb von Minuten verputzt waren. Die anderen, manchmal bis zu zwei Dutzend Stück, verschenkte sie an Freunde und andere Leute, die sie manchmal gar nicht so gut kannte, die ihr im vergangenen Jahr jedoch irgendeinen Gefallen getan und somit ihre Dankbarkeit verdient hatten. Neben ihrer eigenen Familie erhielt ausnahmslos jedes Jahr nur eine weitere zwei Strudel: die Familie von Dr. Jonathan Granger, wahrscheinlich, weil seine Hilfe in einer Stadt, in der es nur einen Arzt gab, so unverzichtbar und seine Freundschaft so wertvoll war. »Ich schenke euch einfach die weihnachtliche Freude und Hoffnung«, sagte sie dann, wenn sie dem Glücklichen einen Strudel überreichte, doch weder die Sache noch das Geschenk waren so einfach, wie sie behauptete. Wenn Gerda an Heiligabend mit dem Pferdewagen ihres Bruders von Farm zu Farm und durch die Straßen der Kleinstadt fuhr und ihre Geschenke verteilte, wusste jeder genau, wie sie zu ihm stand. Manche waren freudig überrascht, andere fassten

reuig den Entschluss, im nächsten Jahr freundlicher zu der resoluten alten Jungfer zu sein.
Gerda, die als unverheiratete Frau im Haus ihres Bruders lebte, war entschlossen, ihm nicht zur Last zu fallen. Nach allem, was man so hörte, arbeitete sie schwer; sie kochte für die Familie und kümmerte sich um die Kinder ihres Bruders, sodass ihre Schwägerin, die eine geschickte Näherin war, zusätzliches Geld verdienen konnte, indem sie Näharbeiten übernahm. Gerdas Strudel war im ganzen Tal von Elm Creek bereits berühmt, als ihre Nichten alt genug waren, um in ihre Geheimnisse eingeweiht zu werden. Später, als ihre Neffen heirateten, brachte sie das Strudelbacken auch deren Frauen bei. Und obwohl jede Bergstrom-Frau ihrer Anleitung peinlich genau folgte und Ergebnisse erzielte, die in jeder anderen Familie bejubelt worden wären, waren trotzdem alle stets der Meinung, dass Gerdas Strudel in jeder Hinsicht unübertroffen blieb.
Nach Gerdas Tod rankten sich Legenden um ihre Kochkünste. Mehr als eine junge Braut, die in die Bergstrom-Familie einheiratete, floh in Tränen aufgelöst in ihr Zimmer, nachdem der Strudel, an dem sie stundenlang gearbeitet hatte, bei ihren Schwiegereltern auf zustimmendes Nicken stieß und liebevolle Erinnerungen an die weit bessere Kruste oder die besser gewürzten Äpfel hervorrief, die Gerda einst gezaubert hatte. Jüngere Generationen konnten nur neidisch lauschen, wenn ihre älteren Verwandten von den Weihnachtsessen schwärmten, die Gerda ganz allein in einer Küche zubereitet hatte, die fast ihr ganzes Leben lang lediglich mit einem mit Holz befeuerten Herd und einem Gemüsekeller aufwarten konnte. Einmal war Sylvia auf ihr Zimmer geschickt worden, nachdem sie die Frage aufgeworfen

hatte, warum Gerda ihre Zeit nicht hatte sinnvoller verbringen können, als ständig in der Küche zu stehen, Äpfel zu schälen und Tag und Nacht Teig auszuziehen, denn genau das musste sie wohl getan haben, wenn sie tatsächlich so viele Mehlspeisen zubereitet hatte, wie es die Familienlegende wollte.

Aber auch wenn keine der Bergstrom-Frauen Gerda in der Küche das Wasser reichen konnte, so war doch jede, die in ihr geheimes Rezept eingeweiht worden war, mit der Macht ausgestattet, die Bewunderung der jungen Männer, den Respekt zukünftiger Schwiegermütter zu gewinnen und den Neid der anderen Frauen zu wecken, deren Familien das Glück gehabt hatten, einen der berühmten Bergstrom-Strudel geschenkt bekommen zu haben.

Dann gab es eine Zeit, in der so viele Frauen der Familie den Strudel machen konnten, dass die nächste Generation kein Interesse mehr hatte, es zu lernen. Warum sollten sie das auch, wenn man sich doch darauf verlassen konnte, dass eine Tante oder Cousine einen Strudel für das Weihnachtsfrühstück der Familie und noch ein paar mehr machte, die notwendig waren, um Gerdas Tradition weiterzuführen, nämlich den engsten Freunden der Familie welche zu schenken? Dabei blieb unbemerkt, dass mit dem Tod jeder betagten Tante oder mit jeder jungen Frau, die mit ihrem frisch angetrauten Ehemann fortzog, ein wenig von Gerdas Wissen in Vergessenheit geriet.

Sylvias Mutter hatte das Glück, es von einigen jener Frauen zu lernen, denen Gerda es noch selbst beigebracht hatte: von ihrer Schwiegermutter und zwei Tanten ihres Mannes, Lydia und Lucinda. Eleanor muss das Rezept schnell beherrscht haben, denn es gehörte zu

Sylvias frühesten Kindheitserinnerungen, wie sie den Frauen ihrer Familie zugesehen hatte, wie sie in der Küche arbeiteten, und ihre Mutter verstand es schon damals, so gekonnt mit dem leicht reißenden Teig umzugehen, wie jede geborene Bergstrom.

Zudem war Eleanor eine begabte Quilterin, doch nicht nur aufgrund der Anleitung der Bergstrom-Frauen. Sie hatte als Kind in New York City das Quilten gelernt, und einer ihrer größten Schätze war der Crazy Quilt, den sie mit der Hilfe ihres geliebten Kindermädchens genäht hatte. Als sie zur Familie ihres Mannes nach Elm Creek Manor gezogen war, hatte sie die anderen Frauen mit ihrem gleichfalls großen Geschick bei Patchworkarbeiten und Applikationen beeindruckt, während die Bergstrom-Frauen in der Regel entweder das eine oder andere bevorzugten. Es bestanden noch weitere Unterschiede: Keine der Bergstroms hatte je einen Crazy Quilt gemacht, eine mit vielen Stickereien versehene, häufig komplizierte Arbeit, die eher zur Dekoration als zum Wärmespenden gedacht war – und sie bezeichneten die gleichen Muster oft mit anderen Namen. Im Laufe der Jahre tauschten sie ihr Wissen aus, und jede Frau betrachtete diese dank der Zusammenarbeit neu erworbenen Kenntnisse als Bereicherung.

Sylvia musste etwa sieben oder acht Jahre alt gewesen sein, als Eleanor Großtante Lucindas Feathered-Star-Blöcke zusammen mit dem übrigen grünen und roten Stoff in der Restetüte der Familie entdeckte. »Die sind zu schön genäht, um sie als Putzlappen zu verwenden«, protestierte Eleanor, und Lucinda erklärte, dass sie nicht aus Versehen in die Tüte gelangt seien, weil sie sie schon vor Jahren weggeworfen hätte. Ihre Augen seien nicht mehr so gut wie früher, und sie fühle sich nicht mehr in der

Lage, die winzigen Dreiecke so exakt wie nötig zusammenzunähen. Eine der Tanten schlug vor, die sechs Blöcke, die Lucinda fertiggestellt hatte, selbst zu einem Kinderquilt zusammenzusetzen, aber nach einigem Hin und Her kamen alle überein, dass die über vierzig Zentimeter großen Blöcke für eine Babydecke zu groß und wuchtig waren. Am Ende beschloss Eleanor, einen normal großen Weihnachtsquilt zu machen, aber anstatt weitere Feathered Stars zu nähen, die mit denen von Lucinda verglichen werden würden, wollte sie Applikationen mit Stechpalmenkränzen und -zweigen anfertigen und diese um die Blöcke der älteren Frau arrangieren.
Eleanor arbeitete regelmäßiger an dem Quilt, als Lucinda es getan hatte, und nähte das ganze Jahr über die grünen Stechpalmenblätter und die leuchtend roten Beeren mit winzigen, ganz exakten Stichen auf elfenbeinfarbene Stoffquadrate. Doch obwohl sie am Ende der Weihnachtszeit den Quilt nicht wegräumte, kam sie noch langsamer voran als Lucinda, weil sie nur eine Stunde oder zwei nähen konnte, dann zwangen Kopfschmerzen und Ermüdung sie, ihre Arbeit zur Seite zu legen. Nach der Geburt ihres jüngsten Kindes, des einzigen Sohnes, hatte sich ihr ohnehin angeschlagener Gesundheitszustand stetig weiter verschlechtert. Der Tod ihrer Mutter und Schwiegermutter in weniger als einem Jahr hatte ihre Verfassung deutlich verschlimmert. Nach und nach gab sie die Aktivitäten auf, die sie einst geliebt hatte: Reiten, Spaziergänge mit Sylvias Vater am Elm Creek entlang, Picknicks und Spiele im Garten. Die Tanten übernahmen die Haushaltspflichten, ohne zu erwähnen, dass Eleanor sich ausruhen musste. Ihre Liebe zu ihrer Familie zeigte sie aber trotz ihrer körperlichen Schwäche so deutlich wie immer, sodass die Kinder ihre Gebrechlichkeit

manchmal fast vergaßen. Sie war ihre geliebte Mama. Es war nicht wirklich wichtig, ob sie mit ihnen spielte oder ob sie sie nur auf ihren Schoß nahm und ihnen Geschichten erzählte. In ihrer Gesellschaft waren sie stets glücklich.

Als in Sylvias neuntem Lebensjahr im Dezember der Schneefall einsetzte, bot sie ihrer Mutter an, ihr zu helfen, den Weihnachtsquilt rechtzeitig zu den Feiertagen fertigzustellen. Erst vor Kurzem hatte sie einen Sampler mit Blumenapplikationen fertig genäht und ihre Stiche so sehr verbessert, dass sie unbedingt ein bedeutenderes Projekt in Angriff nehmen wollte. Ihre Mutter war einverstanden und fügte zerknirscht lachend hinzu, dass sie ohne Sylvias Hilfe wohl gezwungen wäre, die Sache wie Lucinda aufzugeben.

Diesen Gedanken konnte Sylvia nicht ertragen, vor allem nachdem ihre Mutter sich so sehr mit den schönen Stechpalmenkränzen und -zweigen geplagt hatte, die so echt wirkten, dass Sylvia beinahe erwartete, sie würden sich im Wind bewegen. Um ihrer Mutter die Mühe zu ersparen, zeichnete sie die Blatt-Schablone ihrer Mutter auf Karton nach, schnitt sie aus, legte sie auf grüne Stoffstücke und knickte die Ränder um, bis der Stoff die Form der Schablone hatte. Für die Beeren legte sie ein Zehncentstück auf die Rückseite eines Stoffkreises, dessen Durchmesser einen halben Zentimeter größer war, dann hielt sie die Münze fest, während sie mit kleinen Heftstichen am Rand entlangnähte, wobei sie am Anfang und Ende den Faden hängen ließ. Schließlich zog sie vorsichtig an diesen Fäden, sodass sich der Stoffkreis um das Geldstück legte, und bügelte das Ganze. Nachdem sie die Fäden gelockert hatte, um die Münze herauszuholen, heftete sie den Stoffsaum zu einem perfekten Kreis, ganz

genau in der Größe des Zehncentstücks. Ihre Mutter hatte dann nichts weiter zu tun, als die Blätter und Beeren auf den Grundstoff zu heften und sie mit feinen Stichen zu applizieren.
Doch trotz Sylvias Hilfe ermüdete ihre Mutter rasch und ruhte sich häufig mit ihrem Nähzeug im Schoß aus, schaute dem zwei Jahre alten Richard beim Spielen zu oder beaufsichtigte Claudia, wenn sie Popcorn, Beeren und Nüsse für den Christbaum auffädelte. Onkel William und seine Frau hatten im vergangenen Jahr vier Stunden gebraucht, um einen Baum auszusuchen, was nach Aussage von Sylvias Vater ein neuer Rekord war. Die Verzögerung hatte die Familie gezwungen, sich mit dem Schmücken des Baums sehr zu beeilen, um damit fertig zu werden, bevor es Zeit war, schlafen zu gehen. Sylvia hatte einige Spekulationen aufgeschnappt, dass Onkel William und seine Frau wohl nicht die ganze Zeit nach einem Baum gesucht hätten, aber sie konnte sich nicht vorstellen, was sie sonst da draußen ganz allein im verschneiten Wald hätten tun sollen. Vielleicht hatten sie sich ja verirrt. In jedem Fall war Claudia dieses Jahr entschlossen, auf eine noch längere Suche vorbereitet zu sein, indem sie den Baumschmuck im Voraus anfertigte.
Zwei Tage vor Weihnachten verkündete Großtante Lydia, dass sie beabsichtige, an diesem Tag Apfelstrudel zu machen, und dass jeder, der gerne helfen würde, willkommen sei. Trotz ihrer Erschöpfung zeigte Sylvias Mutter Interesse. »Wie viele willst du denn machen?«, fragte sie.
»Vier«, antwortete Lydia. »Einen für uns und drei für die besten Freunde.«
»Nur vier?«, fragte Eleanor. Im Laufe der Jahre hatte das Interesse der Familie an Gerdas Tradition nachgelassen,

da sie andere Möglichkeiten gefunden hatten, ihren Freunden und Nachbarn ihre Zuneigung und Dankbarkeit zum Ausdruck zu bringen. Gequiltete oder gestrickte Geschenke waren beliebt, aber Sylvia hatte gehört, wie Großtante Lucinda zu Lydia sagte, dass die meisten Familien im Elm Creek Tal dankbar wären, wenn sie dieses Jahr in ihren Strümpfen Kohle finden würden. »Tante Gerda hat immer gesagt, dass die einfachen Geschenke die besten sind«, hatte sie hinzugefügt, »aber dieses Jahr werden die meisten Leute nichts anderes als einfache Geschenke machen können, und mit Freude und Hoffnung wird es auch nicht weit her sein.«
Sie hatten darauf geachtet, solche Dinge nicht in Hörweite von Eleanor auszusprechen, und jetzt tauschten Lucinda und Lydia, mit Eleanors Überraschung konfrontiert, Blicke aus, und Sylvia schwieg. Ihr Vater und die anderen Erwachsenen bemühten sich sehr, traurige Nachrichten von Eleanor und den Kindern fernzuhalten, doch Sylvia hatte die Kunst, die Erwachsenen zu belauschen, perfektioniert. Sie wusste, was ihre Tanten beunruhigte, auch wenn sie den Grund nicht recht verstand. Im Oktober hatte die First Bank of Waterford das ganze Geld der Familie zusammen mit den Ersparnissen ihrer anderen Kunden verloren. Aus Gründen, die Sylvia nicht fair vorkamen, hatte eine größere Bank in einer fernen Stadt ein Darlehen aufgekündigt und den Tresorraum der Waterford Bank geplündert, um ihre eigenen Kunden auszuzahlen. Ihr Vater hatte gesagt, dass dies im ganzen Land geschehe – Banken gingen Bankrott, Fabriken schlossen, überall verloren die Männer die Möglichkeit, den Lebensunterhalt für sich und ihre Familien zu verdienen. Reiche Männer sprangen lieber von Hochhäusern in den Tod, als den Bankrott hin-

zunehmen, und arme Männer verkauften Äpfel an den Straßenecken.
Sylvias Mutter wusste, was im Land vor sich ging, weil die Familie nicht ohne Begründung die Zeitung verstecken oder das Radio ausschalten konnte. Was sie nicht wusste – was ihr Mann vor ihr geheim zu halten versuchte –, war, wie schlimm ihre eigene Familie betroffen war. Eleanor wusste nicht, dass ihre Ersparnisse dahin waren beziehungsweise dass der Familienbetrieb seit Monaten kein Geld abgeworfen hatte. Mit dem Börsenkrach hatten die meisten ihrer früheren Kunden ihren Reichtum verloren. Keiner hatte mehr Geld, um in Luxusgüter wie teure Pferde zu investieren. Die Bergstroms würden das überstehen, weil sie ziemlich autark waren: Sie besaßen ihr eigenes Land und brauchten also keine Pacht zu bezahlen, und sie pflanzten einen Teil ihrer Lebensmittel selbst an. Sie hatten reichlich Holz aus ihrem Wald, mit dem sie das Haus heizen konnten, falls ihr Kohlenvorrat vor dem Frühjahr aufgebraucht sein sollte. Im Haus gab es jede Menge begehrter Dinge, die sie einsetzen konnten, um Eleanors Arztrechnungen zu bezahlen, und mit denen sie alles, was sie aus der Stadt brauchten, finanzieren konnten. Aber zum ersten Mal seit Gerda Bergstroms Tagen musste die Familie jeden Penny zwei Mal umdrehen. Lydias Ausgaben für helles Mehl, Zucker und Zimt, an jedem anderen Weihnachtsfest eine Kleinigkeit, hatten bereits zu Streitereien mit einigen der Männer im Haushalt geführt.
»Die Zeiten sind schwierig«, versuchte Lydia zu erklären, weil sie Eleanor nicht beunruhigen wollte.
»Und sie werden noch schwieriger, bevor sie wieder besser werden«, sagte Eleanor entschieden und legte ihre Quiltarbeit zur Seite. »Umso wichtiger ist es, dass die-

jenigen von uns, die das Glück haben, reich zu sein, diesen Reichtum mit anderen teilen.«
Die sorgenvollen und entsetzten Blicke, die die anderen Erwachsenen austauschten, waren so offensichtlich, dass Sylvia nicht begreifen konnte, wie ihre Mutter deren Bedeutung missverstehen konnte, doch Eleanor hatte natürlich keine Ahnung, wie wenig von ihrem Reichtum übrig geblieben war. Als sie Sylvia rief, damit sie ihr von ihrem Sessel aufhalf, eilte Sylvia zu ihrer Mutter und stützte sie beim Aufstehen. Als Eleanor auf den Füßen stand, ließ sie den Blick über den Kreis besorgter Gesichter schweifen. »Hilft mir jemand von euch?« Nachdem keine der Tanten antwortete, kniff Eleanor fast unmerklich den Mund zusammen. »Na, schön. Sylvia, du?« Sylvia nickte. »Braves Mädchen. Und du, Claudia?« Auch Claudia nickte, etwas ernster. »Gut. Es ist sowieso Zeit, dass ihr Mädchen euch an Gerdas Rezept versucht. Ihr seid jetzt alt genug, dass ihr mehr tut, als nur die Äpfel zu schälen.«
Als Eleanor mit ihren Töchtern aus dem Zimmer ging, machte Lydia den Mund auf, doch jeder Protest, den sie vielleicht hatte vorbringen wollen, wurde von Lucinda sogleich durch eine Handbewegung im Keim erstickt. Keine der Verwandten folgte ihnen durch den Flur in die Küche, wo Eleanor die Bank ein Stück nach vorne zog und sich an den Tisch setzte, statt an der Arbeitsfläche zu stehen, wie sie es früher immer getan hatte. Sie verlangte nach ihrer Rührschüssel, nach Mehl, Wasser, Salz und Butter. Sylvia und Claudia beeilten sich, alles vor sie hinzustellen. Als ihre Mutter den schlaffen Mehlsack sah, verzog sie missbilligend den Mund, und Sylvia wusste, dass sie abschätzte und kalkulierte, für wie viele Strudel es wohl reichen mochte.

»Wir müssen damit auskommen«, murmelte sie und seufzte. Sie befahl Claudia, zwei Eier aus der Scheune zu holen. Sie würde den Teig für jeweils zwei Strudel anrühren und so viele machen, wie ihre Vorratskammer hergab.

»Merkt es euch«, wies ihre Mutter sie an, als Claudia zurückgekehrt war. Sie griff in den Mehlsack und tat sechs großzügig bemessene Handvoll in ihre Rührschüssel. Sie streute eine Prise Salz darauf, rührte beides um und machte mit einem Löffel in der Mitte eine Vertiefung. Da hinein gab sie ein Ei, eine Tasse Wasser und einen Klacks frische Butter, die Sylvia ihr geholt hatte. Schweigend mischte sie mit beiden Händen alles zusammen. Sylvia und Claudia warfen sich einen Blick zu, eine stumme Warnung, nichts zu sagen, ihre Mutter nicht darauf hinzuweisen, dass dies der letzte Rest Mehl war, dass sie nur noch wenig Salz übrig hatten und dass Großtante Lucinda die Eier bei Nachbarfarmern gegen Würste und Schinken eingetauscht hatte. Sylvia war sich nicht sicher, ob es wirklich eine Rolle spielen würde.

Eleanor tat den Teig auf ein mit Mehl bestäubtes Brett und begann zu kneten, und bei der Arbeit entspannte sich ihr zusammengekniffener Mund allmählich. Nach ein paar Minuten forderte sie Claudia auf, den Teig zu drücken, zu kneten und immer wieder zu falten. Als Nächstes kam Sylvia an die Reihe, und sie knetete den Teig, bis ihr die Hände und die Schultern wehtaten. Dann übernahm ihre Mutter wieder die Arbeit und knetete den Teig gekonnt mit den Handballen.

»Als ich ein kleines Mädchen war«, sagte sie plötzlich, »stellten meine Eltern einen französischen Koch ein, der uns fürs Weihnachtsdessert eine *bûche de noël* gemacht hat. Wisst ihr, was das ist? Das ist ein Schichtkuchen, der wie ein Baumstamm aussieht. Er hat ihn mit Schokoladenguss überzogen und mit Baiserstücken in Form von Pilzen dekoriert. Das war etwas ganz Besonderes. Meine Schwester und ich haben uns das ganze Jahr darauf gefreut.«

»Hat deine Mutter keinen Strudel gemacht?«, fragte Sylvia.

Ihre Mutter lachte. »Meine Mutter? Oh, nein, Darling. Meine Mutter hat nie gekocht oder gebacken. Ich habe nie Strudel gegessen, bis ich deinen Vater geheiratet habe und hierher gezogen bin.«

»Vielleicht können wir ja irgendwann mal so einen Baumstammkuchen machen«, sagte Claudia.

»Irgendwann vielleicht. Ich ziehe die Bergstrom-Tradition vor.«

Aus dem Teig war unter den geschickten Händen ihrer Mutter eine glatte, seidige Kugel geworden. Sie teilte sie in zwei Hälften, legte sie auf ein mit Mehl bestäubtes Brett und bedeckte sie mit einem Küchentuch. »Jetzt lassen wir den Teig ruhen, während wir die Äpfel vorbereiten.«

»Wir holen sie«, sagte Sylvia hastig und machte Claudia ein Zeichen, ihr in den Keller zu folgen. Die Äpfel, die aus ihrem eigenen Obstgarten stammten, waren im Keller gelagert, wo es im Winter so kalt war wie in einem Gefrierschrank, und sie lagen so rot und frisch in den an der Wand aufgereihten Weidenkörben wie am Tag, an dem sie geerntet wurden. Die Mädchen griffen jeweils nach dem nächstbesten Korb und schleppten die Äpfel hinauf. Als sie in die Küche kamen, richtete sich ihre Mutter auf und lächelte, aber es war offensichtlich, dass sie sich in der Zwischenzeit ausgeruht und den Kopf auf den Tisch gelegt hatte.

Sylvia holte drei Schälmesser aus der Schublade und

setzte sich ihrer Mutter und Schwester gegenüber auf die Bank. Eleanor konnte in der Zeit, in der Sylvia einen schaffte, drei Äpfel schälen, und die rote Schale rollte sich wie ein langes, schmales Band, so dünn wie Papier, auf. Sylvia versuchte, es ihr nachzumachen, aber ihre Streifen rissen gewöhnlich, sobald sie lang genug wurden und ihr bis zum Schoß reichten, und manchmal hingen noch dicke Stücke saftigen weißen Fruchtfleischs daran. Eleanor handhabte das Schälmesser so geschickt, dass man kaum glauben konnte, dass sie nicht schon in Sylvias Alter Äpfel für Strudel vorbereitet beziehungsweise dass sie das Weihnachtsfest je woanders gefeiert hatte.

»Mama?«, fragte Sylvia, die ihr Versprechen vergaß, ihre Mutter nicht mit zu vielen Fragen zu ermüden. »Wie war das Weihnachtsfest, als du so alt warst wie ich?«

»Ganz ähnlich wie heute«, antwortete ihre Mutter nach einem Augenblick. »Es war der Tag, an dem die Geburt des Herrn gefeiert wurde, ein Tag der Familie, des guten Essens, schöner Weihnachtslieder, und wenn wir brav gewesen waren, kam der Weihnachtsmann.«

Während sich die Apfelschalenstreifen auf dem Tisch anhäuften und ihre Finger vom Saft klebrig wurden, erzählte ihnen ihre Mutter Geschichten von den Weihnachtsfesten in New York – von schicken Bällen, Konzerten in der City, der regelmäßigen Fahrt zum Geschäft ihres Vaters in die Fifth Avenue, wo sie und ihre Schwester sich Spielsachen aussuchen durften, so viele sie haben wollten. Noch begeisterter erzählte sie von ruhigeren Feiern im Kinderzimmer mit ihrem englischen Kindermädchen, von dem sie von weihnachtlichen Gespenstergeschichten und Weihnachtskrachern erfuhr und von ihrer Verpflichtung, den Bedürftigen zu helfen, insbesondere an den Feiertagen, aber auch das ganze Jahr über. Sylvia fragte sich, ob die Hinweise dieses Kindermädchens für die Beharrlichkeit ihrer Mutter verantwortlich waren, Gerda Bergstroms Tradition des Schenkens fortzusetzen.

Als Eleanor glaubte, dass sie nun genügend Äpfel geschält hatten, hörte sie mit dem Geschichtenerzählen auf. Sie zeigte, wie die Äpfel in dünne, gleich große Stücke zu schneiden waren, und wieder schaffte sie drei, während ihre Töchter einen klein schnitten. Sie schickte Claudia los, ein frisch gemangeltes Betttuch aus dem Wäscheschrank zu holen, und unterdessen taten sie und Sylvia die Apfelschnitze in eine Schüssel und vermischten sie mit zwei großzügig bemessenen Handvoll Semmelbröseln, einer Prise Zimt, zwei Handvoll Zucker, fein gehackten Walnüssen und einem großen Löffel zerlassener Butter. Der süße Duft nach Äpfeln und Zimt war für Sylvia einfach zu verlockend, und sie konnte es sich nicht verkneifen, den Finger in die Schüssel zu tauchen, um den süßen Saft zu kosten, der sich unten gesammelt hatte.

»Was meint ihr, Mädels?«, fragte ihre Mutter, als Claudia von oben herunter kam. »Hat der Teig lange genug geruht?« Sylvia wusste nicht, was sie sagen sollte, aber Claudia antwortete so überzeugt mit ja, dass Sylvia ihr schnell beipflichtete, damit sie nicht den Anschein erweckte, weniger zu wissen als ihre Schwester. Nachdem die Mädchen den Tisch sauber gewischt hatten, legte ihre Mutter das Leintuch darauf, zog es glatt und klemmte es mit Wäscheklammern fest. Sie bestäubte das Tuch mit Mehl, aber Sylvia bemerkte, dass sie weit weniger nahm als in den vergangenen Jahren.

Eleanor wies ihre Töchter an, sich die Hände zu waschen. Als sie von der Spüle mit frisch geschrubbten und abgetrockneten Fingern wieder an den Tisch kamen, war sie

gerade dabei, eine der Teigkugeln mitten auf dem mit Mehl bestäubten Leintuch zu einem Rechteck auszurollen. Als sie den Teig mit dem Nudelholz nicht mehr dünner ausrollen konnte, legte sie es zur Seite. »Schaut genau zu«, wies sie ihre Töchter an. »Irgendwann werdet ihr wissen müssen, wie ihr das alleine macht.«
Sie schob die Hände unter das Teigrechteck und dehnte es vorsichtig, zog es sachte mit dem Handrücken und Daumen auseinander und ließ den Teig dann wieder auf das Tuch fallen. Sie ging auf die andere Seite und wiederholte den Vorgang, bis sie um den ganzen Tisch herum war und den Teig von allen vier Seiten ausgezogen hatte.
»Es geht schneller, wenn ihr beide mir helft«, stellte sie fest und schob die Hände wieder unter den Teig. »Und ich muss nicht so oft um den Tisch gehen.«
Sylvia errötete vor lauter Nervosität und Stolz, als sie an der einen Seite des Tisches, ihrer Mutter gegenüber, ihren Platz einnahm. Sie hatte ihre Mutter, Tanten und älteren Cousinen häufig beobachtet, wie sie den Teig auszogen, aber bislang war ihr und Claudia nie erlaubt worden mitzumachen. Der empfindliche Teig musste so lange gezogen werden, bis er überall so dünn war wie Seidenpapier, ohne dass Beulen oder dickere Stellen die feine Oberfläche ruinierten. Zuerst traute Sylvia sich nur, vorsichtig hinzufassen, doch als sie sah, wie der Teig nachgab, wenn sie ihn von der Mitte sanft nach außen zog, wurde sie mutiger.
»Mama«, rief Claudia in dem Moment aus, als Sylvia sah, was ihr passiert war. »Sylvia hat ein Loch gerissen!«
Zerknirscht zog Sylvia ihre Hände unter dem Teig hervor und ließ ihn auf den Tisch fallen. Ein Riss von gut sieben Zentimetern Länge klaffte im Teig.
»Das ist nicht schlimm«, sagte Eleanor und eilte auf die

andere Seite. »Das ist einfach zu reparieren.« Vorsichtig drückte sie das Loch zu und lächelte Sylvia beruhigend an, aber die Naht war deutlich zu sehen, und sie wusste, dass sie den Strudel ruiniert hatte.

»Es tut mir leid, Mama«, sagte sie. Was würden die Tanten sagen, wenn sie die Stelle entdeckten?

»Liebes, mach dir keine Sorgen«, antwortete Eleanor. »Ich denke, selbst Gerda Bergstrom hat hin und wieder einen Riss in den Teig gemacht. Als deine Großmutter es mir beibrachte, habe ich den Teig so oft zerrissen, dass er aussah wie ein von Motten zerfressener Pullover. Wir haben jedes Loch geflickt, und der Strudel war trotzdem köstlich, und ich bin mir sicher, das wird auch dieser sein.«

Sylvia fühlte sich besser, aber Claudia schüttelte angewidert stumm den Kopf. Die sorglose kleine Schwester wird den Ruf der Bergstroms noch ruinieren, schien ihr Blick zu sagen.

Eleanor forderte ihre Töchter auf, sich wieder der Arbeit zuzuwenden. Sylvia gehorchte, war dieses Mal jedoch vorsichtiger. Nach und nach wurde der Teig länger und breiter, bis er beinahe durchsichtig war. Schließlich reichte der Teig bis zu den Tischkanten und war unglaublich dünn. Ihre Mutter ging ein letztes Mal um den Tisch und schnitt die dickeren Ränder mit einem Messer ab. Sie legte die Reste zur Seite – daraus würde sie später Suppennudeln machen – und bat Sylvia, ihr die geschnittenen Äpfel zu bringen. Während Sylvia die Schüssel hielt, löffelte Eleanor die Äpfel heraus und belegte damit eine Längsseite des Teigs von einem Ende des Tischs zum anderen, wobei sie die Schnitze wie Feuerscheite übereinander schichtete.

Als sie damit fertig war, stellte Eleanor, deren Gesicht inzwischen ganz gerötet war, die leere Schüssel auf die Arbeitsfläche. Besorgt sah Sylvia sie an und schob für sie einen Stuhl zurück, damit sie sich ausruhen konnte, aber Eleanor legte nur eine kurze Pause ein. Dann faltete sie, an einem Ende beginnend, den Teig vorsichtig über die Äpfel, bis diese nicht mehr zu sehen waren. »An diesem Punkt ist die Teamarbeit entscheidend, Mädels«, sagte sie und nahm zwei der Wäscheklammern ab. Ihre Töchter hatten bei dieser Phase schon früher geholfen und wussten, was nun kommen würde. Sie nahmen ihre Plätze jeweils neben ihrer Mutter ein und ergriffen mit beiden Händen das lange Ende des Leintuchs. Eleanor zählte bis Drei, dann hoben sie das Tuch an, so dass die Apfelrolle von ihnen fort rollte und sich dabei selbst in den Teig wickelte. Eleanor bog den Strudel zu einem Hufeisen, legte ihn in einen Bräter und bestrich ihn mit Butter, die sie zum Schmelzen auf den Herd gestellt hatte. Claudia half ihr, den Bräter in den Backofen zu schieben, und dann dachte Sylvia erleichtert, sie hätten es geschafft.

»Gut gemacht, Mädels«, lobte ihre Mutter sie. »Aber das Entscheidende wird sein, wie er schmeckt.«

Sylvia lief schon jetzt das Wasser im Munde zusammen, aber sie wusste, dass sie bis zum Frühstück am Weihnachtsmorgen würden warten müssen, bis sie die Früchte ihrer Arbeit ernten konnten. Eleanor gestattete ihnen jedoch nur einen kurzen Moment, ihren Stolz zu genießen, dann erinnerte sie die beiden an die zweite Kugel Teig, die noch darauf wartete, ausgezogen zu werden. Ein paar Minuten, bevor der zweite Strudel fertig war und in den Bräter gelegt werden konnte, war der erste gebacken. Der intensive Duft nach Äpfeln und Zimt erfüllte die Küche, als Eleanor die Backofentür öffnete und den Bräter herausnahm. Sylvia freute sich sehr, dass er genauso aussah, wie er sollte, genau wie all die anderen Strudel, die die Bergstrom-Frauen seit Generationen in dieser Küche gemacht hatten.

Als der zweite Strudel im Ofen war, wollte Sylvia unbedingt mit dem nächsten anfangen. »Sollen wir noch mehr Äpfel aus dem Keller holen, Mama?«

»Wir ruhen uns lieber erst ein bisschen aus«, sagte Claudia, den Blick auf das Gesicht ihrer Mutter gerichtet.

»Es sei denn, ihr erlaubt uns, dass wir helfen«, sagte Großtante Lucinda, die in der Tür stand. Großtante Lydia spähte ihr über die Schulter und nickte.

»Sie hat euch vorhin gefragt, ob ihr helfen wollt, und ihr habt abgelehnt«, stellte Sylvia fest.

»Pst, Darling«, sagte ihre Mutter freundlich. Sie lächelte die Tanten an. »Wir würden uns über eure Hilfe freuen. Je mehr helfen, desto schneller geht es.«

Als ihre erfahreneren Tanten mitmachten, mussten sich Sylvia und Claudia mit ihrer gewohnten Rolle als Küchengehilfen zufriedengeben. Sie holten Geräte und Zutaten für ihre Verwandten, halfen hier mal kurz aus oder räumten dort schnell etwas weg, aber die meiste Zeit schauten und hörten sie zu. Sylvia sog ihre Geschichten von längst vergangenen Weihnachtsfesten geradezu auf, von den schweren Belastungen und Freuden, die die Frauen ihrer Familie in diesen vier Wänden erlebt hatten. Auch ihre Mutter, die auf ihrem Stuhl saß und langsam und gleichmäßig Äpfel schälte, hörte zu, und ihr Gesicht war nun nicht mehr gerötet, sondern blass, ihr Lächeln zufrieden, aber müde.

Am späten Nachmittag war der Mehlsack leer, und in der Zuckerdose befand sich nur noch ein kleiner Rest, aber vierzehn feine, goldbraune Strudel lagen nebeneinander auf dem Holztisch aufgereiht. Lucinda und Lydia machten sich sogleich an ihre verspäteten Vorbereitungen des Abendessens, während Sylvia und Claudia das Chaos aufräumten. Ihre Mutter stand auf, um ihnen zu helfen, aber Lucinda forderte sie auf, nach oben zu gehen und sich ein bisschen hinzulegen. »Ich kann mich doch nicht hinlegen, solange vor Weihnachten noch so viel zu tun ist«, protestierte sie, doch die Tanten bestanden darauf, sodass sie sich bereit erklärte, sich ins vordere Wohnzimmer zu setzen und an ihrem Weihnachtsquilt zu arbeiten, bis man sie brauchte.

Selbstverständlich hatten Lucinda und Lydia nicht vor, sie zu rufen, bis die Männer hereinkamen und das Essen auf dem Tisch stand. Das wusste sogar Sylvia. Während sie Apfelschalen vom Boden aufhob und das Geschirr abspülte, versuchte sie, der geflüsterten Unterhaltung der Tanten zu lauschen, sie schnappte Wörter und Sätze auf, die sie überzeugten, dass sich die Tanten darüber unterhielten, wie seltsam es war, dass Eleanor darauf bestanden hatte, so viele Strudel zu backen – mehr als die Bergstroms seit Jahren verschenkt hatten. Aber die älteren Frauen sprachen absichtlich leise, sodass Sylvia nicht mehr erfuhr, nicht einmal, wie sie den Männern erklären wollten, dass sie kein Mehl mehr übrig hatten, um morgen Brot zu backen.

Aufgrund ihrer Eile beziehungsweise weil die Speisekammer fast leer war, gab es zum Abendessen einfach nur die vom Frühstück übrig gebliebenen Brötchen und dazu Würste, die mit Äpfeln und Zwiebeln in Großmutters riesiger gusseisernen Pfanne zusammen angebraten wurden. Großtante Lucinda wies Claudia an, den Tisch im Esszimmer zu decken, während Sylvia ins Wohnzimmer gehen und ihre Mutter rufen sollte. Sie fand sie schlafend im Lehnstuhl, applizierte Stechpalmenblätter in ihrem Schoß, den Fingerhut noch immer auf dem Finger.

Falls die Männer der Familie überrascht waren, vierzehn Strudel auf dem Küchentisch zu sehen, so ließen sie sich beim Abendessen jedenfalls nichts anmerken. Vielleicht, hoffte Sylvia, waren sie ja gar nicht in der Küche gewesen. Vielleicht würden sie nicht hineingehen, bis die Kuchen in gewachstes Papier gewickelt, mit Geschenkband versehen und außer Sichtweite sicher in Körbe verpackt waren, bereit, verteilt zu werden. In stillschweigender Übereinkunft erzählten die Frauen nicht, womit Sylvias Mutter den Tag verbracht hatte. Während des gesamten Essens fühlte sich Sylvia nervös, weil sie darauf wartete, dass ihre Mutter die Wahrheit ausplauderte, aber Eleanor sagte nur wenig. Kaum hatten sie fertig gegessen, entschuldigte sich Eleanor und ging hinauf ins Bett.

Sobald sie außer Hörweite war, gaben die Männer zu verstehen, dass sie über das Geheimnis sehr wohl Bescheid wussten. Onkel William kritisierte die Verschwendung, während Sylvias Vater wütend fragte, wieso sie zugelassen hatten, dass Eleanor so schwer arbeitete.

»Wir hätten sie nicht stoppen können«, sagte Lucinda. »Nicht, ohne ihr einen guten Grund zu nennen, nicht ohne die Wahrheit über unsere finanzielle Lage zu verraten. Und ich weiß nicht einmal, ob diese sie abgehalten hätte.«

»Aber ihr habt das ganze Mehl aufgebraucht«, wandte Onkel William ein.

»Ich habe noch Eier, gegen die ich welches tauschen kann.«

»Wir haben sie aufgefordert, sich auszuruhen«, fügte Lydia hinzu. »Sie hat die meiste Zeit einfach nur dagesessen und Äpfel geschält.«

»Das war für sie offensichtlich schon zu viel.« Sylvias Vater schob seinen Stuhl zurück und stand auf, und allem Anschein nach schien ihm erst in diesem Moment wieder einzufallen, dass seine drei Kinder noch immer am Tisch saßen und jedes Wort mithörten. Selbst der zwei Jahre alte Richard blickte ernst und besorgt drein. »Aber es wird ihr wieder gut gehen, wenn sie sich ordentlich ausgeschlafen hat.«

Sylvia wusste, dass ihr Vater den letzten Satz nur der Kinder wegen hinzugefügt hatte. Sie wollte ihm so gerne glauben.

Am nächsten Morgen, als Sylvia zum Frühstück herunterkam, fand sie ihre Mutter in der Küche, wie sie die Strudel gerade vorsichtig in Körbe legte. Sie schüttelte leicht genervt den Kopf, als ihr Mann sie überreden wollte, wieder ins Bett zu gehen. »Ich bin nicht müde, und ich werde mich doch nicht am Morgen des Heiligen Abends ins Bett legen«, sagte sie zu ihm. »Ich muss diese Strudel jetzt den Nachbarn bringen, damit ich zurück bin, bevor wir William und Nellie losschicken, den Baum zu holen. Das will ich nicht versäumen.«

»Lass mich dich zumindest fahren«, beharrte Sylvias Vater.

Eleanor hielt mit dem Packen der Körbe inne und blickte ihm direkt in die Augen. »Freddy, du hast mich all die Jahre nicht wie eine Invalide behandelt, und ich verbiete dir, jetzt damit anzufangen. Du kannst mich vor dem, was kommt, nicht schützen, aber du kannst mir die Zeit erträglicher machen. Begrab mich nicht, bevor ich gestorben bin.«

Die Verärgerung in der sanften Stimme ihrer Mutter schockierte Sylvia. »Mama?«

Ihr Vater drehte ihr den Kopf ruckartig zu, ihre Mutter dagegen schaute langsamer auf, als sei sie gar nicht überrascht, Sylvia in der Tür stehen zu sehen. »Was ist, Darling?«

»Was kommt? Du hast gesagt, dass etwas kommt. Ich habe es gehört.«

Ihre Mutter antwortete nicht.

»Weihnachten«, sagte ihr Vater unvermittelt. »Weihnachten kommt. Hast du vergessen, was für ein Tag heute ist?«

Sylvia schüttelte den Kopf, sowohl als Antwort auf seine Frage als auch als Ablehnung seiner falschen Antwort. »Mama?«, wiederholte sie flehentlich. »Warum bist du auf Daddy böse?«

Ihre Mutter zögerte. »Weil ich weiß, dass er recht hat.« Sie rang sich ein Lächeln ab, aber Sylvia sah Tränen in ihren Augen. »Ich arbeite hin und wieder zu viel, vor allem in dieser Jahreszeit. Freddy, ich nehme dein Angebot, mich zu fahren, an. Vielen Dank. Sylvia, würdest du mitkommen und mir helfen, die berühmten Bergstrom-Strudel an unsere Freunde zu verteilen? Das steht dir auch zu, da du ja geholfen hast, sie zu machen.«

»Natürlich, Mama«, antwortete Sylvia, die sich zwang, mit heiterer Stimme zu sprechen. Insgeheim schalt sie sich, weil sie den Wünschen ihres Vaters keine Beachtung geschenkt hatte. Wie viele Male hatte er die Kinder ermahnt, ihre Mutter nicht so arg zu strapazieren? Hätten Sylvia und Claudia nicht zugestimmt, ihrer Mutter beim Strudelmachen zu helfen, dann wäre sie vielleicht in ihrem Sessel im Wohnzimmer sitzen geblieben und hätte am Weihnachtsquilt gearbeitet und mit ihren Kräften hausgehaltet. Vielleicht hätte sie die Strudel aber auch allein gemacht und ihre letzten Energiereserven aufgebraucht, sodass sie am Ende das Bett hätte hüten

müssen. Sylvia konnte nicht mit Sicherheit sagen, ob sie das Richtige oder Falsche getan hatten, als sie ihrer Mutter halfen. Das war alles so verwirrend und merkwürdig. Seit Jahren hatten die Erwachsenen die Kinder gewarnt, dass es ihrer Mutter nicht gut gehe und dass sie ihr ihre Ruhe lassen sollten. Manchmal vergaßen sie das, aber meistens taten sie, wie ihnen geheißen. Was hatte es genutzt? Ruhe, Arztbesuche, die Geheimhaltung der Wahrheit über ihre Finanzlage – nichts davon hatte, soweit es Sylvia beurteilen konnte, etwas gebracht. Wann würde es ihrer Mutter wieder gutgehen und wann würde sie wieder bei Kräften sein?
Sylvia behielt ihre Sorgen für sich, ein stummer Schrei aus Angst und Kummer lag ihr auf der Seele, als sie und ihre Eltern sich warm anzogen und die Körbe zum Auto hinaustrugen. Ihr Vater fuhr nur noch selten damit, weil er das Benzin für Notfälle aufsparte. Sylvias Mutter hatte man erzählt, dass ihr Mann lieber die Pferde bewegte, damit sie über den Winter nicht dick und träge würden. Soweit Sylvia es beurteilen konnte, hatte ihre Mutter das geschluckt, auch wenn die Bergstroms so etwas früher nicht getan hatten. Mittlerweile machten sie so viele Dinge anders, und trotzdem hatte nichts den Argwohn dieser Frau geweckt, die die intimen Details des Haushalts seit Langem kannte, die sogar Dinge über ihre Kinder wusste, die sie unmöglich gesehen oder gehört haben konnte. Wie konnte sie in Bezug auf das, was sich um sie herum abspielte, nur so ahnungslos sein? Plötzlich hätte Sylvia große Lust gehabt, ihre Mutter an den Schultern zu packen und sie zu schütteln, die Wahrheit aus sich heraus- und in sie hineinzuschütteln.
Sylvia setzte sich neben die Körbe auf den Rücksitz, während ihr Vater der Mutter half, auf dem Beifahrersitz

Platz zu nehmen. Das Auto stieß aus dem Auspuffrohr eine schwarze Rauchwolke aus, als ihr Vater versuchte, es zu starten, doch schon nach einem kurzen Moment knatterte der Motor gleichmäßig vor sich hin.

»Zuerst zu den Craigmiles«, sagte Eleanor. Vater nickte, und fuhr sie zu einer Farm, die weniger als eine Meile entfernt lag.

Die Craigmiles lebten schon seit Generationen im Elm Creek Tal, und die Familie war schon seit Gerdas Lebzeiten mit den Bergstroms befreundet.

Sylvias Vater wartete im Auto, als seine Frau und seine Tochter auf das Haus zugingen. Sylvia trug den Strudel, und ihre Mutter legte eine Hand auf ihre Schulter, um sich abzustützen. Als Mrs Craigmile auf Eleanors Klopfen hin die Tür öffnete, bemerkte Sylvia, dass ihre Mutter erschrak, wie sehr sie sich verändert hatte. Sie war zwar nur zehn Jahre älter als Eleanor, doch ihre braunen Haare waren grau geworden, und rund um ihre Augen und den Mund hatten sich tiefe Sorgenfalten eingegraben.

Eleanor fasste sich schnell. »Frohe Weihnachten, Edith.« Sie nickte Sylvia zu, die der Nachbarin einen eingepackten Strudel in die Hände legte.

»Du meine Güte.« Mrs Craigmile starrte auf das Geschenk. »Vielen Dank. Ich bin euch dankbar. Damit haben wir dieses Jahr nicht gerechnet.«

»Warum nicht?«, fragte Eleanor sichtlich überrascht. »Ihr wisst doch, dass wir euch nie vergessen.«

»Ja, aber dieses Jahr ...« Mrs Craigmile zuckte die Schultern. »Von den harten Zeiten ist jeder betroffen. Aber du siehst so gesund aus. Es ist schön zu sehen, dass du aus dem Haus gehen kannst.«

»Ich sperre mich, sobald es kälter wird, zu viel im Haus

ein. Das muss daran liegen, dass ich die Konstitution einer Städterin habe.«
Mrs Craigmiles Lippen verzogen sich zu einem unsicheren Lächeln. »Du lebst schon so lange hier, dass du dich inzwischen sicher an unser Klima gewöhnt hast. Ich habe mein ganzes Leben hier verbracht. Deshalb kann ich mir gar nicht vorstellen, was ich mache, wenn wir hier ausziehen müssen.«
»Ihr wollt eure Farm aufgeben?«
»Wollen? Es ist nicht einmal mehr unsere Farm, so heißt es jedenfalls. Sie gehört der Bank.«
Eleanor umklammerte Sylvias Schulter fester. »Aber seit mehr als hundert Jahren bestellen Craigmiles dieses Land. Was hat die Bank damit zu tun?«
»Erinnerst du dich, als die Brennans die fünfzehn Morgen entlang unserer Nordweide zum Verkauf angeboten haben?«
»Natürlich. Du und Malcolm, ihr habt sie gekauft.«
»Damals waren die Zeiten besser. Wir haben von der Bank of Waterford einen Kredit aufgenommen, um das Land zu kaufen und um die Veranda an das Haus anzubauen und die neue Ackerfräse zu bestellen.« Mrs Craigmile zuckte emotionslos die Schultern, doch ihr Kummer war deutlich spürbar. »Als die Bank in Konkurs ging, haben sie unseren Kredit eingefordert. Jetzt behaupten irgendwelche Banker in Philadelphia, unser Land würde ihnen gehören. Ich weiß nicht, ob wir zusammenpacken und mit allem, was wir tragen können, verschwinden sollen, bevor sie uns noch das letzte Hemd nehmen, oder ob wir tun sollen, was Malcolm sagt, und hier bleiben, bis sie das Haus räumen lassen.«
Eleanors schockierter Gesichtsausdruck versetzte Sylvia einen Stich in die Magengrube. Mrs Craigmile musste

gespürt haben, dass etwas nicht stimmte, denn sie fügte hastig hinzu: »Aber mach dir um uns keine Sorgen. Es kommt sicher alles wieder in Ordnung. Was will ein Haufen Banker aus der Stadt schon mit unserer Farm anfangen? Wahrscheinlich lassen sie uns in Ruhe, vor allem, wenn wir versprechen, jeden Monat etwas abzustottern. Das schaffen wir schon. Ich wünsche euch allen ein schönes Weihnachtsfest.«
Eleanor nickte wortlos. Sylvia wünschte hastig Frohe Weihnachten und führte ihre Mutter zum wartenden Auto zurück.
»Hast du das von der Pleite der Bank gewusst, Sylvia?«, fragte ihre Mutter.
»Ja, Mama«, antwortete sie leise.
Ihre Mutter nickte, den Blick auf das Auto geheftet.
Als sie einstiegen, hielt Sylvia den Atem an, weil sie damit rechnete, dass ihre Mutter ihren Vater zur Rede stellen und eine Erklärung zu ihrer eigenen finanziellen Lage fordern würde. Aber sie sagte nichts, sondern bat ihn nur, sie zur Shropshire Farm zu fahren, die näher an der Stadt lag.
Bei jedem Haus, zu dem sie an diesem Vormittag kamen, war es das Gleiche. Freunde und Nachbarn begrüßten Eleanor und ihr Geschenk dankbarer als je zuvor, erkundigten sich vorsichtig nach ihrem Gesundheitszustand und dem Wohlergehen der Bergstroms und erzählten traurige Geschichten, von denen sie offensichtlich annahmen, dass Eleanor darüber bereits Bescheid wusste. In der Stadt war es das Gleiche wie auf den Farmen. Eine Lehrerin erzählte, dass die Hälfte ihrer Schüler nicht mehr zum Unterricht komme. Die Frau des Herausgebers des *Waterford Register* gestand, dass sie nicht wisse, wie lange ihr Mann die Zeitung noch heraus-

bringen könne, und dass sie alles, was sie besaßen, zusammenkratzen müsse, um den Kindern ein richtiges Weihnachtsfest zu bieten. »Aber der Weihnachtsmann wird sie nicht vergessen«, fügte sie mit einem Blick auf Sylvia hinzu, als hätte sie sie gerade eben erst bemerkt. »Dich bestimmt auch nicht.«

Bevor sie diesen letzten Satz sagte, warf sie Eleanor einen fragenden Blick zu. Welche stumme Frage sie ihr auch stellte, Eleanor beantwortete sie mit einem kurzen Nicken und sagte: »Ich bin sicher, der Weihnachtsmann wird heute Abend bei uns vorbeischauen.«

Nachdem der letzte Strudel ausgehändigt war, machte sich Sylvias Vater an den Rückweg. Während der Fahrt schwieg Eleanor fast die ganze Zeit. Sylvias Vater schaute hin und wieder zu ihr hinüber, um sich zu vergewissern, dass es ihr gut ging, und schrieb ihr Schweigen zweifellos ihrer Erschöpfung zu. Sylvia wollte ihn warnen, dass ihre Mutter über die Geheimnisse Bescheid wusste, die er so lange vor ihr gehütet hatte, aber sie wusste nicht, wie sie es anstellen sollte, ohne ihre Mutter zu verraten.

Als sie die Brücke über den Elm Creek überquerten, brach Eleanor plötzlich das Schweigen. »Freddy«, sagte sie leise, »unseren Nachbarn geht es schlecht.«

Sylvias Vater antwortete erst nach einer geraumen Weile. »Natürlich. Das sind für alle schwere Zeiten.«

»Und bis heute hatte ich keine Ahnung, wie schwer. Ach, ich habe gewusst, dass unsere Lage schlimmer sein muss, als du mir gesagt hast, aber dass sie so schlimm ist, habe ich mir nicht vorgestellt.«

»Darling, ich verspreche dir, dass wir es schaffen. Wir werden die Farm nicht verlieren. Die Kinder werden nicht hungern müssen.«

»Vielleicht, aber was ist mit unseren Freunden? Was ist

mit den anderen? Wir müssen ihnen helfen.« Eleanor drehte sich in ihrem Sitz und sah ihren Mann an. »Die Craigmiles verlieren ihre Farm an die Bank, wenn sie ihren Kredit nicht zurückzahlen. Wir müssen das für sie übernehmen.«

»Darling –«

»Daniel Shropshire braucht eine Brille. Die Schultzes brauchen Lebensmittel. Seit Monaten hat niemand Dr. Granger bezahlen können, deshalb hat auch seine Familie zu kämpfen. Dieses Jahr müssen wir mehr geben als nur weihnachtliche Hoffnung und Freude. Wir müssen ihnen geben, was sie brauchen.«

»Darling, wir haben nicht die Mittel dazu.«

Eleanor starrte ihn an. »Dann hat der Konkurs der Bank –«

»– auch uns unsere Ersparnisse gekostet. Eleanor, so gerne ich unseren Freunden helfen möchte, ich tue schon alles, um uns über Wasser zu halten.«

Niedergeschlagen sackte Sylvia auf dem Rücksitz zusammen und wünschte sich, wirklich so taub zu sein, wie ihre Eltern zu glauben schienen. Als ihr Vater das Auto in die ehemalige Remise fuhr und den Motor ausschaltete, richtete sich ihre Mutter in ihrem Sitz kerzengerade auf, die behandschuhten Hände in ihrem Schoß gefaltet. Keiner machte Anstalten, aus dem Auto auszusteigen, und schließlich sagte Sylvias Mutter: »Als Christen sind wir nicht aufgerufen, nur von unserem Überfluss zu geben, sondern so viel wir können. Wir müssen die Pferde verkaufen.«

»Eleanor.« Die Stimme ihres Vaters klang mitfühlend und bekümmert. »Ich habe seit Monaten kein Pferd verkaufen können. Glaub mir, ich habe es versucht.«

»Aber unsere treuesten Kunden –«

»– sind pleite oder in der gleichen Lage wie wir. Überall ist es das Gleiche. Wir müssen diesen Sturm gemeinsam durchstehen.«
»Ja. Da hast du absolut recht.« Eleanor öffnete die Autotür, stieg aus und knallte sie zu. »Gemeinsam. Das ist die einzige Möglichkeit, ihn zu überstehen. Wir können nicht nur an uns denken. Und du darfst mir nie mehr die Wahrheit verschweigen.«
Sylvias Vater blickte ihr nach, wie sie zielstrebig auf das Haus zuging. Sylvia saß reglos mit pochendem Herzen da. Noch nie war sie Zeugin eines so hitzigen Wortwechsels zwischen ihren Eltern gewesen, und das war etwas zugleich Schreckliches und Aufregendes. *Schaut!*, wollte sie ihrem Vater und den Tanten zurufen, *Mama ist nicht zu krank, um die Wahrheit zu hören. Sie ist stark und wütend und entschlossen. Sie wird euch allen beweisen, dass ihr unrecht habt, und alles besser machen, und auch ihr wird es bald wieder besser gehen.*
»Komm schon, Sylvia«, sagte ihr Vater müde. »Wir gehen rein, bevor wir hier erfrieren.«
Im Haus war die Familie gerade dabei, den Weihnachtsschmuck auszupacken und Onkel William und Tante Nellie zu necken, die sich für einen Spaziergang durch den verschneiten Wald auf der Suche nach einem Christbaum gerade warm anzogen. Claudia berichtete, dass ihre Mutter dem Paar nur kurz viel Glück gewünscht habe, bevor sie sich nach oben zurückzog, um sich auszuruhen, das jedenfalls nahmen alle an. Sylvia schloss sich mit schwerem Herzen den anderen an und half beim Dekorieren des Hauses. Sie fragte sich, ob irgendjemand bemerkte, wie oft ihr Vater zur Tür blickte und wie gezwungen sein Lächeln war.
Nach etwas mehr als einer Stunde kehrte das Paar mit

einem Baum zurück, was mit hochgezogenen Augenbrauen und fragenden Blicken quittiert wurde anstatt mit dem Dank, den sie Sylvias Meinung nach dafür verdient hatten, dass sie durch ihre schnelle Rückkehr ihr langes Ausbleiben im letzten Jahr wiedergutgemacht hatten.

»Sollen wir Mama holen?«, fragte Claudia Sylvia, als ihr Vater und ihr Onkel den Baum in den Ständer stellten. »Sie möchte das Schmücken des Baums sicher nicht verpassen.«

»Ich hole sie«, erklärte Sylvia. Sie schlüpfte aus dem Ballsaal, ohne dass ihr Vater es bemerkte. Er würde nicht wollen, dass sie ihre Mutter störte.

Sylvia hastete ins Zimmer ihrer Mutter hinauf, in der Erwartung, dass sie im Bett liegen würde, doch stattdessen saß sie auf dem Boden und holte Kleidungsstücke aus einer Schublade der Kommode. Neben ihr türmte sich ein Stapel ordentlich gefalteter Pullover.

»Mama?«, fragte Sylvia. »Was machst du denn da?«

»Sylvia, Liebes.« Eleanor gab Sylvia einen Wink, zu ihr zu kommen. »Ich habe Sachen herausgesucht, die ich nicht mehr brauche. Wir bringen sie morgen in die Kirche und bitten Reverend Webster, sie an Bedürftige zu verteilen.«

Sylvia beäugte den Stapel Pullover. Sie waren dick und warm, von der Art, wie ihre Mutter sie immer getragen hatte, wenn sie half, die Pferde zu bewegen. »Brauchst du sie nicht?«

Eleanor schüttelte den Kopf. »Die sind mir inzwischen zu groß.« Das stimmte: In den letzten Jahren war ihre Mutter dünner geworden, eine im Wind schwankende Weide. »Ich möchte, dass du zu deinem Schrank gehst und alle Kleider herausholst, aus denen du herausgewachsen bist. Auch die Schuhe. Ich bin mir sicher, dass der Reverend eine junge Dame findet, die froh ist, sie zu kriegen.«

»Jetzt, Mama? Unten sind alle gerade dabei, den Baum zu schmücken.«
Eleanor fuhr zusammen. »Ach, du meine Güte, natürlich. Wir sollten sie nicht warten lassen. Das können wir morgen fertig machen.«
Weihnachten damit verbringen, alte Kleider auszusortieren? Sylvia wollte schon protestieren, aber da fielen ihr die Geschichten ihrer Nachbarn von den harten Zeiten ein, die noch härter zu werden versprachen, und sie schwieg. Sie nahm ihre Mutter bei der Hand und ging mit ihr hinunter. Unterwegs begegneten sie Großtante Lydia, die beauftragt worden war, den Stern zu verstecken. Sie schien freudig überrascht zu sein, Eleanor zu sehen, und im Vorbeigehen hielt sie Sylvia im Spaß vor, sie würde nach dem Stern suchen, bevor er richtig versteckt sei. Normalerweise hätte eine solche Bemerkung Sylvia empört und ihr das Gefühl gegeben, zu Unrecht beschuldigt zu werden, aber an diesem Tag waren zu viele wirklich beunruhigende Dinge gesagt worden, als dass sie sich über einen harmlosen Scherz geärgert hätte.
Als sie den Ballsaal betraten, eilte Sylvias Vater herbei, nahm seine Frau bei den Händen und führte sie zu einem bequemen Sessel, von dem aus sie das Schmücken beobachten und Verbesserungsvorschläge machen konnte. Sylvia rechnete fast damit, dass ihre Mutter einwenden würde, sie bräuchte nicht zu sitzen, aber Eleanor nahm in dem ihr angebotenen Sessel Platz und bat Sylvia, ihr das Nähzeug zu bringen. Sylvia rannte ins Wohnzimmer, um den Nähkorb und die Stechpalmenapplikationen zu holen, und kaum war sie zurückgekehrt, schickte ihr Vater die Kinder los, den roten Glasstern zu suchen. Sylvia erinnerte sich, wo Großtante Lydia den Stern das letzte Mal versteckt hatte, als sie vor drei Jahren an der Reihe

gewesen war. Weil sie schnell wieder bei ihrer Mutter sein wollte, schaute sie zuerst dort nach und entdeckte den Stern auf einem Bücherregal in der Bibliothek, allerdings nicht im gleichen Fach. Sylvia nahm Richard bei der Hand und führte ihn dorthin. Er krähte vor Freude und rannte zurück, um seinen Eltern zu zeigen, was er gefunden hatte.

Und so verging der Heiligabend, wie alle anderen vergangen waren, an die Sylvia sich erinnern konnte – beinahe jedenfalls. Großtante Lucinda las laut die Weihnachtsgrüße von fernen Familienangehörigen vor, auch den Brief von Elizabeth aus Kalifornien. Sylvias Vater las den Kindern »Der Besuch des Hl. Nikolaus« vor und Großtante Lydia danach die Weihnachtsgeschichte aus dem Lukasevangelium. Sylvias Mutter applizierte Stechpalmenbeeren auf ihren Weihnachtsquilt, und Großtante Lucinda reichte eine Platte mit ihren Weihnachtsplätzchen herum. Aber darauf lagen weniger Plätzchen als im letzten Jahr, und weniger Geschenke fanden sich unter dem Baum. Sylvia hoffte, der Weihnachtsmann würde nicht vergessen, dass die meisten davon Geschenke waren, die die Erwachsenen miteinander tauschten, und dass unter dem Baum noch Platz war.

Nach Umarmungen und Küssen wurden die Kinder ins Bett geschickt. Sylvia führte den kleinen Richard an der Hand nach oben und brachte ihn zu Bett, wie sie es jeden Abend tat. Als sie in ihr eigenes Zimmer ging, lag Claudia bereits unter der Decke. »Was ist passiert, als du und Mama und Daddy heute Morgen fortgefahren seid?«, fragte Claudia, als Sylvia ins Bett stieg.

»Wir haben den Nachbarn die Strudel gebracht.«

»Aber ihr wart so lange fort.«

»Mama hatte dieses Jahr mehr Strudel gemacht.«

»Vielleicht denkt sie, dass dieses Jahr die letzte Gelegenheit war.«
Sylvia wurde wie durch einen Blitz aus heiterem Himmel alles klar, als der nagende Verdacht, den sie den ganzen Tag zu verdrängen versucht hatte, an die Oberfläche drang. Es stimmte. An diesem Tag war die Überreichung des Geschenks jeweils Ausdruck von Freundschaft, von Mitgefühl in harten Zeiten, von weihnachtlicher Freude und Hoffnung gewesen – aber auch ein Abschied.
Nachdenklich fügte Claudia hinzu: »Es ist fast so, als würde Mama glauben, dass wir immer so arm sein werden, dass wir nie mehr genügend Mehl haben, um wieder richtig zu backen.«
Dankbar klammerte sich Sylvia an die unschuldige Erklärung ihrer Schwester und hielt sich verzweifelt daran fest. Natürlich hatten die Geschenke ihrer Mutter mit den schweren Zeiten in Waterford zu tun. Natürlich wollte sie so viele Strudel verschenken, wie sie nur konnte, um sicherzustellen, dass ihre Freunde am Weihnachtsmorgen ein besonderes Frühstück genießen konnten. Nach Aussage von Mrs Craigmile und den anderen kamen ihnen die früher ganz gewöhnlichen Mahlzeiten inzwischen luxuriös vor. Die Geschenke ihrer Mutter würden ihre Freunde daran erinnern, dass gewiss wieder bessere Zeiten anbrechen würden. Mit jedem Bissen in den köstlichen Teig und die Zimtäpfel gab sie ihnen Hoffnung und ermutigte sie.
»Wir sind nicht arm.« Sylvia zog sich den Quilt bis zum Kinn hoch. »Uns geht es viel besser als den meisten anderen Leuten, vor allem den Familien, die in der Stadt leben. Solange wir die Farm haben, kommen wir immer durch.«
»Das stimmt. Daddy kann jederzeit ein Stück Land verkaufen.«

»Das meine ich nicht. Wir haben die Farm und die Obstgärten und das Haus. Wir werden nie hungern und immer ein Dach über dem Kopf haben. Mehr brauchen wir nicht.«

»Jeder braucht Geld, selbst wenn man eine Farm besitzt. Wir müssen Steuern zahlen und Sachen kaufen, die wir nicht selbst machen oder anpflanzen können.« Wie jeden Abend breitete Claudia ihre glänzenden braunen Locken wie einen Fächer auf dem Kissen aus, um zu verhindern, dass sie sich verhedderten. Sie schlief auf dem Rücken, und am Morgen würden ihre Haare noch immer ordentlich ausgebreitet daliegen und nicht im Geringsten verfilzt sein. Sylvia konnte sich nie vorstellen, wie Claudia es schaffte, die ganze Nacht still zu liegen, während Sylvia jeden Morgen in völlig zerwühlten Laken aufwachte.

»Ich meine ja nicht, alles Land«, fügte Claudia hinzu. »Wir würden das Haus doch nie verkaufen, dann hätten wir ja kein Zuhause mehr. Aber Daddy wird das Land verkaufen, wenn er muss. Ich würde es jedenfalls tun.«

Sylvia kochte innerlich vor Wut. »Wie gut, dass Elm Creek Manor nie dir gehören wird, damit du es verkaufen kannst.«

Sie rollte sich auf die Seite, drehte ihrer Schwester den Rücken zu und klappte sich das Kissen um den Kopf. Claudia war eine Idiotin, eine dumme kleine Idiotin. Die Farm ernährte ihre Familie. Das Land versorgte die Bergstroms, genau so, wie sie das Land versorgten. Das wusste ihr Vater. Jeder Bergstrom mit einem Funken gesunden Menschenverstand begriff das, genau wie sie wussten, dass es notwendig war, Luft zum Atmen und Lebensmittel zum Essen zu haben. Die Tatsache, dass Claudia so unbekümmert den Verkauf von Bergstrom-

Land in Erwägung ziehen konnte, erfüllte Sylvia gleichermaßen mit Verwunderung und Wut.
Der Weihnachtsmorgen brach grau und kalt an. Über Nacht hatte es geschneit, und die dichten Wolken tauchten die Morgenluft in ein Zwielicht, doch das Wetter hatte den Weihnachtsmann nicht davon abgehalten, zu ihnen zu kommen.
Sylvia vergaß in dem besonderen Glück des Weihnachtsmorgens ihren ganzen Ärger auf ihre Schwester und ihre Sorgen um die Nachbarn. Der Weihnachtsmann war gekommen! Er hatte ihr verziehen, dass sie im Laufe des Jahres unzählige Male unartig gewesen war, und hatte sie auf die Liste der braven Kinder gesetzt, eher ein Zeichen seiner Liebe und seines Vertrauens in ihre Möglichkeiten als eine exakte Bewertung ihres Verhaltens. Sie konnte sich sogar mit Claudia freuen, die die Porzellanpuppe bekommen hatte, die sie sich wünschte. Klein Richard hatte unter dem Baum einen Spielzeugzug aus Holz entdeckt, den er glücklich auf dem Boden im Kreis herumschob. Sylvia hatte einen eigenen Nähkorb bekommen, der bis auf die Farbe genau gleich war wie der ihrer Mutter – helles Kiefernholz anstatt des dunklen Kirschholzes.
»Der Weihnachtsmann muss wohl gesehen haben, wie du mir bei dem Weihnachtsquilt geholfen hast«, stellte ihre Mutter fest. »Er muss beschlossen haben, dass du eine eigene Schere und eigene Nadeln brauchst.«
Sylvia wäre schon mit diesem einen Geschenk zufrieden gewesen, aber genau in diesem Augenblick spähte ihr Vater neugierig zwischen die Zweige des Baums. »Was ist denn das?«, fragte er und deutete auf die Stelle.
»Ich sehe nichts«, sagte Claudia. »Nur ein Stück Papier. Das ist vielleicht von Sylvias Engel abgegangen. Die

Flügel waren schon immer lose. Sie hat sie nicht genügend festgeklebt.«
Sylvia warf Claudia einen wütenden Blick zu, doch dann fiel ihr ein, dass der Weihnachtsmann sie beobachten und sich womöglich schon Notizen für nächstes Jahr machen könnte.
Ihr Vater schüttelte verwundert den Kopf. »Das ist ein Stück Papier, das stimmt, aber schau weiter hinauf. Die Flügel von Sylvias Engel sind genau an der Stelle, wo sie hingehören. Sylvia, könntest du mal nachsehen, was das ist?«
Sylvia klappte ihren Nähkorb zu und tat ihn zur Seite. Sie stellte sich auf die Zehenspitzen und griff in den Baum, wo zwischen den Zweigen und Nadeln etwas Weißes blitzte. Es war ein Blatt schweres Schreibpapier, zusammengefaltet und mit einem roten Wachstropfen versiegelt. Ihr Name war in schnörkeliger Schrift darauf geschrieben.
»Ich glaube, das ist ein Brief«, sagte sie. »An mich.«
»Ein Brief?«, Sylvias Mutter warf dem Vater einen überraschten Blick zu. »Von wem ist er denn?«
»Vom Weihnachtsmann«, scherzte Onkel William.
»Wer hätte sonst eine Überraschung in unseren Christbaum gesteckt?«, sagte Sylvias Vater. »Lies ihn laut vor, Sylvia. Lass uns wissen, was der alte Sankt Nikolaus zu sagen hat.«
Hastig brach Sylvia das Siegel auf und breitete das Blatt aus. »›Liebe Sylvia‹«, las sie. ›Ich hoffe, dir gefällt der Nähkorb, den ich dir gebracht habe. Ich gehe davon aus, dass du nicht allzu enttäuscht warst, dass ich dir nicht all die Spielsachen schenken konnte, die du dir gewünscht hast. Ich bin mir sicher, du weißt, dass für die Menschen in deinem Teil der Welt harte Zeiten angebrochen sind.

Dieses Jahr musste ich meinen Schlitten neben den Spielsachen mit Lebensmitteln und Kleidern für all die braven kleinen Kinder beladen, die kein warmes Zuhause und reichlich zu essen haben wie du, deine Schwester und dein Bruder. Leider war mein Schlitten zu schwer, als dass mein Rentier ihn hätte ziehen können, deshalb musste ich ein paar Säcke mit Spielsachen am Nordpol zurücklassen. Ich werde mein Bestes tun, sie nächstes Jahr mitzubringen, aber du bist ein so vernünftiges, liebes Mädchen, dass ich weiß, du wirst das verstehen.‹«
»Er kann nicht Sylvia meinen«, unterbrach Claudia. »Ich glaube, er hat ihren Namen aus Versehen darauf geschrieben.«
»Claudia«, ermahnte ihre Mutter sie.
Sylvia beachtete ihre Schwester gar nicht und las weiter. »›Ich weiß, dass du diese Spielsachen gar nicht vermissen wirst, wenn du herausfindest, was für ein besonderes Geschenk ich dir bald bringen möchte. Ich konnte es auf meinem Schlitten nicht transportieren, und es hätte sowieso nicht unter den Baum gepasst. Ich weiß, dass du dich sehr gut darum kümmern wirst, weil du deiner Mutter und deinen Großtanten so viel hilfst und weil du dich so liebevoll um deinen kleinen Bruder kümmerst.‹«
»Jetzt ist für mich klar, dass er unsere Namen verwechselt hat«, erklärte Claudia.
»Pst, Claudia«, sagte ihr Vater.
»Was für ein Geschenk passt nicht unter den Baum?«, fragte Onkel William und kratzte sich am Kopf. »Wovon redet dieser lustige Alte? Womöglich hat er zu viele Eierflips geschlürft.«
Claudia kicherte, doch Sylvia las weiter. »›Ich bin mir sicher, du weißt, dass Blossom bald ihr Fohlen kriegt. Sag

deinem Vater, dass ich bestimmt habe, dass dieses Fohlen dein eigenes Pferd sein soll.‹« Sylvia hielt inne und schaute zu ihrem Vater hinüber.
»Lies weiter«, forderte ihre Mutter sie auf. »Das ist ja auf einmal ganz interessant.«
»Meine Rede«, stellte Onkel William fest.
Sylvia holte tief Luft und las weiter. »›Ich weiß, dass du für dein Pferd gut sorgen und mich sehr stolz machen wirst. Bis zum nächsten Jahr, dein Nikolaus. P.S. Frohe Weihnachten!‹« Sie schluckte und schaute von ihrer Mutter zu ihrem Vater. »Kann er das machen? Kann er euch zwingen, mir eines der Pferde zu überlassen?«
Ihr Vater zuckte die Schultern. »Wer bin ich, dass ich mich dem Willen des Heiligen Nikolaus widersetzen könnte? Wenn er meint, du bist so weit, dass du ins Familiengeschäft einsteigen kannst, dann verlasse ich mich auf seine Einschätzung.«
»Warum bekommt nur Sylvia ein eigenes Pferd?«, protestierte Claudia.
Ihre Mutter wandte sich zu ihr um. »Nun, Claudia, willst du ein Pferd?«
Claudia verzog den Mund zu einer Schnute. »Nein«, knurrte sie.
»Wahrscheinlich weiß der Nikolaus, dass du Angst vor Pferden hast«, überlegte Sylvia laut. »Und du hast ja die Puppe und die vielen Kleider bekommen. Und Richard ist noch zu klein, um sich um ein Pferd zu kümmern. Also bleibe nur ich. Daddy, können wir jetzt gleich zu Blossom gehen?«
»Nach dem Frühstück«, versprach ihr Vater.
Sylvia hatte beinahe vergessen, dass beim Frühstück der Strudel auf den Tisch kam, den sie und Claudia zusammen mit ihrer Mutter gemacht hatte. Sie wusste, dass

es genau dieser war, weil sie eine Ecke des Teigs eingedrückt hatte, da sie sicher sein wollte, ihn später auch bestimmt wiederzuerkennen. Zu ihrer Erleichterung war er so aromatisch und fein wie jene, die ihre Großmutter gemacht hatte. Das bestätigten alle am Tisch.

Nach dem Frühstück ging Sylvia mit ihrem Vater und dem Onkel in die Stallungen. Liebevoll begrüßte sie Blossom, gab ihr eine besondere Weihnachtsration Hafer und Äpfel und versprach, immer gut für ihr kleines Fohlen zu sorgen.

Den ganzen Tag schneite es heftig, was Besucher abhielt, die nicht schon an Heiligabend gekommen waren. So war es ein kleineres und ruhigeres Weihnachtsfest als in den vergangenen Jahren, und die älteren Familienmitglieder sprachen wehmütig von den Verstorbenen, wie sie den Baum bewundert, den ersten Strudel der Mädchen genossen und sich über den Brief vom Heiligen Nikolaus gewundert hätten. Am Nachmittag schickte Sylvias Mutter die Mädchen los, noch gut erhaltene Kleider und Spielsachen für die weniger Wohlhabenden herauszusuchen. Daraus sollte eine weitere Bergstrom-Tradition werden – und als sie wieder wohlhabender wurden, machten sie großzügigere Geschenke: neue Kleider und Spielsachen statt gebrauchter, Lebensmittelsäcke für die Speisekammer, Schecks für die Suppenküche, die die Studenten des Waterford College in der Nähe ihres Campus einrichteten. Noch Jahre später freute sich Sylvia, wenn sie daran dachte, dass so vieles auf der mitfühlenden Beharrlichkeit ihrer Mutter beruhte, dass sie mehr geben mussten, als sie meinten, sich leisten zu können, und dass sie, wenn sie das taten, sich selbst wundern würden, wie ungeheuer glücklich sie sich schätzen konnten.

Ein paar Monate später, als Blossoms Fohlen auf die Welt kam, gab Sylvia ihm den Namen Dresden Rose – nach einem der Lieblingsquiltmuster ihrer Mutter. Das brave Pferd war in der Zeit, als sich der Gesundheitszustand ihrer Mutter verschlechterte, für Sylvia ein treuer Freund und spendete ihr Trost. Es kam der Tag, an dem Eleanor nicht mehr die Kraft hatte, ins Wohnzimmer hinunterzugehen, um dazusitzen, zu quilten und ihre Kinder liebevoll zu beaufsichtigen. Dann verließ sie ihr Schlafzimmer schließlich gar nicht mehr.

Einmal, in der Nacht, hörte Sylvia ihre Mutter weinen. Sie schlich sich aus dem Bett und lauschte an der Tür ihrer Eltern, und dabei fand sie heraus, dass ihre Mutter nicht etwa weinte, weil sie die Schmerzen nicht ertragen konnte, sondern weil sie nicht glaubte, dass sie ihre Kinder noch würde heranwachsen sehen. Was sie am meisten bekümmerte, war, dass Richard noch so klein war, dass er sich wahrscheinlich nicht an sie erinnern würde, sich nicht einmal erinnern würde, wie sehr sie ihn geliebt hatte.

Ausnahmsweise bedauerte Sylvia, ihre Eltern belauscht zu haben. Sie kroch in ihr Bett zurück und weinte sich in den Schlaf.

Eleanor Bergstrom starb, bevor der Sommer zu Ende war. Sie wurde im Familiengrab der Bergstroms im kleinen Friedhof neben der Kirche beigesetzt. Sylvias Vater grub an Eleanors Lieblingsplatz auf dem Anwesen einen Fliederbusch aus und pflanzte ihn neben ihr Grab, sodass sie im Frühjahr den duftenden Blüten wieder nahe war, die ihr immer so viel Freude bereitet hatten.

Das erste Weihnachtsfest der Zeitspanne, die als Wirtschaftskrise bekannt wurde, war Eleanors letztes. Für Sylvia war keines der folgenden Weihnachtsfeste mehr so fröhlich beziehungsweise so gesegnet wie diejenigen, die sie in ihrer Erinnerung bewahrte, als ihre Familie noch komplett, als sie noch ein von einer Mutter geliebtes Kind war.

»Könnte ich doch nur noch einen Tag mit meiner Mutter verbringen«, sagte Sylvia. »Nur einen Tag, um mit ihr zu quilten, die Mahlzeiten zu kosten, die sie mit so viel Liebe zubereitet hat, ihr zu sagen – ach, ich hätte ihr so viel zu sagen. Und deine Mutter wohnt nur ein paar Stunden Fahrt entfernt, und du kannst nicht einmal zum Telefon greifen und sie einladen, über Weihnachten hierher zu kommen. Sarah, ich sage dir, eines Tages wirst du bereuen, dass du nicht angerufen hast.«

Sarah starrte sie mit offenem Mund an, die Hand, die gerade eine Packung Kartoffelchips in der Speisekammer aufs Regal stellen wollte, mitten in der Bewegung erstarrt. »Ich rufe sie an«, sagte sie, als sie ihre Stimme wieder unter Kontrolle hatte. »Hätte ich gewusst, wie viel dir das bedeutet, dann hätte ich es schon früher getan.«

»Mach es nicht mir, sondern dir zuliebe«, sagte Sylvia mit Wehmut in der Stimme.

3

Sylvia ließ Sarah in der Küche allein. Beim Hinausgehen begegnete sie Matt, der den CD-Player in die Küche zurückbrachte. »Richte Sarah aus, dass sie mich nicht enttäuschen soll«, sagte sie mit fester Stimme zu ihm. Sie überließ es Sarah, ob sie ihm erklären wollte, was sie damit meinte.

Sylvia ging durch die Eingangshalle mit den Marmorfliesen, in der der Weihnachtsschmuck noch immer wild verstreut lag, und stieg die Eichentreppe zu ihrem Schlafzimmer in die zweite Etage hinauf. Falls Carol die Einladung ihrer Tochter annehmen sollte – und warum sollte sie das nicht tun? –, würden sie die Flure des Herrenhauses in Rekordzeit fertig schmücken müssen. Jetzt bedauerte Sylvia ihre strategische Einmischung in Sarahs Bemühungen, das Haus zu dekorieren, und sie wäre die Treppe beinahe wieder hinuntergeeilt, um das junge Paar sofort loszuschicken, damit es einen Baum holte –, aber statt das Risiko einzugehen, Sarah bei ihrem Anruf zu stören, wartete sie lieber.

Sie würden noch früh genug einen Baum aufstellen, und es wäre angebracht, auch für Carol ein Geschenk darunter zu legen. Sarah und Matt hatten ihre Geschenke wahrscheinlich längst per Post geschickt. Carol würde nichts weiter erwarten, und sicher würden die weihnachtliche Freude und Hoffnung, die in der Einladung ihrer Tochter zum Ausdruck kamen, Geschenk genug sein. Aber trotzdem, Sylvia wollte Carol selbst gern etwas schenken. Kürzlich hatte sie einen blauweißen Hunter's Star Quilt fertiggestellt, den sie bei Grandma's Attic, dem einzigen Quiltladen in Waterford, in Kommission hatte geben wollen. Er wäre ein wunderschönes Geschenk. Falls Sarah ihr Versprechen einhielt und ihre Mutter anrief, würde Carol mit etwas Glück hier sein und ihn am Weihnachtsmorgen auspacken können.

Sylvia fand eine Schachtel für den Hunter's Star Quilt und packte sie in fröhliches rot-weiß gestreiftes Papier ein, dann wandte sie sich den Geschenken für Sarah und Matt zu. Für Matt hatte sie ein Werkzeugset für den Garten gekauft, das er in einem Katalog bewundert hatte. Für Sarah hatte sie einen Rollwagen ausgewählt mit drei Schubladen voll mit Mustern und Gerätschaften, die das Herz einer jeden Quilterin mit Sicherheit höher schlagen ließen. Matt hatte ihr geholfen, den Wagen zusammenzubauen, doch Sylvia hatte die Schubladen selbst gefüllt und die Lineale aus Acryl und die Rollschneider selbst hineingetan. Das Ganze einzupacken war jedoch eine ziemliche Herausforderung, und nach einigen vergeblichen Versuchen, den ganzen Wagen einzuwickeln, beschloss sie, nur die Seiten und die Oberfläche mit Geschenkpapier zu bedecken und die untere Hälfte mit den Rädern frei zu lassen. Sarah würde das nichts ausmachen.

Sylvia war beinahe fertig, als sie das Telefon am Ende des Flurs in der Bibliothek läuten hörte. *Carol*, dachte sie. Sie war wohl nicht in der Nähe des Telefons gewesen, als Sarah bei ihr anrief, und reagierte jetzt auf die hinterlassene Nachricht. Sylvia packte weiter ihre Geschenke ein und überließ es Sarah, an den Apparat zu gehen. Aber das Läuten ging unentwegt weiter, bis es abrupt aufhörte und der Anrufbeantworter ansprang. »Menschenskind«, murrte Sylvia und eilte in die Bibliothek hinüber, wo gerade ihre Ansage lief. Unmittelbar vor dem Piep nahm sie den Hörer ab. »Elm Creek Quilts, guten Morgen.«

»Guten Morgen, Sylvia.« Die Stimme der Anruferin war angesichts der Hintergrundgeräusche kreischender Kinder und lauten Gelächters schwer zu verstehen. »Ich bin's, Agnes.«

»Hallo, meine Liebe.« Sylvia nahm an dem alten Schreibtisch Platz. »Das klingt ja, als hättest du das Haus voll.«

»Das ist eine Untertreibung. Ich weiß nicht, wer für mehr Chaos sorgt, die fünf Enkel oder die zwei Elternpaare, die versuchen, sie in Schach zu halten.«

»Dich mitgerechnet, sind die Kinder den Erwachsenen zumindest zahlenmäßig nicht überlegen.« Sylvia zuckte beim Geräusch von zerbrechendem Glas zusammen. »Was war das?«

»Nichts, nur eine Schüssel.« Die Stimme von Agnes klang auf einmal gedämpft, als halte sie die Sprechmuschel zu. »Liebes, lauf nicht durch die Küche, bevor Grandma sauber gemacht hat. Du bist doch barfuß.«

»Kann ich irgendetwas für dich tun? Brauchst du noch zusätzliche Quilts oder Kissen? Oder vielleicht eine Rettungsmannschaft?«

»Nein, uns geht es hier allen gut. Es ist ein bisschen beengt, aber wir kommen zurecht. Ich habe es an Weihnachten lieber ein bisschen beengt, als allein zu sein, du nicht auch?«

»Das hängt davon ab«, antwortete Sylvia. Sie wäre lieber allein, wenn das bedeuten würde, dass Sarah auf dem Weg zu ihrer Mutter wäre.

»Ach, Sylvia. Das nehme ich dir nicht ab. Selbst du möchtest an Weihnachten doch Gesellschaft haben. Und das bringt mich zum Thema. Bist du heute am späten Nachmittag zu Hause? Ich wollte kurz vorbeikommen und dir persönlich Frohe Weihnachten wünschen.«
Sylvia schmunzelte über den schlecht kaschierten Hinweis ihrer Schwägerin, dass sie vorbeikommen und Sylvia ihr Weihnachtsgeschenk bringen wollte. »Ich habe nicht vor, fortzugehen. Komm, wann immer du willst. Und bring die Enkel mit.«
»Danke, aber wir versuchen, diesen Hurrikan in Grenzen zu halten. Nur ich und eine meine Töchter kommen vorbei.«
Sie sprachen noch kurz über den geplanten Besuch, dann legte Sylvia enttäuscht auf. Ihre Einladung an die Kinder war von Herzen gekommen, sowohl in ihrem als auch in Agnes' Interesse. Sie vermisste in Elm Creek Manor den Lärm spielender Kinder, die die Flure entlangrennen und die Treppen hinaufpoltern, so wie sie und ihre Geschwister und die Cousins es immer getan hatten.
Vielleicht nächstes Jahr.
Sylvia kehrte in ihr Zimmer zurück. Nachdem sie ihre Geschenke eingepackt und die Schleifen und Anhänger angebracht hatte, ging sie in die Eingangshalle hinunter, wo die Dekorationsarbeiten offensichtlich wenig Fortschritte gemacht hatten, seit sie das letzte Mal hier durchgekommen war. Vielleicht, dachte sie hoffnungsfroh, telefonierte Sarah endlich mit ihrer Mutter, vereinbarte ihren Besuch, gab ihr Anweisungen bezüglich der Strecke und versicherte ihr, dass sie nichts für das Weihnachtsessen am nächsten Tag mitzubringen brauchte. Sylvia schmunzelte, als sie sich dabei ertappte, dass sie Weihnachtslieder vor sich hin summte, während sie eine

Schachtel mit roten Samtbändern verschiedener Breite auspackte. Sie und Claudia hatten diese immer benutzt, um die grünen Zweige aufzuhängen, die sie vom Kiefernwäldchen hinter dem Obstgarten geholt hatten. Vielleicht konnte sie Matthew losschicken, ein paar Tannenzweige zu holen, bevor er sich mit Sarah auf die Suche nach einem Baum machte. Die Bergstroms hatten immer gerne im ganzen Haus Nadelzweige angebracht – auf den Kaminsimsen, über Spiegeln und Bilderrahmen, überall, wo ein Hauch Grün und der Duft der Tannennadeln dem Zimmer mehr Festlichkeit verlieh. Claudia hatte gern Kerzen dazwischengestellt. Die Wirkung war schön gewesen, vor allem an Abenden, an denen es schneite.

Sylvia brachte in der Halle noch ein paar letzte Dinge an und beschloss, dass sie nur noch etwas Grün brauchte, dann war der Raum perfekt. Sie ging zum vorderen Wohnzimmer und klopfte, bevor sie eintrat, vorsichtig an die Tür, doch Sarah war nicht am Telefon. Sylvia machte sich mit immer schnelleren Schritten in Richtung Küche auf. Es war nicht unbedingt ein schlechtes Zeichen, dass der Anruf so kurz gedauert hatte. Vielleicht hatten sie nur ein paar Minuten gebraucht, um sich über Carols Besuch zu einigen.

Im Flur zur Küche hörte Sylvia das vertraute Rattern einer Nähmaschine. Sie runzelte die Stirn und ging ins Wohnzimmer im Westflügel, wo sie Sarah über Sylvias Nähmaschine gebeugt fand, an der sie Eleanors Stechpalmenzweige mit einer Reihe von Lucindas Feathered Stars zusammennähte. Von Matthew war weit und breit nichts zu sehen.

»Um Himmels willen, was machst du denn da?«, rief Sylvia aus.

Sarah blickte erschreckt auf. »Ich arbeite an dem Weihnachtsquilt. Ist dagegen etwas einzuwenden? Wolltest du, dass ich ihn mit der Hand nähe?«
»Vor allem wollte ich, dass du deine Mutter anrufst.«
»Ich hab sie angerufen«, sagte Sarah ungehalten. »Ich habe dir gesagt, dass ich es mache, und das habe ich getan.«
»Und?«
»Und wir haben miteinander geredet. Sie hat die Geschenke erhalten, die Matt und ich ihr geschickt haben. Der Pullover passt, aber ihr gefällt die Farbe nicht, deshalb wird sie ihn umtauschen.«
Genervt schrie Sylvia beinahe: »Kommt sie nun zu Besuch oder nicht?«
»Nein.« Sarah konzentrierte sich darauf, einen Saum festzustecken. »Sie dankt dir für die Einladung, aber sie hat schon andere Pläne. Die Nachbarn von gegenüber haben sie eingeladen, zusammen mit ihrer Familie zu feiern. Sie haben immer viele Gäste da und kennen meine Mom seit Jahren. Sie wird sich bestimmt amüsieren.«
Sylvia fuhr sich mit der Hand über die Stirn und seufzte niedergeschlagen. Hätte sie nur schon vor Wochen daran gedacht, Sarah zu fragen, ob sie ihre Mutter nicht einladen möchte. Nächstes Jahr würde sie daran denken. Oder besser noch, sie würde Carol selbst fragen und alles arrangieren.
Sarah brauchte davon gar nichts zu wissen, bis ihre Mutter mit dem Koffer in der Hand durch die Haustür kam. Dann sollte Sarah versuchen, sich vor einer Aussprache mit ihrer Mutter zu drücken!
Sarah musterte sie neugierig. »Noch heute Morgen hast du darauf bestanden, dass du Weihnachten allein und ganz ruhig feiern willst, und jetzt bist du völlig ver-

zweifelt, weil meine Mutter deine Last-Minute-Einladung ausgeschlagen hat. Das begreife ich nicht, Sylvia.«

War es nicht offensichtlich? Sylvia wollte an Weihnachten doch nichts anderes, als dass sich diese beiden sturen Frauen friedlich miteinander aussprachen und ein paar vorsichtige, aber entscheidende Schritte in Richtung Versöhnung taten. Carol hatte die Hand ausgestreckt, als sie Sarah nach Hause einlud, aber Sarah hatte sie zurückgewiesen, und schien jetzt erleichtert – ja geradezu froh – darüber zu sein, dass ihre Mutter nicht kam.

»Du hast es zumindest versucht«, stellte Sylvia fest, obwohl sie bezweifelte, dass ihre junge Freundin die Einladung besonders herzlich ausgesprochen hatte. »Vielleicht nächstes Jahr.«

»Nein, nächstes Jahr ist Matts Vater an der Reihe.«

»Aber du hast deine Mutter dieses Jahr nicht zum Zug kommen lassen.«

»Nein, *sie* hat einmal ausgesetzt. Sie bekommt keine zweite Chance.«

»Du meine Güte, Sarah, wir reden hier über deine Beziehung zu deiner Mutter, nicht über eine Partie ›Mensch ärgere dich nicht‹. Kein Wunder, dass deine Mutter abgelehnt hat, wenn du sie derart widerwillig eingeladen hast.«

Sarah errötete. »Wenn du die ganze Geschichte kennen würdest, würdest du dich nicht auf die Seite meiner Mutter schlagen. Würdest du mit eigenen Augen sehen, wie sie Matt behandelt, dann würdest du verstehen, warum ich ihn nicht zwingen möchte, ihre Gesellschaft zu ertragen.«

»So schlimm kann es doch gar nicht sein.«

»Du hast recht. Es ist schlimmer. Matt ist ein wunderbarer Mann, und er liebt mich, aber meine Mutter glaubt, ich hätte unter meinen Möglichkeiten geheiratet, weil er keinen Schreibtischposten hat. Sie weigert sich, zu glauben, dass er mehr ist als ein Wartungsmonteur. Und selbst wenn er das wäre, was wäre daran auszusetzen? Einen wenig qualifizierten Handwerksjob zu haben macht einen genauso wenig zu einem schlechten Ehemann, wie die Arbeit in einem Büro garantiert, dass man ein guter ist.«

Obwohl Sylvia auf der Seite von Sarah und Matt stand, versuchte sie, die Sache aus Carols Blickwinkel zu betrachten. Sarah und Matt hatten sich als Studenten an der Penn State Universität kennengelernt, die Sarah mit dem Bachelor in Buchhaltung und Matt in Landschaftsarchitektur abschlossen. Nach ihrem Studium hatte Sarah eine Anstellung als Buchhalterin bei einer Ladenkette im State College gefunden, während Matt eine Ganztagsanstellung bei seinem Arbeitgeber erhielt, bei dem er zuvor halbtags auf dem Penn State Campus gejobbt hatte. Leider hatte Matt seinen Job verloren, als das Parlament von Pennsylvania das Budget der Universität kürzte, und als seine Bemühungen um eine andere Anstellung am State College erfolglos blieben, hatte er seine Suche bis Waterford ausgedehnt. Sarah hatte Matt zuliebe einem Umzug zugestimmt, wobei sie zugegebenermaßen das Risiko eingegangen war, ihre sichere Stelle und das regelmäßige Einkommen zu opfern, aber da es sich um einen langweiligen und eintönigen Job handelte, war sie froh gewesen, ihn los zu sein. Ihre Risikobereitschaft hatte sich in vielerlei Hinsicht ausgezahlt, aber Eltern neigten nun einmal dazu, vorsichtig zu sein, wenn es um ihre Kinder ging, und vielleicht hatten Sarah und Matt ihre Karrieren für Carols Geschmack zu leichtfertig aufs Spiel gesetzt.

Sylvia versuchte, Carols Sorgen in einem positiven Licht erscheinen zu lassen. »Wahrscheinlich braucht sie nur die Gewissheit, dass er eine Familie gut ernähren kann. Viele Eltern meinen, dass niemand gut genug ist, ihre Kinder zu heiraten.«

»Ich werde ihr jedenfalls keine Kopien seiner Lohnzettel zeigen, nur um sie zu besänftigen«, erklärte Sarah. »Das würde sowieso nichts nutzen. Weil sie so felsenfest überzeugt ist, dass er es nie zu etwas bringen wird, stellt sie jede seiner Leistungen als Zeichen seines drohenden Versagens hin. Als er seinen Abschluss an der Penn State gemacht hat, hat sie angefangen, ihn als ›diesen Gärtner‹ zu bezeichnen. Als er den Job hier in Waterford angenommen hat, hat sie davon geredet, dass er mich in die Pampa schleppen und mir meine Karriere vermasseln würde. Als er den Job aufgegeben hat, um hier als dein Hausmeister zu arbeiten, hat sie mir einen dreiseitigen Brief geschickt, in dem sie mich vor der Gefahr gewarnt hat, unser Einkommen von den Launen einer alten Frau abhängig zu machen.«

Sylvia schnappte nach Luft. »Das hat sie gesagt?«

»Und vieles mehr, und das von dem Tag an, an dem ich ihr erzählt habe, dass wir miteinander gehen. Sylvia, ich weiß, du glaubst, dass ich mich aus Bockigkeit oder Bosheit von ihr ferngehalten habe, aber das stimmt nicht. Ich kann meiner Mutter die schrecklichen Sachen nicht verzeihen, die sie über den Mann gesagt hat, den ich liebe, und ich halte die beiden auseinander, damit sie ihm nicht wehtun kann.« Sarah runzelte die Stirn und fuhr mit dem Finger über einen der Feathered Stars. »Solange sie mir nicht versprechen kann, meinem Mann mit Respekt zu begegnen, möchte ich mit ihr nicht in einem Zimmer sein.«

Sylvia ließ sich auf ihren Sessel plumpsen, dann stand sie schnell wieder auf, holte das Buch, das sie vergessen hatte, und legte es auf den Beistelltisch. »Ich hatte keine Ahnung, dass es so schlimm ist. Ich dachte, du würdest –«

»Übertreiben?«

Sylvia nickte.

Sarah stieß ein kurzes, freudloses Lachen aus. »Das wusste ich. Glaub mir, das Gegenteil ist der Fall. Ich könnte dir jede Menge Geschichten erzählen. Okay. Hier ist eine, nur damit du eine Vorstellung bekommst. Matt und ich waren etwa zwei Jahre verheiratet, als wir das Weihnachtsfest zum ersten Mal bei meiner Mutter gefeiert haben. Weißt du, was sie unter den Baum gelegt hat? Saisontickets für die Pittsburgh Steelers für ihren damaligen Freund, eine tolle italienische Aktenmappe aus Leder für mich, und weißt du, was sie Matt geschenkt hat?«

Sylvia seufzte leise. »Ich getraue mich nicht zu raten.«

»Früchtebrot.«

»Du erwartest wohl nicht, dass ich dir das abkaufe.«

»Es ist wahr! Früchtebrot in einer Dose, die die Form der Werkstatt vom Weihnachtsmann hatte.«

»Nun –« Sylvia suchte verzweifelt nach einer positiven Interpretation. »Warum nicht? Das ist eine Weihnachtsspezialität. Ich wette, dass es sehr gutes Früchtebrot war.«

»Diese Wette würdest du glatt verlieren. Es war genau das Früchtebrot, das sie fünf Jahre zuvor von der Klinikleitung geschenkt bekommen hatte. Allen Krankenschwestern wird jedes Jahr etwas von der gleichen Versandfirma zugeschickt. Wahrscheinlich dachte sie, ich hätte es vergessen, aber das hatte ich nicht.«

»Es kommt mir komisch vor, dass sie das Früchtebrot so

lange aufgehoben hat«, sagte Sylvia. »Woher willst du wissen, dass sie es nicht in jenem Jahr eigens für Matt gekauft hat, weil das, das sie vom Krankenhaus bekommen hatte, so köstlich war?«

Sarah warf ihr einen Blick zu, der besagte: *Weil ich nicht dumm bin.* »Es war in Plastik eingeschweißt, und darauf war deutlich sichtbar ein Haltbarkeitsdatum aufgedruckt.«

»Ach, du meine Güte.«

»Ich war so stolz auf Matt. Er hat sich bei meiner Mutter bedankt und den Eindruck gemacht, als sei er wirklich erfreut, dass sie ihm überhaupt etwas geschenkt hat. Ich glaube, das war er wirklich.«

»Nun«, sagte Sylvia wenig überzeugend, »was zählt, ist die gute Absicht.«

»Genau! Was hat sie sich dabei gedacht, ihm altes Früchtebrot zu schenken? Es war nicht einmal mehr genießbar. Denk nur an die teuren Geschenke, die sie mir und ihrem damaligen Freund gemacht hat. Es wäre besser gewesen, sie hätte uns nichts geschenkt.«

»Nun –« Sylvia wusste nicht, wie sie Carol verteidigen konnte, und sie war sich nicht einmal sicher, ob sie das überhaupt noch wollte. »Ich kann mir vorstellen, dass du deine Mutter zur Rede gestellt hast.«

»Eigentlich nicht. Ich habe sie nur in die Grube fallen lassen, die sie selbst gegraben hatte. Als am ersten Weihnachtsfeiertag alle Verwandten da waren, habe ich vorgeschlagen, das Früchtebrot zum Kaffee zu servieren. Ich habe es in die Küche gebracht, ein paar Scheiben abgesägt und auf eine schöne Servierplatte gelegt. Meine Mutter ist die ganze Zeit um mich herumgestrichen und hat ein Theater gemacht, weil sie doch bereits einen Kuchen mit Pecannüssen gebacken habe und sie nicht wolle, dass er schlecht würde und ich Matt das Früchtebrot wirklich mit nach Hause nehmen lassen solle. Später, als ihr damaliger Freund ein Stück davon vom Büffet nahm, kam sie angesaust und hat ihm seinen Teller aus der Hand geschnappt, damit er sich keinen Zahn ausbeißt. Zum Glück hat sonst keiner ein Stück genommen, sonst hätte sie den Rest des Tages links und rechts Teller an sich reißen müssen. Ich weiß nicht, was aus der Dose geworden ist. Bevor wir am nächsten Morgen abfuhren, habe ich meine Mutter darum gebeten und behauptet, ich wolle darin meine Weihnachtskarten aufbewahren. Sie sagte, sie sei in der Spülmaschine, aber sie könne die Tür während des Spülvorgangs nicht öffnen, deshalb würde sie sie uns zuschicken. Das hat sie natürlich nicht getan.«

»Vielleicht ist das Paket bei der Post verloren gegangen.«

»Klar doch! Das nenne ich mal fair. Falls Zweifel bestehen, schiebt man es auf die hart arbeitenden Postangestellten anstatt auf meine boshafte Mutter.«

Sylvia war ratlos. »Und wie steht Matt zu alledem?«

»Du kennst ihn ja, den unerschütterlichen Optimisten. Er glaubt immer noch, dass meine Mutter ihn akzeptieren wird, wenn sie erst einmal die Gelegenheit hat, ihn richtig kennenzulernen. Ich bin Realistin. Ich weiß, dass das einem Wunder gleichkäme.«

»Weihnachten ist die Zeit der Wunder.«

»Dazu wäre schon ein Wunder von der Art der Teilung des Roten Meeres notwendig, und damit rechne ich nicht.«

Sarah schüttelte den Kopf und schob ein Stück Stoff unter das Füßchen der Nähmaschine. »Sylvia, versteh doch, deine Familie hat ihre Weihnachtstraditionen: deutsche Plätzchen und das Schmücken des Christbaums im Ballsaal. Meine Familie hat auch welche: Weihnachtsgeschenke als Ausdruck unserer Bosheit zu nutzen und

absichtlich die Frühschicht zu nehmen, damit wir unserer Familie aus dem Weg gehen können. Vielleicht kannst du jetzt verstehen, warum ich lieber hierbleibe.«
Die Bitterkeit in der Stimme ihrer jungen Freundin bekümmerte Sylvia. Gewiss, ihre Mutter war entsetzlich unhöflich gewesen, aber trotzdem, Sylvia kam nicht umhin, sich zu wundern, wie trivial das Ganze war. Wegen eines Weihnachtsgeschenks solche Wut und solchen Groll zu hegen! Sylvia bedauerte, dass Carol Mallory zu dem unerschütterlichen, gutmütigen Matt so unfreundlich gewesen war, aber sie konnte Sarahs Entschluss, die beiden deshalb auseinanderzuhalten, nicht gutheißen. Sie war eher der gleichen Meinung wie Matt. Hätte Carol häufiger die Gelegenheit, festzustellen, was für ein netter junger Mann er war, dann würde ihre Ablehnung sicher nachlassen und sich schließlich ganz legen.
Während Sarah an der Weihnachtsdecke arbeitete, saß Sylvia in Gedanken versunken da und überlegte traurig, dass ihr Plan, Sarah mit ihrer Mutter zusammenzubringen, von Anfang an zum Scheitern verurteilt gewesen war. Ihre Beziehung war eindeutig zerrütteter, als Sylvia vermutet hatte, und keine erzwungene Zusammenkunft an Weihnachten würde die Sache in Ordnung bringen können. Weihnachten war die Zeit des Friedens, aber die Menschen vergaßen häufig, die Harmonie in der eigenen Familie in ihre Gebete für den Frieden auf Erden und den guten Willen allen Menschen gegenüber einzuschließen. Der Stress und die Aufregung der Feiertage legten vielfach die feinen Haarrisse in der Fassade angeblich intakter Familien frei. Kein Wunder, dass Sarah lieber an dem unvollendeten Quilt einer anderen Familie arbeitete, als an den ungelösten Streitigkeiten in ihrer eigenen.

Sarah schien mit dem Quilt bemerkenswert schnell voranzukommen, obwohl Sylvia nicht ganz sicher war, wie sie plante, diese so unterschiedlichen Blöcke harmonisch zusammenzufügen. An einige von Lucindas Feathered Stars hatte sie einen Rand genäht und vier jeweils paarweise zusammengefügt. Durch ein paar zusätzlich angefügte Säume waren Eleanors Stechpalmenzweige in größere Büschel verwandelt worden, die Sarah gerade an Claudias Variable Stars nähte.
»Das ist eine sichere Art, ihn zu ruinieren«, murmelte Sylvia. Über das fröhliche Rattern der Nähmaschine hinweg fügte sie lauter hinzu: »Sarah, meine Liebe, ich dachte, ich hätte dir gesagt, dass du dir nicht die Mühe machen sollst, Claudias Blöcke in den Quilt einzuarbeiten.«
Amüsiert antwortete Sarah: »Du hast vorgeschlagen, dass ich sie weglassen könnte, wenn ich der Meinung wäre, dass sie den Quilt ruinieren würden, und ich habe dir gesagt, dass ich nicht im Traum daran dächte, sie in einen Familienquilt nicht einzubauen. Ich habe nachgemessen, und du hattest recht: Ihre Blöcke variieren in der Größe um fast anderthalb Zentimeter, doch das habe ich in meiner Anordnung berücksichtigt.«
»Aber sie sind so einfach und simpel«, protestierte Sylvia. »Sie sind nicht so raffiniert wie die Blöcke, die meine Mutter und meine Großtante gemacht haben.«
»Genau deshalb erzielen sie eine so tolle Wirkung.« Sarah nähte völlig ungerührt von Sylvias Bestürzung weiter. »Manchmal braucht man einen schlichten Block, um die raffinierten Muster zur Geltung zu bringen. Das hast du mir selbst beigebracht.«
Sylvia hatte schon immer vermutet, dass ihre Predigten eines Tages auf sie zurückfallen und sie verfolgen

würden. »Das ist ein ganz besonderer Quilt. Du hättest nicht aus sentimentalen Gründen einen Block minderer Qualität einfügen sollen.«
»Ein Quilt muss – wie eine Familie – nicht perfekt sein, aber er muss alle mit einschließen.«
»Das ist für eine Frau, die sich weigert, ihrer Mutter noch eine Chance zu geben, ihren Schwiegersohn wirklich kennenzulernen, eine bemerkenswerte Philosophie.«
»Sagt die Frau, die fünfzig Jahre lang Groll gegen ihre Schwester gehegt hat.«
Darauf wusste Sylvia keine Antwort.
»Tut mir leid«, entschuldigte sich Sarah hastig. »Ich weiß, dass das, was euch beide entzweit hat, weit mehr war als nur Groll. Ich wollte es nicht bagatellisieren.«
Aber Sylvia wusste, dass Sarah nicht ganz unrecht hatte. »Mach dir nichts draus. Wir haben schon früher heftige Wortwechsel geführt und überlebt.«
Sarah musterte Sylvias Gesicht einen Augenblick, um sich zu vergewissern, dass Sylvia nicht böse war, und runzelte kurz unsicher die Stirn, dann konzentrierte sie sich mit kaum merklichem Kopfschütteln wieder auf ihre Arbeit.
Sylvia schaute zu, wie die unglückseligen Variable Stars mit den exquisiten Applikationen ihrer Mutter zusammengefügt wurden, und wusste, dass Claudia lachte, wo immer sie sein mochte.

Einmal hatte Sylvia aufgeschnappt, wie ihr Vater sagte, dass sie auf die Welt gekommen sei und sofort den Kampf gesucht habe, und als in der Bergstrom-Familie ihr altersmäßig am nächsten Stehende, war Claudia unweigerlich schnell ihre Rivalin geworden. Selbstverständlich sah Sylvia die Sache ganz anders. Es war Claudia, die sich

ständig mit ihr maß, Claudia, die Streit suchte und Feindseligkeit schürte, und der es doch immer irgendwie gelang, den Erwachsenen gegenüber als die Unschuldige dazustehen.
Selbst als Kind begriff Sylvia, warum die Erwachsenen Claudia bevorzugten. Sie war so offensichtlich das Lieblingskind, dass Sylvia es ihnen fast nicht übel nahm. Claudia war zwei Jahre älter, aber da Sylvia für ihr Alter geistig weit entwickelt und groß war, wurden sie von allen behandelt, als seien sie gleich alt, und es war unvermeidbar, dass Vergleiche angestellt wurden. Claudia war die Schönheit: Sie war mit der Anmut ihrer Mutter und den besten Wesensmerkmalen der Bergstroms gesegnet. Die ältesten Familienmitglieder behaupteten immer, dass sie ihrer Urgroßmutter Anneke, damals ihrer Schönheit wegen berühmt, wie aus dem Gesicht geschnitten sei, doch sie brachten ihren Vorfahren zu viel Respekt entgegen, um einen von ihnen für Sylvias Aussehen verantwortlich zu machen, auch wenn ihre bemerkenswerte Größe, ihr markantes Kinn und ihr Durchsetzungsvermögen unverkennbar von den Bergstroms kamen. Claudias Haare, satt dunkelbraun wie Ahornzucker, hingen ihr in glänzenden Locken bis fast zur Taille herab, während die von Sylvia, die die Farbe verbrannter, vom Toast gekratzter Krümel hatten, meist verheddert und zerzaust waren, weil sie so häufig draußen bei den Stallungen herumrannte und ihren Vater mit ihren Bitten nervte, reiten zu dürfen. Sylvia war die bessere Schülerin, sie bewältigte ihr Lernpensum problemlos und war wissbegierig, doch Claudia gewann mit ihrem Gehorsam und ihrem Charme die Herzen der Lehrer. Stets war sie nett und fröhlich, selbst wenn sie die Hälfte der Wörter in ihren Aufsätzen falsch geschrieben

hatte. Sylvia dagegen war launisch und sensibel, und sie konnte ihren Groll nicht verhehlen, zu ihrem Nachteil mit dem hübschen Mädchen verglichen zu werden, das zwei Jahre zuvor die Klasse desselben Lehrers besucht hatte. Solange Sylvia zurückdenken konnte, war sie überzeugt gewesen, dass sie für ihre Mutter eine schreckliche Enttäuschung war, ein fehlgeschlagener zweiter Versuch nach dem überwältigenden Erfolg, den ihre Erstgeborene darstellte.

Von Kindesbeinen an bemühten sich die Schwestern, in jedem erdenklichen Wesenszug und bei jeder Aktivität besser zu sein als die andere. Sylvia war auf dem Gebiet des Lernens, des Quiltens und bei ihrer angeborenen Fähigkeit, mit Pferden umgehen zu können, überlegen. Claudia in allem anderen. Trotzdem, obwohl Sylvia auf den Gebieten, die sie für die wichtigsten erachtete, besser abschnitt, war ihr Erfolg unbefriedigend, weil Claudia sich dessen nicht bewusst zu sein schien. Zwar blieb Claudia angesichts Sylvias Schulzeugnissen nichts anderes übrig, als einzuräumen, dass sie die bessere Schülerin war, doch Claudia hatte Angst vor Pferden, und es war ihr egal, wie gut Sylvia reiten konnte oder wie lammfromm selbst die wildesten Hengste wurden, wenn sie sich mit ihnen befasste. Außerdem wollte sie nie zugeben, dass Sylvia die geschicktere Quilterin war, auch wenn Sylvia sie zwang, ihre Stiche direkt miteinander zu vergleichen. Egal, wie oft sich Sylvia als gleich gut oder gar als besser erwies, Claudia weigerte sich hartnäckig, sie als etwas anderes als die hinter ihr hertrottende kleine Schwester zu behandeln, als Quälgeist, als Nachzüglerin. Das Quilten – das für so viele Frauen und Mädchen eine angenehme, harmonische Beschäftigung war, die Freundschaft, Gemeinschaftssinn und Geselligkeit förderte – stachelte ihr Konkurrenzdenken noch zusätzlich an. Ihr erster Quiltunterricht bei ihrer Mutter artete in einen Wettkampf aus, welches Mädchen die meisten Nine-Patch-Blöcke fertigstellen und welcher von beiden damit das Recht zustehen würde, als Erste unter dem fertigen Quilt zu schlafen. Als Sylvia einen uneinholbaren Vorsprung erzielte, brach Claudia in Tränen aus und erklärte, sie hasse Sylvia, und rannte aus dem Zimmer, wobei sie ihre wenigen Nine-Patch-Blöcke auf den Boden verstreute. Als Eleanor den Grund für ihren Ausbruch herausfand, forderte sie Sylvia auf, sich bei ihrer Schwester zu entschuldigen, was Sylvia auch tat. »Es tut mir leid, dass ich schneller genäht habe als du«, sagte sie zu Claudia, was ihre Schwester erst recht erzürnte und allen Erwachsenen missfiel.

Am Ende stellte Sylvia diesen Quilt allein fertig. Sie schenkte ihn einer Cousine, der vier Jahre alten Tochter von Onkel William und Tante Nellie, da Claudia ihn nicht in ihrem Zimmer sehen wollte.

Zwei vernünftigere Mädchen hätten es vermieden, noch einmal zusammen an einem Quilt zu arbeiten, doch ihr zweiter Versuch fand schon im folgenden Jahr statt, als ihre Mutter verkündete, dass sie ein weiteres Kind erwartete. Ursprünglich hatte jedes der Mädchen geplant, ihren eigenen Quilt für das Baby zu nähen, aber als sie anfingen, sich darum zu streiten, mit welchem Quilt ihr Brüderchen oder Schwesterchen zuerst zugedeckt würde, kam Eleanor zu dem Schluss, dass sie zusammenarbeiten müssten: Sylvia würde die Farben auswählen, Claudia das Muster, und jede würde genau die Hälfte der für die Decke notwendigen Blöcke nähen. Allem Anschein nach war das ein vernünftiger Plan, bis Claudia das Unfassbare tat und sich für das Turkey-Tracks-

Muster entschied. Das war nicht nur ein kompliziertes Muster, das ihre Schwester, wie Sylvia annahm, überfordern würde, es war laut Aussage ihrer Großmutter zudem mit einer Geschichte düsterer Konsequenzen behaftet. Der Name dieses Musters, das einst als Wandering Foot bekannt war, war geändert worden, um von dem damit verbundenen Pech abzulenken. Es hieß, dass ein Junge, der einen Wandering-Foot-Quilt geschenkt bekomme, nie an einem Ort zufrieden sein würde, sondern immer rastlos bleibe, durch die Welt reise und niemals sesshaft werde. Einem Mädchen, das einen solchen Quilt geschenkt bekam, war ein noch schlimmeres Schicksal beschieden, ein so schreckliches, dass die Großmutter sich weigerte, es zu beschreiben. Eleanor und Claudia hatten die Warnungen der Großmutter so oft gehört wie Sylvia, aber sie schoben Sylvias Bedenken beiseite und sagten ihr, dass sie sich nicht von dummem Aberglauben beunruhigen lassen solle. Sylvia wurde überstimmt, und sie konnte nichts anderes tun, als ihre Glücksfarben, blau und gelb, auszuwählen und zu hoffen, dass dies ausreichen würde, das Unglücksmuster auszugleichen.

Nachdem ihre Mutter gestorben war, erlosch das Konkurrenzdenken der Mädchen rund um den Quiltrahmen. Nun, da sie ihre Mutter nicht mehr beeindrucken konnten und keine Chance mehr hatten, dass sie am Ende einräumen konnte, dass die Arbeit der einen Tochter besser war als die der anderen, schien es keinen Zweck mehr zu haben.

Keine drei Jahre nach dem Tod ihrer Mutter beschlossen Sylvia und Claudia, wieder an einem Quilt zusammenzuarbeiten, und zwar eher aus Notwendigkeit, als dass sie sich davon etwa Spaß versprachen. Im Januar 1933 erfuhren sie, als sie einen Katalog durchblätterten, aus dem

ihr Vater häufig Werkzeuge für die Farm bestellte, von einem fantastischen Patchwork-Wettbewerb, der von Sears, Roebuck & Co gesponsert wurde. Falls ihr Quilt über die Ausscheidungsrunden in ihrem hiesigen Laden und auf regionaler Ebene hinauskommen sollte, würde er bei der Weltausstellung in Chicago in einem besonderen Pavillon ausgestellt werden und möglicherweise den ersten Preis in Höhe von 2500 $ gewinnen. Weder Sylvia noch Claudia hatten je eine so immense Summe Geld besessen, und sie waren entschlossen, an diesem Wettbewerb teilzunehmen.
Um bis zum Abgabetermin am 15. Mai ein Meisterwerk von einem Quilt fertigzustellen, blieb ihnen gar nichts anderes übrig, als zusammenzuarbeiten. Claudia interpretierte die Regeln so, dass jeder Quilt das Werk einer einzelnen Quilterin sein musste, deshalb trug sie in ihr Anmeldungsformular den Namen »Claudia Sylvia Bergstrom« ein und erregte damit Sylvias Zorn, als diese herausfand, dass ihr Beitrag auf den mittleren Namen ihrer Schwester reduziert worden war, beziehungsweise dass alle dies glauben würden. Das Muster des Quilts bot Anlass zu noch heftigeren Auseinandersetzungen. Sylvia wollte, inspiriert vom Motto der Weltausstellung »Ein Jahrhundert des Fortschritts« einen originellen Bilder-Quilt nähen, doch Claudia war der Meinung, die Juroren würden sich von einem traditionellen Muster, mit makellosen, feinen Stichen ausgeführt, eher beeindrucken lassen. Nachdem sie mehrere Wochen mit den Debatten über das Muster verplempert hatten, einigten sie sich schließlich auf einen Kompromiss zwischen Tradition und Moderne. Sylvia entwarf für die Mitte ein Applikationsmedaillon, das verschiedene Szenen von der Kolonialzeit bis zur Gegenwart darstellte, welches

Claudia mit einem Rand aus Patchwork-Blöcke einfasste. Zu Sylvias Entsetzen wählte sie das Muster Odd Fellow's Chain aus und vertat somit die Chance, einen symbolisch passenderen Namen zu nehmen. Sylvia beklagte sich jedoch nicht, da es ein auffälliges Muster war, das ihre Schwester mehr oder weniger gut beherrschte, und es inspirierte sie zu einem interessanten Titel für ihre Arbeit: »Chain of Progress«.

Trotz des nicht gerade vielversprechenden Starts waren sich die Schwestern in einem Punkt einig: »Chain of Progress« war der beste Quilt, den sie je gemacht hatten. Bei der lokalen Ausscheidung in Harrisburg belegten sie den ersten Platz, aber auf regionaler Ebene in Philadephia verloren sie. Als ihr Vater im Laufe des Jahres zusammen mit seinen drei Kindern per Zug zur Weltausstellung fuhr, waren sich die beiden Schwestern in einem zweiten Punkt einig: Ihr Quilt war mindestens so schön wie die neunundzwanzig ausgestellten Patchwork-Arbeiten, die am Finale teilnahmen. Claudia war dermaßen enttäuscht, auf die Bewunderung und das Ansehen verzichten zu müssen, die mit einem Sieg verbunden gewesen wären, dass Sylvia es nicht übers Herz brachte, ihr zu sagen, dass ihre ungleichmäßigen Quiltstiche ihnen wahrscheinlich einen Platz unter den Finalisten gekostet hatten.

Sylvia nahm die Niederlage nicht so schwer wie ihre Schwester. Obwohl die Zeiten noch immer hart waren und die Bergstroms jeden Penny zwei Mal umdrehen mussten, hatte ihr Vater viel Geld für die Fahrt zur Weltausstellung ausgegeben, und das war für Sylvia Belohnung genug. Außerdem wusste sie im Alter von dreizehn Jahren, dass sie noch viele Quilt-Wettkämpfe und blaue Bänder gewinnen konnte.

Die Zeit verstrich, und andere Sorgen ließen wenig Zeit, über die Enttäuschung nachzugrübeln – nämlich das schulische Vorankommen ihres kleinen Bruders Richard. Er war ein guter Schüler, wenn es darum ging, etwas über Pferde zu lernen – was ihren Vater freute –, aber er hatte, obwohl er intelligent war, wenig Geduld beim Lernen. Stur und spitzbübisch, wie er war, umging er Sylvias Bemühungen, ihm Nachhilfe zu erteilen. Wenn sie ihn allein ließ, damit er eine Lektion durcharbeitete, kam sie zurück und stellte fest, dass er sich in die Scheune, in den Obstgarten oder in den meisten Fällen in die Stallungen verdrückt hatte.

Sylvia machte den Wandering-Foot-Quilt dafür verantwortlich.

Obwohl Richard nur widerwillig lernte, war er doch intelligent genug, um in der Schule ordentlich mitzukommen, auch wenn er im Unterricht nicht gut aufpasste. Es waren sein gutes Herz und sein Charme, die ihm das Schulleben erleichterten. Er hatte hellbraune lockige Haare, die im Sommer heller wurden und wie golden strahlten, grünbraune Augen mit langen Wimpern, um die ihn seine Schwestern beneideten, und ein Grübchen, das in seiner rechten Wange erschien, wenn er grinste, was er häufig tat. Die Lehrer mochten ihn und lächelten, wenn sie ihn einen Frechdachs schalten, und er war unter seinen Klassenkameraden beliebt – nicht etwa, weil er mit der Masse mitlief, sondern weil er die Masse gewöhnlich davon überzeugen konnte, dass seine Art und Weise, die Dinge anzugehen, mit mehr Spaß verbunden war.

Im Herbst des Jahres nach der Fahrt der Bergstroms zur Weltausstellung nach Chicago zog eine neue Familie in ein heruntergekommenes Haus am Stadtrand. Die Eltern

und eine kleine Tochter bekam man selten zu Gesicht, doch ihr ältestes Kind, ein Junge, besuchte die Grundschule von Waterford. Er kam in Richards Klasse, und Sylvia sah ihn häufig allein beim Zaun sitzen, wenn sie und Claudia ihren Bruder auf dem Weg zu ihrer eigenen Schule, einen Block weiter, ablieferten. Sie war entsetzt, dass eine Mutter oder ein Vater ihr Kind in so schmutzigen Kleidern in die Schule schickten. Sein Gesicht wirkte immer kränklich und seine Augen müde, und häufig waren seine Ärmel nicht lang genug, dass sie die blauen Flecken an seinen Armen bedecken konnten.
Die meisten der Schulkinder mieden den Neuen, dessen Anwesenheit auf eine düsterere Welt als ihre eigene hinwies. Eine Welt, der sie, wie sie vielleicht spürten, nur durch den Zufall der Geburt entkommen waren. Einige freche Kinder hänselten ihn, doch dem machte Richard bald ein Ende. Sylvia beobachtete den Vorfall durch den Zaun, als Richard eines Tages plötzlich das Werfer-Mal verließ und auf den Jungen zuging, der wie immer von seinem Platz beim Zaun zusah. Richard fragte den Jungen nach seinem Namen und forderte ihn auf, mitzuspielen. Als die anderen Jungen protestierten, sagte Richard: »Okay, wenn ihr Andrew nicht in unserem Team haben wollt, dann spiele ich mit ihm eben Fangen.«
»Aber nur du hast einen Ball!«, schrie der Junge, der auf dem Schlag-Mal stand. »Ohne dich können wir nicht spielen.«
Richard grinste und zuckte die Schultern, als sei ihm das nicht bewusst gewesen. »Ich denke, dann könnt ihr auch nicht ohne Andrew spielen.«
Der Verlust von Richards Gunst war schlimmer als der Verlust des Balls, deshalb stimmten die Jungen schnell zu, Andrew mitspielen zu lassen. Obwohl ihr Vater zu

Hause auf sie wartete, stand Sylvia auf der anderen Seite des Zauns und schaute mit vor Stolz geschwellter Brust dem Spiel zu.
Sylvia stellte fest, dass sich Richard und Andrew im Laufe des Herbstes schnell anfreundeten. Andrew war so dünn und schmutzig wie zuvor, aber er lächelte häufiger, und obwohl er im Kreise der anderen Kinder noch immer schweigsam war, flüsterte er Richard hin und wieder einen Witz zu, und Richard brüllte vor Lachen. Als sie Andrew in einer Jacke auf dem Schulhof sah, aus der Richard herausgewachsen war, brauchte sie erst gar nicht zu fragen, wer sie ihm gegeben hatte. Richard erzählte zu Hause so oft von seinem Freund, dass ihr Vater ihn aufforderte, Andrew einzuladen, zum Spielen zu ihnen zu kommen. Eines Tages wartete Andrew zusammen mit Richard am Schultor, als seine Schwestern ihn abholten, um mit ihm nach Hause zu gehen.
»Andrew kommt zum Spielen mit«, erklärte ihnen Richard. »Und er bleibt zum Abendessen.«
»Ach, wirklich?«, fragte Claudia. »Weiß Vater Bescheid?«
»Das geht schon in Ordnung«, warf Sylvia ein. Sie lächelte dem misstrauischen kleinen Jungen zu. »Vater hat Richard viele Male aufgefordert, ihn einzuladen.«
»Wissen seine Eltern Bescheid?«, fragte Claudia skeptisch.
»Es macht ihnen nichts aus«, meldete sich Andrew zu Wort. Sylvia war sich dessen sicher. Sie bezweifelte, dass irgendjemand es überhaupt bemerkte, wenn er nicht nach Hause kam.
Danach ging Andrew fast jeden Tag mit zu Richard nach Hause. Manchmal stellte Sylvia ihm vorsichtig Fragen nach seinem Elternhaus und seiner Familie, aber Andrew gab nur wenig preis. Doch seine zurückhaltenden Ant-

worten reichten aus, bei Sylvia den Eindruck zu erwecken, er sei unglücklich und mache sich um seine kleine Schwester Sorgen. Sylvia wusste nicht, was sie tun sollte. Es war so schwierig, Andrew Einzelheiten aus der Nase zu ziehen, dass sie nicht sicher war, wie schlimm die Dinge tatsächlich standen, und sie wollte nichts unternehmen, was ihn zwingen würde, von zu Hause auszureißen, wie es so viele andere Kinder taten, wenn ihre Väter ihre Arbeit verloren und ihre Mütter sie nicht ernähren konnten. Ein unglückliches Zuhause war sicherer als ein Leben auf der Straße, das so viele andere Männer und Jungen gewählt hatten. Also fand Sylvia Gründe, Andrew die strapazierfähigen Kleidungsstücke zu geben, aus denen Richard herausgewachsen war, die er aber noch nicht verschlissen hatte, und sie tat jeden Morgen genug in die Pausenbrotbox ihres Bruders, dass es für zwei Jungen reichte. Andrew fing an, ein wenig zuzunehmen, und er musste dazu übergegangen sein, sich in der Schule die Haare zu bürsten und sich das Gesicht und die Hände zu waschen. Sylvia vermutete, dass eine gutherzige Lehrerin sich für sein Wohlergehen interessierte, doch Claudia zog sie auf, dass der Junge nur deshalb beschlossen habe, sein Erscheinungsbild zu verbessern, weil er in Sylvia verknallt sei.

Als der Winter anbrach und es zu schneien begann, dachte Sylvias an Weihnachten. In diesem Winter würden sie das fünfte Weihnachtsfest ohne Mama feiern. Seit sie gestorben war, hatten die Bergstroms jedes Jahr in gedrückter Stimmung gefeiert, zum Teil aufgrund ihrer geringen Mittel, aber auch weil Sylvias Vater der Haushaltsvorstand und mit dem Herzen nicht bei der Sache war. Ohne seine geliebte Frau an seiner Seite konnte er sich an den alten Bergstrom-Traditionen nicht erfreuen, und seine Töchter hatten Schwierigkeiten, sie alleine beizubehalten. Als Sylvia jedoch an Andrew dachte, beschloss sie, dass selbst ein ruhiges Bergstrom-Fest an Wärme und Glück wahrscheinlich alles übersteigen würde, was er zu Hause hatte. Sie mussten ihn einladen, Heiligabend und den ersten Feiertag in ihrer Familie zu verbringen, denn wenn jemand die weihnachtliche Freude und Hoffnung brauchte, dann war das Andrew.

Doch es war Claudia, die Sylvia den Vorschlag unterbreitete, dass sie die alten Bergstrom-Traditionen in all ihrer Pracht wieder aufleben lassen müssten. Sylvia war skeptisch. Wie konnten sie es sich leisten, es mit den früheren großartigen Weihnachtsfesten aufzunehmen? Wie konnten sie es ohne die lenkende Hand ihrer Mutter organisieren? Sie zögerte, ihr Gefühl laut auszusprechen, dass es irgendwie falsch sei, die Feiertage ohne ihre Mutter zu genießen.

Mehrere Tage zermürbte Claudia sie mit ihrer Beharrlichkeit und erinnerte sie schließlich daran, dass niemand ihre Traditionen würde wieder aufleben lassen, wenn sie es nicht taten, und alle Bergstrom-Geschichten würden in Vergessenheit geraten. Richards Erinnerungen an ihre Mutter seien schon verblasst. Er war noch so klein, als sie starb, und ihr Vater konnte sich in seiner großen Trauer nur selten überwinden, von ihr zu sprechen. Die Schwestern seien es Richard und ihrer Mutter schuldig, die Erinnerungslücken ihres kleinen Bruders mit ihren eigenen Erinnerungen zu füllen.

Sylvia, die für ihren geliebten kleinen Bruder alles getan hätte, brauchte keinen weiteren Ansporn, um Claudias Meinung zuzustimmen, dass sie die Familientraditionen wieder aufleben lassen sollten. Überraschenderweise war ihr Vater bereit, sich ihrem Plan anzuschließen. »Es ist zu lange her, dass wir hier ein wirklich frohes Weihnachtsfest gehabt haben«, sagte er und lächelte seine Töchter wehmütig an. Er öffnete seine Brieftasche und gab ihnen einen speziellen »Weihnachtsbetrag«, den sie für das Fest ausgeben konnten – bescheiden, aber doch mehr, als sie sich erhofft hatten. Die Schwestern beschlossen, das Geld für Geschenke für ihren Vater, Richard, Andrew und Andrews kleine Schwester und für die Zutaten für ihre weihnachtlichen Lieblingsspezialitäten zu verwenden – für Großtante Lucindas deutsche Plätzchen und den berühmten Bergstrom-Strudel. Während sie die Vorbereitungen trafen, kehrte im Haus die weihnachtliche Stimmung so allmählich und unmerklich wieder ein, dass Sylvia freudig überrascht war, als sie hörte, wie Lucinda beim Zusammenlegen der Wäsche ein Weihnachtslied vor sich hin pfiff, und sie Onkel William und Tante Nellie erwischte, wie sie sich unter einem Mistelzweig küssten. Großtante Lydia fuhr mit ihnen in die Stadt, um die Geschenke und Lebensmittel einzukaufen, und in der Woche vor Weihnachten war Elm Creek Manor wieder mit dem Duft von Lebkuchen, Anis und Zimt erfüllt. Sylvia und Claudia packten die im Geschäft erworbenen Geschenke für die Jungen und ihren Vater ein und bastelten Kleinigkeiten für den Rest der Familie.

Es war wieder wie ein richtiges Weihnachtsfest. Bis die weihnachtliche Freude und Hoffnung wieder eingekehrt war, war Sylvia gar nicht klar gewesen, wie sehr sich ihr Herz danach sehnte.

Wäre Mama nur noch dabei gewesen!

Am Tag vor Heiligabend spielten Sylvia und Richard gerade oben im Kinderzimmer mit einem Besenstiel und

einem Bündel zusammengeknoteter Strümpfe Baseball, als Claudia hereinkam. »Ich brauche dich in der Küche«, sagte sie zu ihrer Schwester. »Es ist Zeit für den Strudel.«
»Ich komme in einer Minute.« Sylvia fing einen Bodenball auf, bevor Richard die First Base erreichte. »Das Inning ist fast vorbei.«
Richard trottete zur Home Plate zurück und hob den heruntergefallenen Besenstiel auf. »Nein, ist es nicht. Ich habe noch zwei weitere Versuche.«
Sylvia grinste und holte aus, um zu werfen. »Wie gesagt, ich bin in einer Minute unten.«
»Wir müssen jetzt anfangen, solange die Küche frei ist.« Claudia rümpfte missbilligend die Nase. »Ihr solltet sowieso nicht im Haus Baseball spielen.«
»Das ist kein richtiges Baseball.« Sylvia schleuderte den Sockenknoten in Richtung ihres Bruders, der den Besenstiel schwang, traf und den Behelfsball in das linke Spielfeld beförderte.
»Es ist Sockenball«, erklärte Richard, um ihr zu Hilfe zu kommen, während er zur First Base rannte.
»Was auch immer es ist, ihr könntet etwas kaputt machen.« Claudia drehte sich um und ging zur Tür. »Wenn es dir zu viel ist, mir zu helfen, dann mache ich ihn eben allein.«
Sylvia konnte sich ausmalen, zu welcher Katastrophe es führen würde, wenn sie das zuließe. »Nein, warte. Ich komme.« Sie griff nach dem Sockenball und warf ihn in hohem Bogen Richard zu, der ihn problemlos auffing. »Tut mir leid. Ich muss dich später fertigmachen.«
»Von wegen.« Richard grinste.
»Hätten wir nicht zehn Minuten warten können?«, fragte Sylvia, während sie ihrer Schwester die Treppe hinunter folgte.

»Großtante Lucinda hat gerade ihr letztes Blech Plätzchen fertig gemacht, aber wir müssen aus dem Weg sein, wenn es Zeit ist, das Abendessen zuzubereiten. Sie hat gesagt, dass wir jetzt Strudel machen können oder gar nicht.«

Sylvia wusste, dass das ein triftiger Grund war, sich zu beeilen, aber sie wollte es nicht zugeben. »Das hättest du gleich sagen können.«

»Du hast mir nicht die Gelegenheit dazu gegeben. Du warst zu sehr damit beschäftigt, dein Recht zu verteidigen, ›Sockenball‹ zu spielen.«

Sylvia schluckte eine Erwiderung herunter. Sie würde nicht diejenige sein, die einen Streit vom Zaun brach, nicht so kurz vor Weihnachten, nicht jetzt, wo in der Familie zum ersten Mal seit Jahren wieder richtige Zufriedenheit zu herrschen schien.

Sie hoffte, die Tatsache, dass sie Claudia das letzte Wort gelassen hatte, würde ihre Stimmung heben, doch in der Küche wurde Claudia noch herrischer. Sie schickte Sylvia in den Keller, um einen Korb Äpfel zu holen, eine Aufgabe, die sie früher immer gemeinsam erledigt hatten. Als Sylvia vor Anstrengung keuchend wieder zurückkam, traf sie Claudia an, wie sie gerade Mehl, Zucker, Nüsse und Gewürze aus der Speisekammer holte – und die beste Schürze ihrer Mutter trug.

»Was hast du denn da an?«, wollte sie wissen und stellte den Korb mit einem Plumps auf den Boden.

Claudia blickte an sich hinunter. »Das ist natürlich eine Schürze. Du solltest deine ebenfalls anziehen, sonst wird dein Kleid am Ende ganz voll Mehl sein.«

»Das ist Mamas Schürze.«

Claudia sah Sylvia genervt an. »Du weißt, dass meine alte ganz abgetragen ist. Tante Lucinda hat gesagt, dass ich

diese anziehen soll. Wenn es dich stört, kannst du sie ja tragen, und ich nehme deine.«
»Ist egal«, murmelte Sylvia und holte zwei Schälmesser aus der Schublade.
Claudia seufzte und schüttelte den Kopf. »Würdest du bitte, wenn du aufgehört hast, dich so lächerlich zu benehmen, ein Leintuch aus dem Wäscheschrank holen?«
»Warum machst du das nicht?«
»Weil ich das hier mache.« Claudia nickte in Richtung der Teigzutaten in ihren Armen. »Warum bist du nur so schlecht gelaunt?«
»Warum bist du so herrisch?«
Das war ein Vorwurf, den Claudia hasste, vielleicht, weil sie genau wusste, dass ihr Verhalten diesen häufig verdiente. »Ich bin nicht herrisch. Ich will nur sicherstellen, dass wir es richtig machen. Verstehst du das nicht? Es liegt an uns, ob das für alle ein schönes Weihnachtsfest wird. Wenn wir es dieses Jahr nicht schaffen, geben sie uns vielleicht keine zweite Chance.«
»Sie können Weihnachten nicht ausfallen lassen.«
Claudia schob den Apfelkorb mit dem Fuß näher zum Küchentisch und stellte ihre Zutaten für den Teig auf die Arbeitsfläche. »Nein, aber sie können uns sagen, dass wir es gar nicht erst zu versuchen brauchen, und dann haben wir wieder so traurige Weihnachtsfeste wie in den vergangenen vier Jahren. Willst du das? Und was noch wichtiger ist, meinst du, dass Mama das wollte?«
Claudia fing mit zusammengekniffenem Mund an, mehrere Handvoll Mehl in eine Rührschüssel zu geben. Sylvia beobachtete sie einen Augenblick, dann rannte sie, ohne sich weiter zu beschweren, zum Wäscheschrank hinauf, holte ein sauberes Leintuch heraus und legte es

dann unten über den langen Holztisch, genau wie ihre Mutter es immer getan hatte und die anderen Frauen der Familie vor ihr. Sie zog den dünnen Stoff glatt und befestigte ihn mit Wäscheklammern an den Tischbeinen. Als sie das Tuch mit Mehl bestäubte, warnte Claudia: »Nicht so viel.« Sylvia antwortete nicht.

Abwechselnd kneteten sie den Teig – drückten ihn mit den Handballen auf dem mit Mehl bestäubten Brett, falteten ihn, drehten ihn und kneteten wieder. Sylvia war überrascht, wie schnell ihre Arme durch die Anstrengung ermüdeten. In den vergangenen Jahren war es ihr nicht so schwierig vorgekommen, aber sie und ihre Schwester hatten den Teig nie länger als ein oder zwei Minuten geknetet, da immer eine der älteren Bergstrom-Frauen die Aufgabe übernommen hatte. Nach zehn Minuten schlug Sylvia vor, dass sie den Teig zur Seite legen und ruhen lassen sollten, aber Claudia bestand darauf, dass jede noch zwei Minuten weitermachte. Sylvia war versucht, ihr zu sagen, dass sie die ganzen vier Minuten kneten solle, wenn es ihr so wichtig sei, aber sie biss sich auf die Zunge und machte sich an die Arbeit.

Schließlich teilte Claudia die glatte Teigkugel in zwei Hälften, legte sie auf das mit Mehl bestäubte Brett und bedeckte sie mit einer schwungvollen Bewegung, die Sylvia schmerzhaft an ihre Mutter erinnerte, mit einem Geschirrtuch. Wie sehr würde sie sich freuen, ihre beiden Töchter gemeinsam an der Arbeit zu sehen, wie sie den berühmten Bergstrom-Strudel machten, dachte Sylvia, und sie beschloss, die Aufgabe in einer Art und Weise zu Ende zu bringen, die ihre Mutter mit Stolz erfüllt hätte.

Doch je zuvorkommender Sylvia den Anweisungen folgte, die ihre Schwester unnötigerweise gab, desto mehr tadelte Claudia sie. Sylvia schnitt mit der Schale zu

viel Apfelfleisch ab. Sie schälte nicht schnell genug, und die Äpfel würden braun werden, bevor sie gebacken werden konnten. Sie schnitt die Äpfel zu dünn. Sie hackte die Nüsse nicht fein genug. Mit jeder Kritik erhitzte sich Sylvias Gemüt weiter, aber sie wollte Claudia nicht erlauben, sie zu einem Ausbruch zu provozieren und das zu ruinieren, was eigentlich ein bedeutender Moment in der Geschichte ihrer Familie sein sollte. Die beiden Bergstrom-Schwestern ließen eine geliebte Tradition wieder aufleben, die sie zuletzt zusammen mit ihrer Mutter befolgt hatten, eine Tradition, die in die Vergangenheit bis zu den ersten Bergstroms zurückreichte, die nach Amerika gekommen waren, vielleicht sogar noch weiter.
Im Namen all der Bergstrom-Frauen vor ihnen war es entscheidend, dass sie zusammenarbeiteten. Insbesondere bei der Vorbereitung der Äpfel und beim Ausziehen des Teigs. Vor allem, da sie viele Stunden miteinander verbringen würden, um die zehn Strudel zu machen, die sie, wie Claudia beschlossen hatte, dieses Weihnachten brauchten – einen für die Familie und neun zum Verschenken.
»Er hat lange genug geruht«, stellte Claudia fest, als sie das Geschirrtuch zur Seite zog, das die zwei platt gedrückten Teigkugeln bedeckte. Sylvia, die bei der Zubereitung der Strudel fast genauso oft zugesehen hatte wie ihre ältere Schwester und ebenso gut wie diese wusste, wie lange der Teig zu ruhen hatte, murmelte nur zustimmend. Sie erinnerte sich daran, wie höflich ihre Mutter immer die Meinung der anderen anwesenden Frauen und Mädchen eingeholt hatte, ja selbst ihrer Töchter, als sie noch blutige Anfängerinnen waren, und so Übereinstimmung erzielt hatte, bevor beschlossen wurde, dass es an der Zeit sei, den Teig auszuziehen.

Claudia rollte den Teigball zu einem Rechteck aus, dann forderte sie Sylvia auf, ihr beim Ausziehen zu helfen. Sylvia tat dies bereitwillig, und sie griffen unter den Teig und zogen ihn mit den Handrücken zu sich. Als Claudia nach rechts ging, tat Sylvia es ihr nach, sodass sie immer an den gegenüberliegenden Seiten des Tisches standen. Zuerst war Sylvia erstaunt, wie schnell ihr die vertrauten Bewegungsabläufe wieder einfielen, und als die Schwestern in einen Rhythmus des Nachgreifens und Dehnens übergingen, wunderte sie sich wieder einmal über die Verwandlung des Teigs von einer glatten Kugel in eine dünne, durchscheinende Platte.

Sie war so auf die gleichförmige Arbeit konzentriert, dass Claudia die Erste war, die das Problem feststellte. »Da stimmt etwas nicht«, murmelte sie.

»Was? Ich sehe keine Risse.«

»Nein, aber er ist seit einer ganzen Weile nicht mehr größer und dünner geworden.«

Sylvia hatte nicht auf die Zeit geachtet. Sie konnte nicht mit Gewissheit sagen, um wie viel sie in den letzten beiden oder den letzten fünf Minuten vorangekommen waren. »Ich finde, dass er gut aussieht.«

»Der Teig sollte inzwischen bis zur Tischkante reichen.« Claudia hielt inne, wischte sich mit dem Handrücken etwas Mehl aus dem Gesicht und untersuchte den Teig. »Irgendetwas stimmt da nicht.«

»Hast du gezählt, wie viel Handvoll Mehl du genommen hast?«

»Ja.«

»Hast du die gleiche Tasse zum Abmessen des Wassers benutzt?«

»Ja, natürlich«, fuhr Claudia sie unwirsch an. »Ich hab alles richtig gemacht.«

»Wir könnten ihm noch ein paar Minuten geben«, schlug Sylvia vor. »Oder wir könnten Tante Lucinda fragen –«
»Nein. Wir müssen das allein machen, ist dir das nicht klar?« Claudia schob die Hände unter den Teig und gab Sylvia mit einem kurzen Nicken zu verstehen, dass sie das Gleiche tun sollte. Sylvia tat ihr den Gefallen, und als sie den Teig dieses Mal auf den Tisch zurückfallen ließ, bemerkte sie, dass er, anstatt locker auf das mit Mehl bestäubte Tuch zu gleiten, sich wie ein Gummiband ein wenig zurückzog.
Claudia musterte ihr Gesicht. »Dieses Mal hast du es auch gesehen.«
Sylvia nickte, als sie wieder unter den Teig griffen. Anheben, dehnen, fallen lassen – und wieder dieses kaum merkliche Zusammenziehen des Teigs, als er sich in seine frühere Form zurückzog. Bei ihrer Mutter hatte der Teig so etwas nie getan. Auch bei ihrer Großmutter nicht.
»Er ist … gummiartig«, stellte Sylvia fest, als ihr endlich das am wenigsten provozierende Wort eingefallen war.
»Ich habe ihn genau wie immer gemacht«, sagte Claudia. »Du hast doch zugeschaut.«
Dass Sylvia sich die meiste Zeit nicht in der Küche aufgehalten hatte, als Claudia den Teig zusammenmischte, war angesichts der vorliegenden Probleme kaum der Rede wert. Jetzt konnte Sylvia sehen, dass der Teig in der Mitte zwar so dünn war, wie er sein sollte, der Rand des Vierecks jedoch dick wie eine Faust war, als sei er ein schwerer Rahmen um eine feine Leinwand.
»Ich glaube, wir müssen die Ränder irgendwie ausziehen, ohne die Mitte weiter zu dehnen«, sagte Sylvia schließlich.
»Und wie sollen wir das anstellen?«
»Ich weiß nicht, *wie*. Ich weiß nur, *dass*.«

»Das hilft uns auch nicht weiter«, schimpfte Claudia, aber kurz darauf griff sie nach dem Nudelholz und versuchte, die Ränder platt zu rollen. Das nutzte schon ein wenig, und nachdem Claudia mit dem Nudelholz den Rand ringsum zwei Mal ausgerollt hatte, sagte sie Sylvia, dass sie den Teig wieder ausziehen sollten. »Dieses Mal fester.«

»Bist du dir sicher?«, fragte Sylvia. »Die Mitte ist schon so dünn.«

»Ja, bestimmt.« Um es vorzumachen, steckte Claudia die Hände unter den Teig und zog ihn fest nach außen – und schnappte entsetzt nach Luft, als auf Sylvias Seite des Tischs ein Riss über die ganze Längsseite erschien.

»Den können wir flicken«, sagte Sylvia und machte sich sogleich daran.

»Hättest du auch an deiner Seite gezogen –«

»Du hast mir ja keine Chance gelassen! Der Teig wäre eben an einer anderen Stelle gerissen.«

»Mach dir nichts draus.« Claudia ging um den Tisch herum zum anderen Ende des Risses und fing an, ihn zusammenzudrücken. »Wir reparieren ihn eben. Kein Grund für Schuldzuweisungen.«

Offenbar nicht, dachte Sylvia, es sei denn, sie hatte Schuld. Aber sie sagte nichts, als die Schwestern sich vom Rand zur Mitte vorarbeiteten, bis der Riss wieder geflickt war. Im Anschluss ging Claudia ein letztes Mal um das Viereck herum und schnitt den dicken Rand mit einem Messer ab.

»Was machst du denn da?«, fragte Sylvia. Auf jeder Seite fehlten mehrere Zentimeter zwischen dem Teigrechteck und der Tischkante.

»Er hat sich nicht weiter ausziehen lassen.«

»Er ist nicht groß genug.«

»Aber er ist beinahe dünn genug, und er wird genauso gut schmecken.«
Sylvia war sich in diesem Punkt nicht sicher. Was war, wenn die Zauberei, die aus unerfindlichen Gründen dazu geführt, hatte, dass der Teig schwieriger auszuziehen war, auch seinen Geschmack beeinträchtigt hatte? »Ich hole die Äpfel«, sagte sie stattdessen und achtete darauf, dass ihre Stimme nicht allzu verärgert oder besorgt klang. Sie würden zumindest reichlich Suppennudeln haben, das war klar.
Der Teig rollte sich – zu ihrer unausgesprochenen Erleichterung – so leicht wie immer um die Äpfel, und schon bald war ihr erster Strudel im Ofen. Bei der zweiten Kugel Teig hatten sie bei Weitem keine solchen Schwierigkeiten, ihn auszuziehen – weil sie aus ihren Fehlern gelernt hatten und darauf achteten, keinen dicken Rand um die dünne Mitte zu lassen –, aber als sie den Teig nicht weiter ausziehen konnten, war er noch immer dicker als der ihrer Mutter, und es fehlten noch gut fünf Zentimeter bis zur Tischkante.
Dennoch, der erste Strudel kam wunderschön goldbraun aus dem Ofen, und der Duft von gebackenen Äpfeln und Zimt lockte andere Familienmitglieder in die Küche. Die meisten lobten die Schwestern und erklärten, dass sie es nicht erwarten könnten, den Strudel am Weihnachtsmorgen zu kosten, aber Onkel William warf einen Blick auf ihr erstes Werk, das auf dem Tisch abkühlte, und sagte: »Sieht wie ein Kümmerer aus.«
»Dann heben wir kein Stück für dich auf«, neckte Sylvia ihn ihrerseits, aber Claudia machte sich, bis er die Küche verließ, an der Spüle zu schaffen, in der sich das Geschirr türmte, damit er ihr hochrotes Gesicht nicht sehen konnte.

»Wir müssen noch acht machen.«, stellte Sylvia fest, als sie in den Keller gingen, um weitere Äpfel zu holen.
»Vielleicht sind zwei genug«, sagte Claudia müde.
Sylvia blieb wie angewurzelt auf der Treppe stehen. »Das meinst du nicht im Ernst. Onkel William hat doch nur Spaß gemacht.«
»Nein, daran liegt es nicht. Ich glaube, ich hatte keine Ahnung, wie schwierig das werden würde, ohne –« Claudia fasste sich. »Selbst als Mama krank war, hat sie alles mit solcher Leichtigkeit geschafft. Nächstes Jahr – vielleicht können wir nächstes Jahr versuchen, mehr zu machen.«
Sylvia war über das Eingeständnis der Schwäche ihrer Schwester überrascht beziehungsweise über das, was Claudia herausgerutscht war und beinahe einem Eingeständnis ihrer Schwäche gleichkam. Was sie betraf, so hasste sie es, eine Arbeit aufzugeben, es sei denn, ihr blieb wirklich nichts anderes übrig, als ihre Niederlage einzugestehen, aber ihr gefiel die Vorstellung, den Rest des Tages in der Küche zu verbringen, auch nicht. Die Verlockung, aus der Küche zu gehen, war stärker als ihre Beharrlichkeit, deshalb stimmte Sylvia zu, dass die beiden Strudel, die sie bereits gemacht hatten, ausreichten, da sie immerhin einen für die Bergstroms und einen für Andrew hatten, den er mit nach Hause nehmen konnte. Ihre Freunde und Nachbarn hatten seit Eleanors letztem Weihnachtsfest keinen der berühmten Bergstrom-Strudel mehr bekommen und würden es auch diesmal nicht erwarten. Nächstes Jahr, versprachen sich Sylvia und Claudia gegenseitig, nächstes Jahr würden sie freudig überrascht sein.
Am nächsten Morgen, es war Heiligabend, erschien Andrew an der Hintertür, als die Bergstroms gerade das

Frühstück beendeten. Sylvias Vater, der geplant hatte, ihn am Nachmittag mit dem Auto abzuholen, scherzte, dass die Eile des Jungen nichts nutzen und der Weihnachtsmann deshalb sicher nicht früher kommen würde, aber als der Junge einen sehnsüchtigen Blick auf die Reste der Mahlzeit warf, war eindeutig klar, was ihn hierher getrieben hatte. Lucinda hieß ihn am Tisch willkommen und gab Claudia ein Zeichen, einen weiteren Teller zu holen, und schon bald verschlang der magere Junge alles, was man ihm vorsetzte.

Nach dem Frühstück rannten die Jungs zum Spielen davon. Die Frauen machten in der Küche sauber, dann schickten sie Onkel William und Tante Nellie los, einen Baum zu suchen. »Heiratet in dieser Familie denn nie jemand?«, schimpfte Onkel William, als er in seinen Mantel schlüpfte.

»Schau bloß mich nicht an!«, sagte Lucinda.

Hoffnungsvoll blickte er zu Claudia hinüber. »Wie alt bist du noch mal?«

»Sechzehn«, antwortete sie und richtete sich stolz auf.

»Vergiss es, Will«, meldete sich ihr Vater zu Wort. »Die Sache bleibt mindestens noch zehn Jahre eure Aufgabe.«

»Daddy!«, protestierte Claudia.

»Es macht uns nichts aus«, versicherte ihm Tante Nellie. Sie hakte sich bei ihrem Mann unter und lächelte zu ihm hinauf. »Wir werden dieses Jahr bestimmt den schönsten Baum holen, den Elm Creek Manor je hatte.«

Das Paar verschwand durch die Hintertür und folgte auf dem Weg zur Brücke über den Elm Creek einem schmalen Pfad, der in den weichen Schnee getrampelt worden war. Als Lucinda ihnen durch das Küchenfenster nachsah, sagte sie zu Sylvias Vater: »Sieht dieses Jahr wieder ganz nach einer vierstündigen Suche aus.«

»Ich bin sicher, William erhofft es sich«, antwortete er schmunzelnd.
»Der Baumschmuck liegt im Ballsaal bereit«, sagte Claudia, die die Bedeutung seiner Bemerkung nicht verstand. »Sobald sie zurück sind, können wir anfangen, den Baum zu schmücken.«
»Unterdessen bereite ich das Mittagessen zu«, erklärte Lucinda.
Claudia nickte. »Und ich muss noch etwas nähen.«
Sylvia hatte kleine Geschenke einzupacken, Socken und Schals, die sie am Vorabend fertig gestrickt hatte. Sie brachte ihre festlichen Päckchen in den Ballsaal und war nicht überrascht, als sie feststellte, dass ihre Tante und der Onkel noch nicht zurückgekehrt waren, deshalb ging sie los, um Claudia zu suchen. Ihre Schwester saß im vorderen Wohnzimmer, im Lieblingssessel ihrer Mutter, und fädelte gerade ein. Ihr zu Füßen lagen nach Farben sortierte Stapel von Stoff.
»Woran arbeitest du?« Sylvia betrachtete die vertraut aussehenden Stoffstücke eingehender. »Ist das der Weihnachtsquilt?«
Claudia nickte, da sie die Nadel zwischen den gespitzten Lippen hielt, während sie am Fadenende einen Knoten machte.
Sylvia blickte von den Dreiecken im Schoß ihrer Schwester zu dem Stapel Feathered-Star-Blöcke auf dem Tisch zu ihrer Rechten. »Diese Stücke sind für einen Feathered Star zu groß. Sie sollten weniger als halb so groß sein.«
»Ich mache keine Feathered Stars.« Claudia hatte die Nadel aus dem Mund genommen und mit der Spitze in ein weißes und ein grünes Dreieck gestochen. Sie nickte in Richtung des Nähkorbs ihrer Mutter, den sie schon vor

langer Zeit an sich gerissen hatte. Durch den offenen Deckel machte Sylvia ein paar rot-grüne Variable-Star-Blöcke aus.
Sylvia nahm einen zur Hand und entdeckte sofort die Fehler. Die Spitze eines Sterns war durch eine angrenzende Naht abgehackt. Zwei grüne Sternenzacken trafen nicht exakt auf die Ecke des roten Quadrats in der Mitte. Auf der Rückseite des Blocks hatte Claudia die Nähte, anstatt sie auseinanderzubügeln, einfach sorglos umgelegt, sodass eine dicke Stoffschicht entstand, durch die später nur mit Mühe zu quilten sein würde. Sylvia verglich diesen Block mit einem zweiten.
»Hast du das absichtlich gemacht?«, fragte Sylvia und hielt die Ecken der Blöcke nebeneinander, um den Größenunterschied einzuschätzen. »Hast du diesen hier absichtlich anderthalb Zentimeter kleiner gemacht als den anderen?«
Claudia riss ihr die Blöcke aus der Hand. »Sei nicht albern. Ich habe für alle die gleiche Schablone benutzt.«
Dann musste sie unterschiedliche Saumzugaben gelassen haben. »Du wirst sie mit dem Bügeleisen in die richtige Größe bringen müssen. Du wirst eine Menge Dampf brauchen –«
»Ich weiß, wie ich einen Quilt zusammenzusetzen habe.«
»Du hättest dir diesen Schritt ersparen können, wenn du genauer genäht hättest. Warum machst du überhaupt Variable Stars statt –« Sylvia hielt inne, da ihr gerade noch rechtzeitig einfiel, dass es das Letzte war, was sie ihrer Schwester nahelegen wollte, sich an einem komplizierten Muster zu versuchen, wo sie doch einen der einfachsten Sternenblöcke in ihrem Repertoire kaum schaffte. »Wenn du versuchst, diese Blöcke zusammenzunähen, wird es entweder an den Sternenspitzen oder

an den Ecken passen, nicht aber an beiden. Weiß Tante Lucinda, was du da machst? Sie wird nicht begeistert sein, wenn du ihren Quilt ruinierst.«

»Ich ruiniere ihren Quilt nicht, und ja, ich habe sie gefragt, ob ich ihn fertigstellen kann.«

»Und sie hat ja gesagt?«

»Natürlich hat sie ja gesagt, sonst würde ich hier nicht daran sitzen. Ehrlich, Sylvia!«

Sylvia dachte daran zurück, wie viel Zeit und Geschick ihre Mutter und Großtante Lucinda in ihre Feathered Stars und Stechpalmenzweige investiert hatten. Ihre ganze Arbeit wäre umsonst gewesen, wenn Claudia ihr Werk mit ihren schlecht genähten Variable Stars verunstaltete. »Vielleicht solltest du mich dir helfen lassen.«

»Vielleicht solltest du dir eine andere Arbeit suchen.«

Warum sollte sie? Der Weihnachtsquilt gehörte ihr genauso wie Claudia. »Wenn ich ein paar der Blöcke mache, werden wir schneller fertig. Außerdem hast du dann ein Muster, an das du dich halten kannst, wenn du deine Blöcke auf die richtige Größe bügelst oder umnähst. Ich glaube, dein Problem sind die Nahtzugaben –«

»Mein Problem ist, dass ich eine nervige kleine Schwester habe, die an Heiligabend nichts besseres zu tun hat, als mich zu kritisieren. Großtante Lucinda hat gesagt, dass ich den Quilt fertig machen darf, und das werde ich auch. Du bist bloß sauer, weil du nicht als Erste auf die Idee gekommen bist. Dann hättest du mich dir nicht helfen lassen, das weißt du.«

Jedes Wort traf Sylvia zutiefst, und sie wurde wütend. In der Ferne hörte sie die Doppeltür der Eingangshalle zuschlagen, gefolgt von fröhlichem Stimmengewirr. Onkel William und Tante Nellie waren mit einem Baum zurückgekehrt, und die Schwestern wurden im Ballsaal ge-

braucht, aber Sylvia konnte sich eine abschließende bissige Bemerkung nicht verkneifen: »Das Wort ›variable‹ in deinen ›Variable Stars‹ sollte sich nicht auf ihre Größe beziehen.«
Sie eilte aus dem Zimmer, damit Claudia nicht das letzte Wort haben konnte.
Richard und Andrew waren vom Spielzimmer schon herunter gekommen. Als Onkel William und ihr Vater den Baum in den Ballsaal schleppten und ihn an der gewohnten Stelle aufrichteten, versuchte Sylvia, die beiden Jungs aus dem Weg zu halten. Großtante Lucinda brachte mit Essen beladene Tabletts herein, damit sie, während sie den Baum schmückten, nebenher etwas zu Mittag essen konnten. Außerdem schaltete jemand das Radio ein. Plötzlich war der Raum von Musik und Lachen erfüllt, und Sylvia sehnte sich mit einem Mal nach ihrer Mutter. Ihr Blick kreuzte sich mit dem ihres Vaters, und sie wusste, dass ihn die gleichen Gedanken bewegten. Er hatte die Papierengel in der Hand, die sie und Claudia vor Jahren in der Sonntagsschule gebastelt hatten. Er stellte den von Claudia auf einen hohen Zweig und Sylvias genau auf gleicher Höhe an die gegenüberliegende Seite des Baums – nicht einen Zweig höher oder tiefer. Sein bedachtes Vorgehen signalisierte Sylvia, dass er Claudias wütenden Gesichtsausdruck bemerkt und Sylvia als Grund dafür ausgemacht hatte.
Schuldbewusst errötete sie, wandte den Blick ab und tat so, als konzentriere sie sich auf die Mätzchen der Jungs, die gerade Girlanden aus Popcorn und Preiselbeeren an die unteren Zweige des Baums hängten. *Wart nur ab, bis sie die Oberseite des Weihnachtsquilts zusammengesetzt hat und Hilfe beim Übereinanderlegen und Zusammenheften der Schichten braucht*, dachte Sylvia verbittert.

Sylvia würde keinen Finger beziehungsweise keine Nadel rühren, um ihr zu helfen. Und sie hatte die Nase voll, Claudia weiterhin so tun zu lassen, als sei sie die Hausherrin. Wenn jemandem nach Mamas Tod diese Rolle zustand, dann war das Großtante Lucinda, nicht etwa einem dummen Mädchen von sechzehn Jahren.

Der Baum war beinahe fertig geschmückt, als Großtante Lucinda sagte, dass jemand den Stern verstecken sollte.

»Das mache ich«, erklärte Claudia und lächelte, als sie den achtzackigen rotgoldenen Stern aus seiner Schachtel nahm.

»Nein, ich«, sagte Sylvia und riss ihn ihr aus der Hand.

»Ihr könntet es zusammen machen«, schlugen ihr Vater und Lucinda gleichzeitig vor.

Sylvia unterdrückte einen Seufzer. »Ich bin gleich wieder zurück«, sagte sie und rannte aus dem Zimmer, bevor Claudia oder sonst jemand Einwand dagegen erheben konnte.

Aber wo sollte sie den Stern verstecken? Sie war versucht, ein besonders schwieriges Versteck zu wählen, nur um ihre Schwester zu ärgern, aber plötzlich kamen ihr Zweifel, ob Claudia überhaupt an der Suche teilnehmen würde. Richard war jünger, aber das bedeutete nicht, dass Sylvia ihm zuliebe ein leichteres Versteck zu wählen brauchte. Er kannte sämtliche geheime Ecken in dem großen Haus und wäre nur enttäuscht, wenn er den Stern zu schnell entdeckte. Schließlich fiel Sylvia Andrew ein, und sie kam zu dem Schluss, dass sie ihn gewinnen lassen wollte. Selbst Richard mit seinem Konkurrenzdenken würde sich freuen, wenn sein Freund bei diesem Spiel gewann, und würde ihm neben den Geschenken, die der Weihnachtsmann für ihn unter den Bergstrom-Baum legen würde, den zusätzlichen Preis gönnen.

Vielleicht konnte Sylvia ihm bei der Suche helfen, so wie ihre Cousine Elizabeth es einst getan hatte. Andrew hatte kein Kopfkissen im Haus der Bergstroms, unter das er hätte schauen können, und es war unwahrscheinlich, dass er weinend in Richards Zimmer laufen würde, so wie Sylvia vor so vielen Jahren in ihres geflohen war. Wann immer Andrew in Elm Creek Manor war, hielt er sich meist im Spielzimmer auf. Vielleicht würde er dort mit seiner Suche beginnen, falls er sich in diesem Zimmer am wohlsten fühlte.

Zwei Stufen auf einmal nehmend, rannte Sylvia die Treppe zur dritten Etage hinauf und stürmte ins Spielzimmer. Andrew liebte Richards Modelleisenbahn. Sylvia hastete durch den Raum und versteckte den Stern in der Holzkiste, in der die Lokomotive und die Waggons aufbewahrt wurden. Nur eine goldene Spitze lugte ein wenig heraus.

Mit sich zufrieden kehrte sie in den Ballsaal zurück, aber der Blick ihres Vaters ernüchterte sie sofort. Sie schaute Großtante Lucinda an, die den Kopf schüttelte, allerdings umspielte ein schwaches Lächeln ihren Mund.

»Ich habe den Stern versteckt«, verkündete sie und schaffte es, ein leichtes Grinsen aufzusetzen. Ihr Vater schickte die kleineren Kinder zur Suche los, und Sylvia beschäftigte sich damit, ein paar Stücke des Baumschmucks umzuhängen, und zwar eher, um ihr Erröten zu kaschieren, als aus irgendwelchen ästhetischen Gründen. Sie beschloss, bis nach dem Weihnachtsfest weder Claudia noch sonst jemanden zu provozieren. Mit etwas Glück würde bei den Erwachsenen die Erinnerung an den Anblick, wie sie ihrer Schwester den Stern aus der Hand gerissen hatte, bald verblassen. Sie wusste, dass Claudia es nie vergessen würde.

Sie schmückten den Baum fertig, bis auf den allerhöchsten Zweig, und dann blieb ihnen, weil bis jetzt noch kein triumphierendes Kind, den Glasstern mit der kleinen Hand fest umklammernd, zurückgekehrt war, nichts anderes übrig, als Radio zu hören, den Baum zu bewundern und zu plaudern. »Du hast ihn *im* Haus versteckt, nicht wahr, Sylvia?«, fragte Onkel William nach einer Stunde. »Du hast ihn nicht aus einem Fenster in eine Schneewehe geworfen?«

»Er ist im Haus«, antwortete Sylvia mit besorgtem Blick in Richtung Tür. Zunächst hatte sie gehofft, nur Andrew würde den Stern finden; jetzt wäre sie froh, wenn es irgendeinem Kind gelänge.

»Hast du ihn an einer Stelle versteckt, an der ein Kind ihn auch sucht?«, fragte Claudia. Ihr Tonfall, ihre Haltung und ihr resignierter Blick vermittelten überdeutlich, dass sie nicht überrascht gewesen wäre, wenn ihre jüngere Schwester eine Möglichkeit gefunden hätte, eine geliebte Weihnachtstradition zu ruinieren. Hätte man Claudia den Stern verstecken lassen, würde er inzwischen oben am Baum funkeln.

»Selbstverständlich.« Die Kiste mit der Modelleisenbahn stand auf dem Boden im Spielzimmer, nicht hoch oben auf einem Regalbrett oder irgendwo in einem Schrank. Sie hatte ihn ganz sicher nicht zu gut versteckt.

Genau in diesem Augenblick flog die Tür zum Ballsaal auf. »Wir können ihn nicht finden«, keuchte Richard nach seinem Sprint durch das Haus.

»Das Haus ist groß«, entgegnete Onkel William. »Sucht weiter.«

Richard zuckte die Schultern und sauste wieder los.

»Vielleicht sollte ich ihnen einen Tipp geben«, wandte sich Sylvia an ihren Vater. Nachdem er zugestimmt hatte, rannte sie hinter Richard her und sagte ihm, sie sollten in der dritten Etage suchen – und er solle dies unbedingt auch den anderen Kindern weitergeben. Er versprach es grinsend, weil ihn seine Schwester so gut kannte, und bald hallte der Ballsaal vom Getrappel der vielen Füße wider, die die Treppe hinaufpolterten.

Nach einer halben Stunde kam Richard wieder, Andrew im Schlepptau. »Als du dritte Etage gesagt hast, hast du da den Speicher gemeint? Ich dachte, wir dürften nicht dort hinaufgehen.«

Claudia fuhr herum und sah ihre Schwester an. »Du hast ihn doch nicht etwa in den Speicher getan, oder? Auf dieser Treppe könnte sich jemand verletzen.«

»Nein! Richard, der Speicher wäre die vierte Etage. Habt ihr im Spielzimmer gesucht?«

»Ja. Jeder war mindestens eine Stunde im Spielzimmer.« Sylvia wusste, dass er übertrieb, da sie ihm erst vor einer halben Stunde den Tipp gegeben hatte. Wie auch immer, wenn so viele Kinder im Spielzimmer waren, hätte eines den Stern innerhalb weniger Minuten entdecken müssen.

Richard und Andrew gingen voraus, als Sylvia, Claudia, ihr Vater und Großtante Lucinda die Treppe ins dritte Stockwerk hinaufstiegen. Das Spielzimmer lag direkt über der Bibliothek – ein unglücklicher Planungsfehler, den Sylvias Großvater erst bemerkte, als er das erste Mal beim Lesen von dem lauten Toben über ihm gestört wurde. Wie die Bibliothek erstreckte sich auch das Spielzimmer über die gesamte Breite des Südflügels und ließ das Sonnenlicht von Osten, Westen und Süden durch die Fenster einfallen. Große Schneeflocken wurden im Zwielicht gegen die Scheiben geweht, doch die Kinder waren zu sehr in ihr Spiel vertieft, um es zu bemerken.

Onkel Williams Tochter servierte Claudias alten Puppen Tee, zwei Jungen führten einen Kampf mit Richards Spielsoldaten, und die anderen Cousins und Cousinen lasen oder bauten aus Klötzchen Türme oder spielten irgendwelche selbst ausgedachten Spiele. Nach anderthalb Stunden erfolgloser Suche hatte die Verlockung der Spielsachen schließlich gesiegt. Die Suche nach dem Stern war aufgegeben worden.
Aber keines der Kinder spielte mit der Modelleisenbahn!
»Ihr habt doch noch nicht aufgegeben, oder?«, fragte Sylvia. Die kleine Cousine, der sie den Nine-Patch-Quilt geschenkt hatte, blickte auf und lächelte, aber die anderen Kinder waren zu sehr in ihr Spiel vertieft, um ihre Frage zu hören.
»Vielleicht wäre ein weiterer Tipp angesagt«, schlug Lucinda vor. »Tierisch, pflanzlich oder mineralisch?«
Richard und Andrew schauten hoffnungsvoll zu Sylvia auf.
»Mineralisch«, sagte sie. »Ein Transportmittel.« Die beiden Jungs machten sich daran, durch den Raum zu schlendern und verstreute Spielsachen zur Seite zu schieben, aber sie gingen in die entgegengesetzte Richtung zur Eisenbahnkiste. »Überlegt, was zum Transport von Passagieren und Waren über lange Entfernungen gebraucht wird. Ach, Menschenskind!« In ihrer Verzweiflung, das Spiel zu retten, gab sie Zuggeräusche von sich, äffte die Bewegung von Rädern nach und zog an der Schnur einer imaginären Dampfpfeife.
Richard strahlte und rannte durch das Zimmer zu seiner Modelleisenbahn, Andrew direkt hinter ihm her. Sie kramten in der Kiste, holten erstaunlich schnell die Lokomotive und die Güterwagen heraus, bis der letzte Waggon auf dem Boden lag. Die Jungen warfen Sylvia

durch den Raum einen erwartungsvollen und verwirrten Blick zu.
»Prima Tipp«, schnauzte Claudia. »Du hast sie an die falsche Stelle geschickt.«
Aber das hatte sie nicht. Schnell ging Sylvia zu den Jungs und warf selbst einen Blick in die Kiste. Sie war leer.
Lucinda sah ihre besorgte Miene. »Hast du den Stern darin versteckt?«
Sylvia nickte verdutzt. Sie durchsuchte den Haufen von Eisenbahnwagen, um nachzuschauen, ob die Jungs den Stern in ihrer Eile versehentlich zur Seite gelegt hatten, aber er war nicht da. »Das verstehe ich nicht. Ich habe ihn da hineingetan.«
»Zu den Zügen«, sagte Claudia skeptisch. »Und wo ist er dann?«
»Ich weiß nicht.«
»Bist du sicher, dass du ihn da versteckt hast?«, fragte ihr Vater. »Vielleicht hast du es dir anders überlegt und ihn dann doch an einer schwierigeren Stelle versteckt. Denk gut nach.«
»Ich bin mir sicher.«
Die Frage wurmte sie. Sie würde doch niemals vergessen, wo sie den Stern versteckt hatte!
»Vielleicht hat ihn jemand weggetan.«
Lucinda schaute Richard mit hochgezogenen Augenbrauen an. »Als kleiner Weihnachtsscherz?«
Richard riss unschuldig die Augen auf. »Ich nicht.«
Andrew schüttelte mit verängstigter Miene entschieden den Kopf.
Sylvia wusste, dass ihr Vater und Großtante Lucinda ebenso wie sie selbst sofort Bilder vor Augen hatten, welche Strafen ein Scherzbold in Andrews Haus wohl zu erwarten hätte. Sie zwang sich zu lächeln. »Das ist ein

sehr lustiger Scherz«, sagte sie und lachte. Ihr Vater kicherte, und die Angst schwand aus Andrews Blick.
»Ich halte das absolut nicht für lustig«, erklärte Claudia.
»Okay, junger Mann.« Großtante Lucinda lächelte und streckte Richard die Hand hin. »Du hast uns zum Narren gehalten, aber jetzt ist der Spaß vorbei.«
Richard runzelte die Stirn. »Ich hab euch gesagt, dass ich ihn nicht angerührt habe.« Plötzlich sah er ganz aufgeregt aus. »He, was ist, wenn es ein Geist getan hat? Ein Geist wie der in der Weihnachtsgeschichte, die mir Sylvia gestern Abend vorgelesen hat?«
Wieder verzog Andrew verängstigt das Gesicht. »Er macht nur Spaß«, beeilte sich Sylvia, ihn zu beruhigen. Sie glaubte nicht, dass Richard den Stern genommen hatte, aber wer sonst? Sie suchte in den Gesichtern der anderen Kinder nach einem Hinweis, aber sie spielten weiter und schenkten dem Drama, das sich rund um die Modelleisenbahn abspielte, kaum Beachtung. Keine Spur von Schuldbewusstsein oder Schadenfreude war von ihren Mienen abzulesen.
»Richard, räum deine Züge jetzt lieber weg«, schlug Sylvias Vater vor. Als Andrew seinem Freund half, winkte Sylvias Vater die Frauen außer Hörweite der beiden. »Vielleicht hat jemand den Stern entdeckt – und ihn fallen lassen, bevor er im Ballsaal ankam. Es ist sowieso erstaunlich, dass das nicht schon früher passiert ist.«
»Ich habe es immer schon für eine schlechte Idee gehalten, Kinder mit einem Glasstern durchs Haus rennen zu lassen«, überlegte Lucinda laut. »Es ist möglich, vielleicht sogar wahrscheinlich. Aber die Frage bleibt, wer war es?«
»Richard war es nicht«, sagte Sylvia in dem Wunsch, ihren Bruder zu entlasten. Sie wusste instinktiv, dass er die

Wahrheit gesagt hatte. »Könnte es vielleicht Andrew gewesen sein?«
»Wie kommst du darauf?«, wollte ihr Vater wissen.
»Weil er derjenige ist, der den Stern am ehesten finden konnte«, erklärte Sylvia, der es widerstrebte, einen Jungen zu beschuldigen, der, soweit sie wusste, bei seinen vielen Besuchen im Haus der Bergstroms sich noch nie über eine einzige Regel hinweggesetzt hatte. »Ich habe den Stern zwischen den Zügen versteckt, weil das Spielzimmer sein Lieblingsplatz ist und er am liebsten mit der Modelleisenbahn spielt. Ich wollte ihm helfen, den Stern zu finden, so wie Cousine Elizabeth mir geholfen hat.«
»Du meinst, wie Elizabeth dir beim *Schummeln* geholfen hat«, sagte Claudia. »Das Spielzimmer ist sowieso nicht Andrews Lieblingsplatz im Haus. Das ist die Küche.«
Sylvia wünschte sich, ihr wäre das früher eingefallen, denn Claudia hatte selbstverständlich recht.
Großtante Lucinda schüttelte den Kopf. »Falls der Stern kaputtgegangen ist, bezweifle ich, dass es Andrew war. Erinnert ihr euch, als er das Glas auf der Veranda zerbrochen hat, nachdem ich die Jungs gewarnt hatte, dass sie sie nicht in die Schusslinie ihrer Murmeln stellen sollen? Er hat alle Scherben und Splitter aufgehoben und sie mir gebracht und sich entschuldigt. Hier hätte er das Gleiche gemacht.«
»Das ist kein Glas wie viele andere«, stellte Claudia fest. »Das ist ein Familienerbstück.«
Sylvias Vater nickte nachdenklich und rief die Kinder zu sich. Als sie sich um ihn geschart hatten, versuchte er, ihnen die Wahrheit zu entlocken, aber keines gab zu, den Stern gefunden zu haben. Mit leiser Stimme, so dass es nur Sylvia und Lucinda hören konnte, murmelte Claudia,

dass er ihnen besser eine Tracht Prügel angedroht hätte, aber Sylvia hielt seinen entwaffnenden Humor für die richtige Vorgehensweise. Selbst Andrew lächelte. Doch auch Sylvia musste einräumen, dass die Fragen ihres Vaters kaum nützliche Informationen hervorbrachten. Die zeitliche Abfolge, wann die Kinder sich wo aufgehalten hatten, sagte ihnen letztlich wenig mehr, als dass die Kinder im Laufe der Suche in den meisten Zimmern des Hauses gewesen waren, manchmal allein, aber meist zusammen mit mindestens einem anderen Kind.

Schließlich kam Sylvias Vater wohl zu dem Schluss, dass der Übeltäter eine stärkere Motivation für seine Beichte brauchte. »Wenn keiner den Stern gefunden hat«, warnte er, »bekommt auch keiner den Preis.«

»Es gibt einen Preis?«, fragte Andrew.

Richard nickte. »Normalerweise ein Spielzeug oder Süßigkeiten.«

Andrew stieß ihn an. »Komm. Wir suchen weiter.«

Er tat Sylvia aufrichtig leid. Mehr als all die anderen Kinder sehnte er sich so sehr nach einem Preis, dass er die Suche fortsetzen wollte, obwohl sie offensichtlich völlig aussichtslos war. So schlecht das Spiel auch ausgegangen war, sie bereute es keineswegs, dass sie versucht hatte, ihm zu helfen. »Können wir den Preis nicht unter ihnen aufteilen?«, fragte sie ihren Vater.

»Das ist gegen die Regeln«, wandte Claudia ein.

Ihr Vater hob ernst die Hände. »Claudia hat recht. Wir können den Stern heute Abend nicht an den Baum hängen, deshalb können wir den Preis nicht vergeben. Ich bin enttäuscht, dass keiner mit der Wahrheit herausrücken will, und ich bin mir sicher, auch der Weihnachtsmann wird darüber nicht gerade glücklich sein.«

Die Kinder tauschten erstaunte und bestürzte Blicke,

aber keines sah schuldbewusster oder besorgter aus als die anderen.
»Ich sage euch, was wir tun«, fuhr ihr Vater fort. »Wenn der Stern morgen vor dem Frühstück auf dem Küchentisch liegt, frage ich nicht, wer ihn dorthin gelegt hat, und der Preis wird unter allen aufgeteilt.«
»Sind es Süßigkeiten?«, wollte einer der jüngsten Cousins wissen. »Ja«, antwortete Sylvias Vater. »Jetzt lasst uns hinuntergehen und den Rest von Heiligabend genießen. Es ist ja bald Schlafenszeit.«
Als sie ohne den Stern für die Baumspitze in den Ballsaal zurückkehrten, erklärte Sylvias Vater den erstaunten Erwachsenen fröhlich, wieso der Stern fehlte, und wiederholte den Kindern sein Versprechen. Dann las er laut »Der Besuch des Heiligen Nikolaus« vor, wie er es, so weit Sylvia zurückdenken konnte, an jedem Weihnachtsfest getan hatte. Schließlich räumte er den Sessel und machte Tante Nellie Platz, die die Weihnachtsgeschichte aus dem Lukasevangelium vorlas.
Als sie damit fertig war, standen die Kinder von ihren Plätzen um den Baum auf und wurden, bevor sie ins Bett gingen, mit Küssen und Umarmungen verabschiedet. Sylvia konnte, als sie in ihre süßen, geliebten Gesichter schaute, nicht glauben, dass eines von ihnen fähig war, ein schlimmes Geheimnis zu bewahren. »Ich wünschte, Vater hätte ihnen den Preis trotzdem gegeben«, sagte sie mit einem Seufzer.
Sie hatte nur laut gedacht, aber Claudia hörte sie. »Wenn du unbedingt wolltest, dass sie den Preis bekommen, dann hättest du sie den Stern finden lassen sollen.«
»Ich hab es doch versucht. Ich habe ihn versteckt, und offensichtlich hat ihn jemand gefunden.«
»Das behauptest du.«

Sylvia starrte sie an. »Du glaubst, ich habe ihn immer noch?«
»Ich glaube, dass du weißt, wo er ist.«
»Weiß ich nicht«, entgegnete Sylvia. »Ich habe nicht den blassesten Schimmer, wo er sein könnte. Wahrscheinlich hat ihn eines der Kinder kaputt gemacht und ist, genau wie Vater gesagt hat, zu bestürzt, um es zuzugeben.«
Claudia musterte ihr Gesicht stirnrunzelnd. »Wenn das der Fall ist, wo sind dann die Scherben? Ich werde in jedem Mülleimer nachsehen und unter jeden Teppich schauen. Keines der Kinder hat seit Beginn der Suche das Haus verlassen. Wenn der Stern kaputt ist, müssen die Scherben hier sein. Und falls nicht –«
Claudia beendete den Satz nicht, weil sie sich freiwillig meldete, ihren Tanten beim Zubettbringen der Kinder zu helfen. Zuerst war Sylvia zu perplex, um ihnen zu folgen, aber dann wappnete sie sich, indem sie tief Luft holte, und bot an, sich um Richard und Andrew zu kümmern. Nachdem sie überwacht hatte, dass sie sich auch die Zähne putzten, sie beten gehört und in das Doppelbett in Richards Zimmer gesteckt hatte, stieg sie leise ins Spielzimmer hinauf. Sie entdeckte Claudia, die gerade den Mülleimer durchsuchte.
»Was gefunden?«, fragte Sylvia leise.
Claudia schüttelte den Kopf.
Gemeinsam suchten sie an jedem Ort, an dem ein Kind in seiner Panik die rotgoldenen Glasscherben versteckt haben könnte. Claudia schien froh zu sein, ihre Schwester bei sich zu haben – nicht etwa, weil sie Gesellschaft haben wollte, sondern um sicher zu sein, dass Sylvia den Stern, ganz oder in Stücken, nicht unbeobachtet beiseite schaffen konnte. Als sie schließlich aufgaben, war es schon spät, und Claudia war noch wüten-

der als zuvor. Sylvia wünschte sich allmählich, sie hätte den Stern tatsächlich behalten. Sie hätte es auf der Stelle gebeichtet, nur um mit ihrer Schwester an Heiligabend Frieden zu schließen.

»Wir sollten schlafen gehen«, sagte sie müde. »Alle anderen sind schon im Bett, und es ist durchaus möglich, dass derjenige, der den Stern genommen hat, abwartet, bis alle schlafen, und ihn dann auf den Küchentisch legt.«

Claudia verschränkte die Arme. »So also willst du diese Scharade beenden.«

Sylvia war zu erschöpft, um herumzustreiten. »Ach, hör auf, Claudia.«

Sie ließ ihre Schwester einfach stehen und ging zu Bett.

Der Weihnachtsmorgen dämmerte silbrig weiß. Sylvia erwachte, hörte gedämpfte Stimmen und schnelle Schritte im Flur vor ihrer Tür. Sie stand lächelnd auf und zog sich für den Kirchgang ein grünes Samtkleid an, aus dem Claudia herausgewachsen war. Es war Claudias bestes Kleid gewesen, das sie nur bei besonderen Anlässen getragen hatte, und Großtante Lucinda hatte Sylvia geholfen, es umzuarbeiten, sodass es ihr jetzt richtig passte und beinahe wie neu aussah. Sie bürstete sich die Haare und band sie mit einem zum Kleid passenden Band zusammen. Manchmal, wenn sie in genau dem richtigen Winkel in den Spiegel blickte, fand sie sich fast genauso hübsch wie ihre Schwester. Ein großer Abstand zum Spiegel verstärkte den Eindruck.

Sie grüßte Tante Nellie im Vorbeigehen, während sie die Treppe hinuntereilte, weil sie in der Gewissheit, dass der Weihnachtsstern auf dem Tisch liegen würde, schnell in der Küche sein wollte. Vom Fuß der Treppe machte sie eine Schar von Cousins aus, die sich, noch immer in ihren Schlafanzügen, an der Tür zum Ballsaal versammelt

hatten. An Heiligabend schloss Großtante Lucinda die Tür immer ab, bevor sie zu Bett ging, damit keiner den Weihnachtsmann stören konnte, falls er vorbeikam, aber die Kinder prüften es stets nach, für den Fall, dass sie es vergessen haben könnte. Richard presste das Auge ans Schlüsselloch. »Ich kann gar nichts sehen«, hörte ihn Sylvia flüstern. »Die Lichter sind aus. Hör auf zu schubsen! Warte eine Minute – ich glaube – ja! Da liegt etwas unter dem Baum!«
Die anderen Kinder drängten sich näher heran. »Was?«, schrie Andrew. »Was siehst du?«
»Nur Schatten. Es ist zu dunkel, um mehr zu erkennen. Seid leise. Wir dürfen doch nicht spicken.«
»Das stimmt«, sagte Sylvia. Schuldbewusst fuhren die Kinder zusammen und traten von der Tür zurück, alle, bis auf Richard, der kaum vom Schlüsselloch aufblickte. »Ihr solltet euch für die Kirche anziehen. Ich wette, eure Eltern glauben, ihr wärt schon damit beschäftigt.«
»Können wir die Tür nicht kurz aufmachen und nachschauen, ob der Weihnachtsmann auch wirklich gekommen ist?«, fragte einer der jüngsten Cousins. »Wir gehen auch bestimmt nicht über die Schwelle, nicht mal mit dem kleinen Zeh.«
Die anderen Kinder schlossen sich ihm an und bettelten, nur schnell einen Blick hineinwerfen zu dürfen, nur um ganz sicher zu sein. Sylvia hob lachend die Hände und war froh, dass sie das nicht zu entscheiden hatte. Sie wäre versucht gewesen, die Kinder augenblicklich ihre Geschenke auspacken zu lassen, auch wenn sie dann zu spät in die Kirche kämen. »Habt ihr denn alle ein so schlechtes Gewissen?«, zog sie sie auf. »Seid ihr euch wirklich nicht sicher, ob der Weihnachtsmann euch auf die Liste der ›braven Kinder‹ gesetzt hat?«

Sie scheuchte die Kleinen in Richtung Treppe und wartete unten, bis auch der letzte Nachzügler beim Treppenabsatz angekommen war. Mit einer letzten Aufforderung, sich zu beeilen, ging sie in Richtung Küche davon.
Im Flur begegnete sie ihrem Vater. Seine Miene verriet ihr, was sie wissen musste, aber sie fragte trotzdem: »War er da?«
Ihr Vater schüttelte den Kopf. »Sie haben noch etwas Zeit. Ich habe gesagt, vor dem Frühstück, und wir frühstücken ja erst nach der Messe.«
Sylvia nickte, aber sie spürte, dass er sehr besorgt war. Die Bergstrom-Kinder wurden zu Respekt gegenüber ihren älteren Verwandten und zu Gehorsam erzogen. Eine dermaßen unverfrorene Missachtung des Wunsches ihres Vaters war einfach undenkbar. Wie die Kinder überall auf der Welt brachen auch die Bergstroms Regeln und machten Fehler – Sylvia war dafür Beweis genug –, aber sie akzeptierten stets die Konsequenzen ihres Handelns, auch wenn sie, tief im Innersten, nicht zugeben würden, dass sie etwas falsch gemacht hatten. Den Stern wegzunehmen und die Weigerung, ihn zurückzugeben, auch wenn er zerbrochen war, war in ihrem Haushalt etwas Neues und Unerhörtes.
Die Erwachsenen kamen nicht in die Küche, da sie ihren Kindern halfen, sich für den Gottesdienst ihre Sonntagskleider anzuziehen, und boten dem schuldigen Kind so Gelegenheit, den Stern unbeobachtet zurückzubringen. Die Kinder waren so aufgeregt, dass sie kaum lange genug stillstehen konnten, bis ihnen die Haare gekämmt waren, und Sylvia hatte mehr als einmal einen älteren Cousin erwischt, wie er sich davonstahl, um probeweise den Türknauf zum Ballsaal zu drehen.
Als Mitglieder des Chors wurde von Sylvia und Claudia

erwartet, eine halbe Stunde vor Beginn des Gottesdienstes in der Kirche zu sein, um in die Gewänder zu schlüpfen und sich einzusingen. Richard und Andrew saßen mit Sylvia auf der Rückbank, als Vater sie und Claudia in die Kirche nach Waterford fuhr, die ihre Familie seit Generationen besuchte. Bis die Schwestern schließlich aus dem Musikzimmer kamen und mit den anderen Chormitgliedern die Stufen zur Empore hinaufstiegen, waren die Kirchenbänke schon fast gefüllt. Sylvia machte unter der Menge den Rest der Familie aus, aber sie war enttäuscht, dass sie Andrews Eltern und seine kleine Schwester nirgends entdecken konnte.

Der Glanz des Tages ließ sie deren Fehlen jedoch bald vergessen. Ihr Herz wurde von Freude und Dankbarkeit erfüllt, als sie die traditionellen Weihnachtslieder sang, die sie so liebte. Wie sehr muss Gott die Menschen auf Erden geliebt haben, dass er ihnen seinen einzigen Sohn geschickt hat! Und wie sehr muss er sie noch immer lieben – trotz ihrer Sünden, trotz ihrer Schwächen, trotz der Tatsache, dass der Schatten des Kreuzes selbst an diesem so freudigen Tag auf die Krippe fiel. In diesem Augenblick fühlte sich Sylvia vom Licht der Gnade berührt, und sie wusste, wenn sie sich dieses Gefühl auch noch nach der Messe bewahren könnte, dann würde sie nicht einmal in ihren dunkelsten Stunden je allein sein.

Das Gefühl freudiger Dankbarkeit hielt den ganzen Gottesdienst an und verstärkte sich, als die gesamte Gemeinde nach dem Schlusssegen aufstand und »Oh, du fröhliche« sang, und die Kirchenglocken dazu erschallten. Die Messe war zu Ende, doch die Gemeindemitglieder standen noch eine Weile herum und wünschten einander Frohe Weihnachten. Jede Umarmung, jede Begrüßung war ein Gebet um Gesundheit und Frieden im kommenden Jahr. Sylvia erspähte Claudia, als sie mit den anderen Sopranistinnen gerade ihr Chorgewand ablegte. Sie hastete die Stufen hinunter und schlang die Arme um ihre Schwester.

»Frohe Weihnachten, Claudia«, sagte sie, doch ihre Stimme wurde durch das sich bauschende Gewand gedämpft.

»Was ist denn mit dir los?«, rief Claudia aus. »Du hast mich fast zu Tode erschreckt!« Ihre Freundinnen neben ihr grinsten. Sie kannten Claudia schon so lange, dass sie sich über die Mätzchen ihrer sonderbaren kleinen Schwester nicht mehr wunderten.

Sylvia ignorierte sie. »Ich wollte dir nur sagen, dass ich dich lieb habe.«

»Ich hab dich natürlich auch lieb, aber ich muss mich dir nicht auf der Empore an den Hals werfen, um es dir zu beweisen.«

»Sylvia, vielleicht solltest du ihr nächstes Mal einfach eine Weihnachtskarte schicken«, schlug eine der Freundinnen vor.

Eine andere mischte sich ein. »Oder den Weihnachtsstern zurückgeben.«

Sylvia sah Claudia eindringlich an. Sie war sich nicht sicher, worüber sie sich mehr wunderte: Dass Claudia ihren Freundinnen eine Familienangelegenheit ausgeplaudert hatte oder dass sie Sylvia noch immer für das Verschwinden des Sterns verantwortlich machte. »Ich habe ihn nicht«, sagte sie, und die Herzlichkeit und Kameradschaft, die durch den Weihnachtsgottesdienst wachgerufen worden war, verebbte langsam.

»Ich will hier nicht darüber reden.« Claudia zerrte an Sylvias Chorgewand, zog es ihr über den Kopf, rollte es zusammen und drückte es ihrer Schwester in die Arme.

»Gib es Miss Rosemary zurück. Die anderen Altsängerinnen sind schon gegangen.«
Sylvia schluckte eine bissige Antwort hinunter, hörte nicht auf das Gelächter der älteren Mädchen und tat, was Claudia ihr befohlen hatte.
Großtante Lucinda wartete, bis alle Familienmitglieder aus der Kirche zurück waren, erst dann schloss sie den Ballsaal auf. Die Kinder strömten an ihr vorbei durch die offene Tür wie Wasser durch ein Schleusentor, und ihre Freudenschreie, als sie Geschenke unter dem Baum entdeckten, waren ohrenbetäubend. Der Weihnachtsmann war da gewesen! Sylvia beobachtete die Kinder, wie sie von einem Geschenk zum anderen sausten und nach ihren Namen suchten, und entdeckte in ihren Gesichtern die Verzückung und die Freude, die nur das Kommen des Weihnachtsmanns heraufbeschwören konnte. Sie vermisste das Gefühl, so in Staunen versetzt zu sein, vom weihnachtlichen Zauber mitgerissen zu werden, einem Zauber, der einst so real zu sein schien wie jede andere Bergstrom-Tradition. Sie lächelte wehmütig, als sie die Kleinen beobachtete, und wünschte sich, nur für diesen Weihnachtsmorgen, noch einmal so alt zu sein wie sie – zu glauben, zu vertrauen und nicht alles zu wissen, was sie jetzt wusste. Es war trotzdem eine so große Freude, ihren Bruder und die Cousins zu sehen, wie sie einen Augenblick vollkommenen Glücks erlebten, dass sie plötzlich eine solche Zuneigung zu ihnen allen und eine Freude empfand, die ihrerseits so zauberhaft und wundervoll waren, wie das, was die Kinder erlebten.
Inmitten all des Lärms und der Hektik saß Andrew auf dem Boden, eine Insel der Ruhe. Er hockte so nahe am Baum, dass er von den Zweigen fast verdeckt war, und hatte die Augen verwundert aufgerissen, während er

zwei Geschenke umklammerte, auf denen jeweils in eleganter Schrift sein Name geschrieben stand.
»Mach sie noch nicht auf«, warnte Richard ihn, doch Andrew drückte die Schachteln so fest an sich, dass Sylvia bezweifelte, dass man ihn überhaupt dazu überreden könnte, eine loszulassen, damit er die andere auspacken konnte. »Wir müssen zuerst frühstücken.«
»Das stimmt, Kinder«, rief Großtante Lucinda und klatschte in die Hände, damit sie zuhörten. »Erst Frühstück, dann Geschenke. Ihr kennt die Regeln.«
Die Kinder stöhnten vor Enttäuschung laut auf, aber dann fiel ihnen wieder ein, wie hungrig sie waren, und sie rannten ins Esszimmer. Sie verschlangen ihr Frühstück – Eier und Würstchen und Apfelstrudel –, dann sausten sie wieder zum Christbaum, weil sie es keinen Augenblick länger ohne die Gaben des Weihnachtsmanns aushalten konnten. Die älteren Bergstroms aßen gemächlicher, da sie wussten, dass die älteren Kinder die kleineren ermahnen würden, dass es nicht gestattet war, die Geschenke auszupacken, bis alle fertig gefrühstückt hatten.
»Wir sollten unsere Teller lieber mit hineintragen und uns Zeit lassen, als sie noch länger auf die Folter zu spannen«, stellte Onkel William genau wie im letzten Jahr fest. Alle murmelten zustimmend und aßen genauso langsam weiter.
Der Strudel ist köstlich, Mädels«, sagte Tante Nellie, die ihrer Schwiegermutter einmal beim Strudelmachen zugesehen und geschworen hatte, es nie zu lernen.
»Das ist er«, pflichtete ihr Sylvias Vater bei und lächelte seine Töchter herzlich an. »Ich bin stolz, dass ihr die Bergstrom-Tradition fortführt. Eure Mutter wäre stolz auf euch beide.«
Sylvia lächelte und wollte ihm gerade für das Kompliment

danken, als Onkel William sagte: »Nach ein paar Jahren Übung wird keiner euren Strudel mehr von dem der erfahreneren Bäckerinnen der Familie unterscheiden können.«

»Und auch wir können es nicht mit Gerda aufnehmen«, stellte Großtante Lucinda fest. »Sie konnte so mühelos den leichtesten, luftigsten Teig machen, dass es zum Weinen ist. Ich glaube, deshalb habe ich immer lieber die Weihnachtsplätzchen gebacken. Ich musste mir wie eine Versagerin vorkommen, wenn ich meine Strudel mit ihren verglichen habe, deshalb habe ich es aufgegeben. Ihr solltet aber nicht meinem schlechten Beispiel folgen. Bleibt dran, dann findet ihr vielleicht heraus, dass eine von euch Gerdas Talent fürs Backen geerbt hat.«

Sylvia schaute ihrer Schwester in die Augen, und sie tauschten einen langen, mitfühlenden Blick aus. Kein Bergstrom-Mädchen entging dem Vergleich mit Gerda, und bei ihnen war es höchste Zeit. Sylvia ging es bei dem Gedanken schon wieder ein wenig besser, dass ihr zweiter Versuch, den Teig auszuziehen, bereits wesentlich besser verlaufen war als der erste. Nächstes Jahr würden sie es noch besser hinbekommen. Nach den wenigen Krümeln zu urteilen, die auf der Platte übrig blieben, war ihr erster Strudel trotz seiner Makel ein Erfolg gewesen. Der Teig war ein wenig zäh, obwohl er doch leicht und luftig sein sollte, aber die Apfelfüllung war so gut wie die anderen, die Sylvia bisher gegessen hatte.

Hätte der Weihnachtsstern auf dem Küchentisch gelegen, hätte sie sich an dem berühmten Bergstrom-Strudel noch mehr erfreut. Zwar erwähnte beim Frühstück keiner der Erwachsenen den Stern, und die Kinder hatten, wie Sylvia vermutete, bereits vergessen, dass er noch immer fehlte,

doch sie wusste, dass alle über die Missachtung des Angebots ihres Vaters auf Straffreiheit für den Übeltäter beunruhigt waren.
Jede Hoffnung, dass der Scherzbold es sich in letzter Minute noch anders überlegt hatte, schwand, als Sylvia Lucinda half, die schmutzigen Teller vom Esszimmer in die Küche zu tragen. Nur die lustige Plätzchendose und sechs rot-grün karierte Sets waren auf dem langen Holztisch.
»Was bringen wir denn an der Baumspitze an?«, fragte Sylvia ihre Großtante, als sie Seite an Seite das Geschirr spülten und abtrockneten.
»Ich weiß nicht. Solange ich zurückdenken kann, haben wir diesen Stern gehabt.« Großtante Lucinda zuckte mit den Schultern. »Vielleicht lassen wir sie einfach kahl, damit die leere Stelle Gewissensbisse weckt.«
»Du glaubst doch nicht, dass ich den Stern habe, oder?«
»Nein, Sylvia. Ich habe dein Gesicht gesehen, als du in der leeren Kiste nachgeschaut hast, und ich weiß, dass du genauso verwirrt bist wie wir.«
»Wer war es dann?«
Lucinda schwieg einen Augenblick. »Ich habe einen Verdacht, aber den behalte ich für mich.«
Sylvia bedrängte sie nicht weiter, denn plötzlich hegte sie selbst einen Verdacht. Wer war am meisten darauf aus gewesen, jemanden zu beschuldigen? Wer hatte das größte Interesse daran, dass Sylvias erster Versuch, den Stern zu verstecken, fehlschlug?
Claudia.
Richard kam in die Küche gerannt und rief: »Wann kommt ihr denn? Alle warten auf euch.«
»Ich glaube, wir können das schmutzige Geschirr getrost stehen lassen.« Lächelnd schüttelte Großtante Lucinda

den Seifenschaum von ihren Fingern und trocknete sich die Hände an Sylvias Geschirrtuch ab. Richard jauchzte vor Freude und rannte in den Ballsaal, wo die anderen Kinder gespannt mit ihren Geschenken warteten. Sylvia wünschte sich, alle könnten ihre Geschenke gleichzeitig auspacken, so wie es in den Familien einiger ihrer Freundinnen üblich war, doch bei den Bergstroms wurde der Reihe nach ein Geschenk nach dem anderen ausgepackt, beginnend mit dem Jüngsten bis zum Ältesten. Sylvia bekam eine schöne Jacke, die Großtante Lucinda aus ganz weicher Wolle gestrickt hatte, einen passenden Rock von Claudia, von ihrem Vater die *Gesammelten Gedichte* von W.B. Yeats und von ihrem Bruder eine illustrierte Geschichte über einen Postkutschenüberfall im Wilden Westen, in der die Bergstrom-Kinder, jeweils leicht zu erkennen, die Hauptrollen spielten.
Die Geschichte, die Richard für Andrew geschrieben hatte, war eine etwas abgeänderte Version, in der die beiden Jungen die Hauptrollen spielten. Andrew schien sich über das Geschenk seines Freundes zu freuen, aber er konnte den Blick kaum von dem wenden, was der Weihnachtsmann ihm gebracht hatte: ein Metallzug mit einer Lokomotive, zwei Güterwagen, einem Passagierwaggon und einem leuchtend roten Dienstwagen. Sein Gesichtsausdruck, hocherfreut und zugleich ungläubig, rührte und amüsierte Sylvia. Sie vermutete, dass dies das schönste Geschenk war, das er je bekommen hatte. Plötzlich dachte sie an seine kleine Schwester und fragte sich, was sie beim Aufstehen an diesem Weihnachtsmorgen wohl gefunden hatte. Ein schrecklicher Gedanke schoss ihr durch den Kopf: Wie würde sich das kleine Mädchen fühlen, wenn Andrew mit seinen schönen neuen Spielsachen nach Hause kam, die der

Weihnachtsmann ihm gebracht hatte, während sie leer ausgegangen war?
Sie würde glauben, der Weihnachtsmann habe sie vergessen.
Wie alt war Andrews Schwester – vier? Fünf? Vier, meinte Sylvia. Sie sah jünger aus, aber auch Andrew war für sein Alter klein. Sie war in dem Alter, in dem man sich an Weihnachten am meisten freut – Sylvia schaute sich im Saal um, und ihr Blick fiel auf Onkel Williams jüngste Tochter, die die vom Weihnachtsmann gebrachte Stoffpuppe in den Armen wiegte. Eine Puppe. Natürlich. Aber Claudias alte Puppen waren nach so vielen Jahren des innigen Herzens zu abgenutzt und verblichen, allerdings lagen sie oben im Spielzimmer für die Besuche der Cousinen bereit. Sylvia hatte sich nie für Puppen interessiert, deshalb hatte sie keine, die sie verschenken konnte. Mit Ausnahme ...
Ihr fiel das Geschenk von ihrer Großmutter Lockwood ein, der Mutter ihrer Mutter. Die Kinder hatten ihre Oma nie gesehen, bis sie eines Tages wenige Monate vor ihrem Tod nach Elm Creek Manor zog. Bei ihrer Ankunft hatte sie Claudia ein Familienerbstück geschenkt, ein Silbermedaillon mit einem Bild ihrer Urgroßeltern, das sie vor langer Zeit von ihrer Mutter bekommen hatte. Sylvia schenkte sie eine feine Porzellanpuppe mit goldenen Locken in einem blauen Samtkleid. Es war eine schöne Puppe, aber Sylvia hatte immer lieber mit Spielzeugpferden gespielt und wusste mit der Puppe nichts anzufangen. Doch sie war, obwohl erst acht Jahre alt, verständig genug, dass sie die Puppe in den Armen wiegte und so tat, als gefalle ihr das Geschenk, um Respekt gegenüber der Großmutter zu zeigen, die sie kaum kannte.

Ihre Großmutter hatte erklärt, dass die Puppe einmal Eleanor gehört habe. »Sie waren unzertrennlich, bis sie zu dem Schluss kam, dass sie für Puppen zu alt sei«, stellte Großmutter Lockwood trocken und knapp fest. »Und dann saß das arme, vernachlässigte Ding im Kinderzimmer als Staubfänger auf einen Regal.«
»Ich habe sie nicht vernachlässigt«, hatte Sylvias Mutter in etwas scharfem Tonfall erwidert. »Du meinst Abigail. Das war ihre Puppe, nicht meine.«
»Stimmt gar nicht«, antwortete Großmutter Lockwood. »Ich erinnere mich ganz genau, dass wir sie dir, als du vier warst, zu Weihnachten geschenkt haben.«
»Das war Abigail. Sie sagte, der Weihnachtsmann habe sie ihr gebracht. Als Abigail sie nicht mehr haben wollte, hat sie sie mir geschenkt, aber da hatte ich auch schon kein Interesse mehr an Puppen.«
»Du hättest sie immer noch gemocht, wenn sich Abigail dafür interessiert hätte.« Großmutter Lockwood blickte Sylvia scharf an. »Na, meine Liebe, ich habe dir allem Anschein nach die Puppe geschenkt, die keiner haben wollte. Ich vermute, auch du wirst sie im Stich lassen.«
Sylvia gefiel der abschätzige Tonfall nicht, mit dem ihre Großmutter ihre Mutter anzusprechen pflegte, aber sie nickte ernst und versprach, dass sie die schöne Puppe nie im Stich lassen würde. Sie hatte ihr Versprechen gehalten, allerdings hatte sie das Spielzeug nie mit der Zuneigung überschüttet, die dieses, so wahrscheinlich die Hoffnung ihrer Großmutter, in ihr wecken würde.
Die schöne Puppe war einst ein Weihnachtsgeschenk gewesen, und sie war bereits zwei Mal weitergegeben worden. Sie einem armen kleinen Mädchen zu schenken, bedeutete aber nicht, sich von einem Familienerbstück zu trennen.

Sylvia schlich sich aus dem Ballsaal, rannte in ihr Zimmer hinauf und stellte sich auf Zehenspitzen auf einen Stuhl, um an die Schachtel zu gelangen, die, seit Jahren unberührt, ganz hinten auf dem obersten Regalbrett lag. Sie holte die weiße Schachtel aus schwerem Karton herunter, blies den Staub vom Deckel und nahm ihn ab. Die Puppe war noch so schön wie damals, als Sylvia sie weggeräumt hatte, das blaue Samtkleid und die weiße Schürze waren makellos, die goldenen Locken hingen perfekt herab. Als Sylvia sie herausholte, klappten die blauen Augen über der Stupsnase und dem Schmollmund auf. Einen Augenblick erwog sie, sie ihrer kleinen Lieblingscousine zu schenken, die gern mit Puppen spielte und diese gewiss ins Herz schließen würde. Aber sie besaß schon so viele Puppen – gerade erst hatte sie eine neue bekommen – und so viel anderes Spielzeug.
Entschlossen legte Sylvia die Puppe vorsichtig wieder in die Schachtel, tat den Deckel darauf und verpackte sie weihnachtlich.
Als sie wieder nach unten kam, waren die Kinder mit ihren Spielsachen beschäftigt, und die anderen Frauen bereiteten in der Küche das Weihnachtsessen zu. In einem unbeobachteten Augenblick schob Sylvia die Schachtel schnell unter den Baum, dann schlenderte sie davon und wollte warten, bis irgendjemand das neue Geschenk entdeckte. Als das keiner tat, deutete Sylvia nach einer Weile darauf und rief: »Ist da nicht noch ein Geschenk? Wie konnten wir es nur übersehen?«
Ihr Vater warf ihr einen kritischen Blick zu, als die Kinder zum Baum stürmten und das unerwartete Geschenk hervor holten. »Das war vorhin noch nicht da«, erklärte Richard.
»Bist du sicher?«, fragte Sylvia. »Der Weihnachtsmann

kann doch nicht zurückgekommen sein, während wir alle hier waren. Wir hätten ihn ja gesehen.«
Richard sah sie kurz stirnrunzelnd an, aber dann zog Andrew seine Aufmerksamkeit auf sich. »Sally Jane«, las er. »So heißt meine Schwester.«
»Wir haben in der Familie Bergstrom keine Sally Jane«, stellte Sylvias Vater fest. »Das muss für deine Schwester sein. Ich frage mich nur, warum der Weihnachtsmann es hier unter den Baum gelegt hat.«
»Vielleicht aus Versehen«, meldete sich einer der Cousins zu Wort.
»Vielleicht möchte er, dass ich es ihr bringe«, sagte Andrew bedächtig. »Ich glaube nicht, dass er weiß, wo wir jetzt wohnen.«
Ein sorgenvoller Schatten huschte über das Gesicht von Sylvias Vater. »Ich bin mir sicher, dass der Weihnachtsmann das wollte«, sagte er. »Er weiß, dass du ein vernünftiger Junge bist und er sich darauf verlassen kann, dass du das Geschenk sicher zu deiner Schwester bringst.«
»Das mache ich«, antwortete Andrew feierlich. Dann lächelte er, und einen Moment hatte Sylvia einen Jungen vor Augen, der so glücklich und sicher war, dass er geliebt wurde, wie ihr eigener geliebter Richard.
Der Rest des Tages verlief angenehm, aber viel zu schnell. Die Kinder spielten mit den neuen Spielsachen der anderen, während die Erwachsenen von früheren Weihnachtsfesten sprachen und die Briefe nicht anwesender Familienangehöriger laut vorlasen. Cousine Elizabeth und ihr Mann Henry hatten eine ganze Kiste Orangen von ihrer Farm in Kalifornien geschickt. Großtante Lucinda las Elizabeths Brief laut vor, damit alle an ihren amüsanten Geschichten teilhaben konnten, bei-

spielsweise, dass sie im November am Strand gewesen war und daran gedacht hatte, wie ihre Angehörigen daheim in Pennsylvania vor dem Kamin fröstelten, dass sie im Theater einen echten Filmstar gesehen hatte – im Publikum, nicht auf der Leinwand –, und wie verzweifelt sie gewesen war, als sie nach einem kleineren Erdbeben gerade die Staubschicht im ganzen Haus weggewischt hatte und es dann zu einem Nachbeben gekommen war, das den Schmutz wieder aufwirbelte. Sylvia lief ein Schauer über den Rücken, als sie sich ihre tapfere Cousine vorstellte, wie sie ungeduldig auf und ab läuft und wartet, bis ein Erdbeben aufhört, und sich nur um den Schmutz Sorgen macht, den sie würde entfernen müssen, aber keinen Gedanken an die Gefahr verschwendet.

Dann wurde Elizabeths Tonfall wehmütig. »Ich vermisse Elm Creek Manor und alle, die dort wohnen, vor allem zu dieser Jahreszeit«, las Großtante Lucinda. »Ich würde so gerne nur noch einmal ein Weihnachtsfest im Kreis der Familie feiern. Ich mache hier den berühmten Bergstrom-Strudel, aber es ist nicht das Gleiche ohne die Tanten und Onkel, die mir sagen, dass meiner nicht so gut schmeckt wie der von Großmutter Gerda. An Heiligabend werde ich an euch alle denken und mich fragen, welches Kind wohl das Glück hat, den Stern an dem Baum anzubringen.« Großtante Lucinda räusperte sich. »Viele Grüße und Gottes Segen. Frohe Weihnachten wünscht Euch allen, Eure Elizabeth.«

Sylvia sehnte sich, ihre Cousine wiederzusehen. Sie würde sich sogar freuen, Henry wiederzusehen, wenn er nur ihre geliebte Cousine mitbringen würde.

Das Weihnachtsessen war köstlich. Monatelang hatten sie gespart und geknausert, damit sie an diesem Tag ein

Festmahl auf den Tisch bringen konnten – genau wie die ersten Bergstroms, die sich in diesem Land niedergelassen hatten. Sie genossen das zarte Jägerschnitzel, die süßen Kartoffeln, das Erbsenpüree und all die Köstlichkeiten, ohne die das Weihnachtsfest nicht komplett erscheinen würde. Nachdem die Kinder aufstehen durften, blieben die älteren Familienmitglieder am Tisch sitzen und unterhielten sich über frühere Weihnachtsfeste und ihre Hoffnungen für das neue Jahr. Die Wirtschaftskrise könne nicht ewig andauern, sagte Onkel William wie schon im letzten Jahr. Sicher würden bald wieder bessere Zeiten anbrechen. Die Pferde gediehen, und die Bergstroms waren bereit, falls ihre ehemaligen Kunden wiederkommen würden. Unterdessen würden die Bergstroms dem Sturm standhalten, so wie sie es immer getan hatten.

»Was ist in der Schachtel, die du Andrews Schwester geschenkt hast?«, wollte Sylvias Vater wissen.

»Eine Puppe«, antwortete sie. »Sie ist wie neu. Ich habe selten mit ihr gespielt.«

»Ich kann mich gar nicht erinnern, dich je mit einer Puppe gesehen zu haben«, stellte Tante Nellie fest. »Das muss schon sehr lange her sein.«

Claudia richtete den Blick auf ihre Schwester. »Du meinst doch nicht etwa Großmutter Lockwoods Puppe, oder?«

»Doch, genau die.«

»Aber sie hat Mama gehört!«

»Nein. Sie gehörte Tante Abigail.«

»Aber dann hat sie Mama gehört.«

»Mama hat nie mit ihr gespielt, und ich auch nicht.« Sylvia blickte besorgt von ihrer Schwester zu ihrem Vater. »Ich dachte, Andrews kleine Schwester würde sie bestimmt gern haben.«

»Das ist ein großzügiges Geschenk«, stellte Großtante Lucinda fest. »Ich bin mir sicher, Sally Jane wird sie lieben.«
Claudia sah schockiert aus. »Ihr werdet ihr das doch wohl nicht durchgehen lassen?«
Großtante Lucinda zuckte die Schultern. »Wir können sie jetzt schlecht wieder zurückfordern.«
Sylvias Vater schaute Claudia betroffen an. »Du wolltest die Puppe für dich? Bist du nicht ein bisschen zu alt für Puppen?«
»Ich will mit ihr nicht spielen. Sie ist ein Familienerbstück.«
»Du hast noch nie Interesse daran gezeigt.«
Sylvia bemerkte den Anflug von Verärgerung in der Stimme ihres Vaters und fragte sich, ob dies ihrer Schwester entging.
Entrüstet antwortete Claudia: »Ich hätte nie im Traum daran gedacht, dass Sylvia sie einfach weggeben könnte, sonst hätte ich es gemacht.«
»Geschenkt ist geschenkt«, sagte ihr Vater entschlossen. »Das ist eine schöne Puppe – soweit ich mich mit Puppen auskenne. Aber sie war nie ein begehrtes Familienerbstück. Tante Abigail hat als Kind damit gespielt, aber eure Mutter nie, und auch wenn sie es getan hätte, wäre sie die Erste gewesen, die sie einem kleinen Mädchen geschenkt hätte, das nicht einen Bruchteil der Gaben bekommen hat, die ihr jeden Tag in eurem Leben erhalten habt – Wirtschaftskrise hin oder her. Eure Mutter war sehr großzügig, und es scheint, Sylvia hat das von ihr gelernt. Dafür bin ich dankbar.«
Schockiert konnte Sylvia nur mit hochrotem Gesicht auf ihren Teller blicken. Noch nie hatte sie jemanden so streng mit Claudia reden hören. Mit erstickter Stimme bat

ihre Schwester, man möge sie entschuldigen. Ihr Vater ließ sie mit einem Nicken gehen, und sie hastete so schnell sie konnte, ohne zu rennen, aus dem Esszimmer.
»Neffe!«, schalt Großtante Lucinda, nachdem Claudia gegangen war.
»Tut mir leid, Tante, aber ich kann heute keine Selbstgefälligkeit ertragen. Nicht an Weihnachten. Eleanor wäre sehr enttäuscht. Und was dich anbelangt, junge Dame …«
Sofort blickte Sylvia auf. »Ja, Vater?«
»Du hättest deine Schwester fragen können, bevor du die Puppe weggibst.« Er hob die Hand, um sie von ihrem Protest abzuhalten. »Mir ist klar, dass sie nie damit gespielt hat, aber du weißt, wie sehr sie die Geschichten liebt, die eure Mutter immer über ihr Leben in New York erzählt hat. Diese Puppe ist eine Verbindung zu der Welt, die sie nur aus den Erzählungen eurer Mutter kennt. Trotzdem glaube ich, dass sie sie Andrews Schwester gern geschenkt hätte, wenn du sie in die Entscheidung mit einbezogen hättest.«
Beschämt senkte Sylvia den Blick. »Ich … ich hätte daran denken sollen.«
»Gut, gib ihr den Weihnachtsstern zurück, dann wird sie dir sicher verzeihen.« Großtante Lucinda lachte über Sylvias Gesichtsausdruck. »Ich mache doch nur Spaß, meine Liebe.«
Sylvias Vater warf einen Blick aus dem Fenster. Es dämmerte bereits.
»Ich denke, ich bringe Andrew lieber nach Hause«, sagte er und schob seinen Stuhl zurück.
Der Rest der Familie verabschiedete sie, alle bis auf Claudia, die nicht mehr gesehen wurde, nachdem sie vom Tisch aufgestanden war. Andrew schien nur wider-

willig aufzubrechen, bis Sylvias Vater scherzte, wie beladen das Auto mit Geschenken sei und dass es ihn doch glatt an den Schlitten des Weihnachtsmanns erinnere. Bei dieser Vorstellung strahlte der Junge und nahm bereitwillig auf dem Vordersitz neben Sylvias Vater Platz.

Als sie abgefahren waren, half Sylvia Tante Nellie und Großtante Lucinda, im Esszimmer und in der Küche sauber zu machen. Sie waren beinahe fertig, als sie hörten, dass ihr Vater zurückkam, die Hintertür aufmachte und mit den Füßen auf den Stufen aufstampfte, um vor dem Eintreten den Schnee von den Stiefeln zu klopfen. Sylvia räumte gerade das abgetrocknete Geschirr weg, aber sie hörte, wie ihr Vater sich am Hintereingang mit Lucinda unterhielt.

»Wir hätten die ganze Familie einladen sollen«, sagte er, während er aus seinem Mantel schlüpfte. »Ich glaube nicht, dass sie wirklich gefeiert haben.«

»Kein Weihnachtsessen?«, fragte Großtante Lucinda.

»Ich bin mir nicht sicher, ob sie überhaupt ein Essen hatten. Tante, wenn du sehen könntest, in welchem Schmutz sie leben ...« Er seufzte frustriert. »Niemand sollte seine Kinder in solchen Verhältnissen aufziehen müssen. Was stimmt mit unserem Land nicht, dass wir das geschehen lassen?«

»Ich wüsste nicht, dass unser Land dafür verantwortlich ist.«

»Wir sind das Land, Tante. Menschen wie wir. Wir alle müssen einander, so gut es geht, helfen, genau wie meine Eleanor gesagt hat. Aber so viele Männer sind arbeitslos ... Das ist ein Problem, das sich nicht von allein lösen wird. Es muss etwas unternommen werden.«

Großtante Lucinda neckte ihn liebevoll: »Ach, Frederick, wünschst du dir ein Weihnachtswunder?«

»Würde nur eine geringe Chance bestehen, eines zu kriegen, würde ich darum bitten, das kannst du mir glauben.« Einen Augenblick schwieg er. »Weißt du, was der Junge unterwegs gesagt hat? Er sagte, das sei das schönste Weihnachtsfest gewesen, das er je gehabt hat. Du und ich, William und Nellie und vielleicht auch die älteren Kinder, wir haben die vergangenen Weihnachtsfeste mit jenen in den Zwanzigern verglichen und unseren Abstieg festgestellt, und trotzdem ist dieser kleine Junge von unserem Überfluss überwältigt.«

»Das sollte für uns alle eine Lektion sein.«

»Tante Lucinda ...« Er zögerte. »Ich kann den Gedanken nicht verdrängen, wie viel mehr wir Andrew und seiner kleinen Schwester helfen könnten, wenn ... «

»Nein, Frederick. Ich weiß, dass du das Herz am rechten Fleck hast, aber du kannst Kinder ihren Eltern nicht wegnehmen.«

»Wenn du ihr Zuhause sehen könntest, würdest du deine Meinung ändern.«

»Vielleicht, aber das ändert nichts an der Tatsache, dass ein Zuhause viel mehr ist als nur materielle Dinge.«

»Ich bin mir nicht sicher, ob Andrews Zuhause ihm all diese immateriellen Dinge gibt.«

»Und ich kann nicht mit Gewissheit sagen, ob du sie verurteilst, nur weil sie arm sind. Mein lieber Neffe, es gibt so viele Familien wie die Coopers. Willst du alle ihre Kinder hier aufnehmen?«

»Nein«, antwortete er. »Nein, ich denke, das wäre unmöglich. Aber ich kann diesem Kind und seiner Schwester helfen.«

»Wir werden weiter mit Andrew teilen, was wir haben.« Großtante Lucinda seufzte. »Wir hätten an das kleine Mädchen denken sollen. Gott sei Dank hat Sylvia ein so

großes Herz. Wir können und wir sollten für Sally Jane mehr tun, aber zumindest heute hat sie erfahren, dass der Weihnachtsmann sie nicht vergessen hat.«
Sylvias Vater ging mit der Großtante den Flur entlang, und ihre Unterhaltung wurde leiser, bis Sylvia sie nicht mehr verstehen konnte. Stimmte, was Großtante Lucinda gesagt hatte, dass sie ein großes Herz hatte? Nein, niemand hatte je zuvor so etwas gesagt, und sie hatte sich bisher nie so gesehen. Sie konnte einfach den Gedanken nicht ertragen, dass eine kleine Schwester glauben könnte, sie würde weniger geliebt als ihr größerer Bruder.
Der Weihnachtsmann konnte doch unmöglich Andrew beschenken und Sally Jane vergessen. Das wäre einfach nicht fair.
Das Weihnachtsfest des Jahres 1934 näherte sich dem Ende. Sylvia half, die Kinder ins Bett zu bringen, dann kuschelte sie sich im Ballsaal mit dem Gedichtband, den ihr Vater ihr geschenkt hatte, in einen Sessel. Sie las und genoss die schönen Lichter am Christbaum, der ohne den rotgoldenen Stern an der Spitze unvollständig wirkte.
Dann fiel ihr ein, dass sie Claudia seit Stunden nicht gesehen hatte. Sie markierte die Seite in ihrem Buch mit einem Stück Geschenkband, legte es zur Seite und machte sich auf, um nach ihrer Schwester zu suchen. Schließlich fand sie sie im vorderen Wohnzimmer, wie sie auf dem Boden kniete und die Feathered Stars, die applizierten Stechpalmenzweige und die planlos zusammengesetzten Variable Stars in eine Schachtel packte. Darin erspähte Sylvia die größeren Stoffstücke, aus denen Lucinda, Eleanor und Claudia die Teile für ihre Blöcke ausgeschnitten hatten.
»Weihnachten ist vorüber, räumst du deshalb den Weih-

nachtsquilt weg?«, fragte Sylvia trotz allem amüsiert. »Ich sehe, du trittst in Großtante Lucindas Fußstapfen.«
»Genau«, antwortete Claudia kurz angebunden. »Ganz wie gehabt.«
»Was meinst du damit?«
»Ich meine, auch ich gebe ihn auf. Ich denke, das wird dich freuen.«
Seltsamerweise freute es Sylvia überhaupt nicht. »Warum willst du aufhören, wo du schon fünf Blöcke genäht hast?«
»Weil ich schon zu viel Zeit an dieses verdammte Ding verschwendet habe.« Claudia tat den Deckel auf die Schachtel, erhob sich, stand dann mit der Schachtel zu ihren Füßen da und sah ihre Schwester aufmüpfig an, als fordere sie sie auf, das Gespräch fortzusetzen.
»Vielleicht bist du nächstes Weihnachten anderer Meinung«, sagte Sylvia. »Vielleicht wirst du Großtante Lucindas Beispiel wirklich folgen und immer nur während der Weihnachtszeit daran arbeiten.«
»Ich mache nie mehr einen Stich an diesem Quilt!«, schwor Claudia. »Ich möchte nicht, dass mich irgendetwas an dieses traurige Weihnachtsfest erinnert.«
Sylvia starrte sie verwirrt an. »Wovon redest du?«
»Um Himmels willen, Sylvia, tu doch nicht so, als wüsstest du das nicht. Es ist ja nicht so, dass du Verständnis für mich hättest, du kannst mich nicht zum Narren halten. Dieses Weihnachtsfest war von Anfang bis Ende eine Katastrophe, von dem Augenblick, als der Strudelteig gummiartig wurde, bis vor zehn Minuten, als ich versucht habe, zwei meiner Variable Stars zusammenzusetzen und es nicht hinbekommen habe, dass die Zacken richtig aufeinandertreffen. Ich habe genau die gleichen Schablonen verwendet und vor dem Zuschneiden alles abgemessen, und trotzdem passt es nicht richtig zusammen.«

Das Problem waren ihre Saumzugaben, nicht ihre Schablonen, überlegte Sylvia, aber sie beschloss, auf einen geeigneteren Zeitpunkt zu warten, um es ihr zu sagen. »Der Strudel war gut, der Beweis ist, dass nur ein paar Krümel übrig geblieben sind. Und ein schlechter Quiltblock ist noch lange kein Beinbruch.«

»Es ist ja nicht nur das. Sondern alles.«

Sylvia wusste, dass sie an den fehlenden Stern für den Christbaum dachte, an Tante Abigails Puppe, an Sylvias peinliche Bekundung ihrer Zuneigung auf der Kirchenempore – einfach alles. Offenbar hatte sie den schönen Christbaum mit den brennenden Kerzen, Großtante Lucindas köstliches Weihnachtsessen, die große Freude des Gottesdienstes, die ungezügelte Begeisterung der Kinder und die liebevolle Gesellschaft ihres Vaters, ihrer Tanten und Onkel ganz vergessen. Wie konnte man all das als Katastrophe bezeichnen?

»Als Vater Andrew nach Hause gefahren hat«, sagte Sylvia, »hat der Kleine ihm erzählt, dass dies das wunderbarste Weihnachtsfest war, das er je erlebt hat.«

Claudia wandte den Blick ab. »Für ihn natürlich schon. Ist ja klar.«

Sylvia wollte ihr entgegenhalten, dass es nicht nur für Andrew, sondern für sie alle so gewesen war, aber sie sehnte sich nach ihrer Mutter und konnte nicht mit gutem Gewissen behaupten, dass irgendein Weihnachtsfest so viel Freude und Hoffnung verströmt hatte wie jene, die sie zusammen mit Eleanor verbracht hatten. Natürlich konnte das gar nicht der Fall sein. Aber dies war ein wirklich gesegnetes Weihnachtsfest gewesen, und sie verstand nicht, warum ihre Schwester das nicht begriff.

* * *

Großtante Lucinda war sicher, dass der rotgoldene Glasstern wieder auftauchen würde, sobald die Familie nach dem Dreikönigsfest den Weihnachtsschmuck wegräumte. Aber das war nicht der Fall. Sylvia sah den Stern nie wieder, und sie fragte sich, ob Claudia je aufhörte, sie zu verdächtigen, dass sie bei seinem Verschwinden die Finger im Spiel gehabt hatte.

Im neuen Jahr fand Sylvias Vater heraus, dass sein instinktiver Wunsch, Andrew und Sally Jane aus ihrem unglücklichen Zuhause zu holen, gerechtfertigt war. Richard und Andrew waren acht Jahre alt, als Andrew von Zuhause ausriss und sich tagelang in dem hölzernen Spielhaus versteckte, das Sylvias Vater neben den Stallungen und dem Trainingsrund für Richard gebaut hatte. Richard schmuggelte Decken und Lebensmittel aus dem Haus und brachte sie seinem Freund, doch eines Nachts im Frühherbst führte er Sylvia versehentlich direkt zu ihm, als sie durch die Geräusche aufwachte, die ihr Bruder beim Vorbeischleichen an ihrer Schlafzimmertür machte. Als Sylvias Vater die Behörden informierte, war das Ergebnis der Ermittlungen über die Familie Cooper, dass Andrew und Sally Jane ihren Eltern noch am selben Tag weggenommen wurden. Sylvias Vater bot sofort an, die beiden aufzunehmen, aber es wurde eine Tante in Philadelphia ausfindig gemacht, und auch wenn die örtlichen Behörden Frederick Bergstrom respektierten, so wollte das Gesetz doch, dass Kinder bei Familienangehörigen lebten.

Andrew und seine Schwester wurden in die Stadt geschickt. Noch Monate nach seiner plötzlichen Abreise vermisste Richard seinen Freund und schrieb ihm Briefe, aber die Bergstroms wussten nicht, an welche Adresse sie sie hätten schicken sollen. Jahrelang zählten die Berg-

stroms Andrew und seine kleine Schwester zu den abwesenden Lieben, mit denen sie gerne noch einmal ein Weihnachtsfest verbracht hätten.
Und an jedem dieser Weihnachtsfeste hoffte Sylvia, ihre Schwester würde über jenes eine nachdenken und sich klar machen, dass es trotz der Unglücke und Missverständnisse wirklich eine schöne Zeit gewesen war, und dass sie den Weihnachtsquilt fertigstellen würde, wenn auch mit ihren gut gemeinten, aber unvollkommenen Stichen. Falls Claudia das Weihnachtsfest von 1934 je in einem anderen Licht sah, so teilte sie diese Erkenntnis ihrer Schwester nie mit. Und sie machte keinen einzigen Stich mehr am Weihnachtsquilt.

4

Sylvia leistete Sarah im Wohnzimmer Gesellschaft, als diese Claudias Variable Stars an die Feathered Stars und die Stechpalmenzweige nähte. Während die einzelnen Teile des Weihnachtsquilts zusammengefügt wurden, bemerkte Sylvia allmählich, dass sich ein Muster abzeichnete, aber sie konnte noch nicht abschätzen, ob es Sarah gelingen würde, etwas wirklich Harmonisches und Schönes zu schaffen.

Claudias Blöcke mit jenen ihrer Mutter und Großtante zusammengefügt zu sehen erfüllte sie mit gemischten Gefühlen. Obwohl Claudia ihren Vorgängerinnen in Sachen Nähkunst nicht das Wasser reichen konnte und ein einfacheres Muster gewählt hatte, hatte Sarah die Variable Stars so arrangiert, dass sie die Komplexität der anderen Blöcke unterstrichen, ohne um die Aufmerksamkeit des Betrachters zu konkurrieren. Sie passten so gut dazu, dass Sylvia ihre einstige Reaktion auf die Musterwahl ihrer Schwester infrage stellen musste. Vielleicht war Sarah ja nicht zufällig eine vorteilhafte Anordnung gelungen. Möglicherweise hatte Claudia dies von Anfang an im Sinn gehabt.

Offen blieb noch, wie Sarah die Blöcke, die Sylvia genäht hatte, einfügen würde, oder ob eine der Bergstrom-Schwestern von dem Quilt ausgeschlossen würde – al-

lerdings nicht diejenige der Schwestern, von der Sylvia es vermutet hätte.
Als das Rattern der Nähmaschine einen Augenblick stoppte, fragte Sylvia: »Würde es dir etwas ausmachen, mir beim Anbringen des Weihnachtsschmucks zu helfen?«
»Wenn ich diesen Abschnitt fertig habe«, versprach Sarah, während sie neu spulte. »Ich komme gleich in die Halle, okay?«
Sylvia zuckte mit den Schultern und ging hinaus. Sie kehrte zu den Schachteln und dem auf dem Marmorboden der Eingangshalle ausgebreiteten Weihnachtsschmuck zurück und betrachtete ihr bisheriges Werk kritisch. Sie nahm ein paar Veränderungen vor, machte sich gedanklich eine Notiz, Matt loszuschicken, um ein bisschen Tannengrün zu holen, und brachte dann den Rest der Sachen, so viel sie jeweils tragen konnte, in die Küche. Bei einem ihrer Gänge stellte sie fest, dass die Nähmaschine schwieg und dass Sarah und Matt sich im Wohnzimmer mit gedämpften Stimmen unterhielten.
Sie überlegte, ob sie lauschen sollte, aber erinnerte sich daran, dass sie auf diese Weise bisher selten etwas Angenehmes erfahren hatte. Deshalb ging sie zur Tür und betrachtete das Paar, das – die Köpfe zusammengesteckt – in ein ernstes Gespräch vertieft war. Sie schnappte ein paar Wörter auf – »Mutter«, »unmöglich« und »nie« – gerade genug, um zu wissen, wovon die Rede war.
»Ich störe nicht gern«, sagte sie und verkniff sich ein Schmunzeln, als die beiden zusammenfuhren. »Aber wenn wir mit dem Schmücken fertig werden wollen, brauche ich deine Hilfe.«
»Du störst überhaupt nicht«, sagte Matt.

»Wir haben nur gerade diskutiert ... welches Weihnachtslied das deprimierendste ist«, erklärte Sarah. »Matt meint ›I'll be Home for Christmas‹, weil es darum geht, dass man sich sehnt, zu Hause zu sein, aber nicht dort ist. Ich dagegen finde ›Have Yourself a Merry Little Christmas‹ melancholischer. Was meinst du?«

»Was für ein komischer Zeitvertreib.« Sylvia nahm es ihr nicht ab, aber sie beschloss, so zu tun. »Ich gebe meine Stimme ›Coventry Carol‹.«

»Welches ist das?«

»Das ist ein traditionelles Lied.« Sylvia summte ein paar Takte. »Es handelt von dem Massaker an den unschuldigen Kindern durch König Herodes, der sicherstellen wollte, dass das Christkind getötet wurde. Ihr wisst schon, der Kindermord von Betlehem.«

»Du hast gewonnen«, sagte Matt.

»Natürlich. Ich kann auf Erfahrung und Weisheit bauen.« Ganz zu schweigen von der jahrelangen Übung, mit Claudia über jedes erdenkliche Thema zu debattieren. »Nun. Ich glaube, wenn Sarah bereit ist, bei ihrer Näharbeit eine Pause einzulegen, wäre es an der Zeit, dass ihr beide geht und einen Baum holt.«

Sarah und Matt waren einverstanden, und Sylvia rief ihnen die Grenzen des Bergstrom-Anwesens ins Gedächtnis, das seit ihrer Jugend beachtlich geschrumpft war, weil Claudia in ihrer Abwesenheit mehrere Parzellen Land verkauft hatte. Sie beschrieb eine bestimmte Stelle im Wald, an der in der Vergangenheit viele schöne Christbäume geschlagen wurden, und riet ihnen, den alten Schlitten mitzunehmen, dann schickte sie die beiden los.

Sylvia blickte ihnen von den Stufen des Hintereingangs nach, als die beiden über den Parkplatz davontrotteten, der jetzt in der Nebensaison leer war, auf dem Matt aber trotzdem für den Fall den Schnee geräumt hatte, dass unerwartet Gäste kommen sollten. Schließlich überquerten sie die Brücke über den Elm Creek. Vor ihnen hatten schon so viele Paare diesen Weg angetreten. Das war eine Tradition, die mit Hans und Anneke Bergstrom begonnen hatte, als sie sich auf die Suche nach einem Baum machten, während Gerda, die hervorragende Köchin, zu Hause blieb und sich um das Essen für Heiligabend kümmerte.

Aus ihrer einfachen, praktischen Entscheidung war ein Ritual geworden, als die nachfolgenden Generationen heirateten und die Familie größer wurde. Einst waren Sylvias Eltern die Frischvermählten gewesen, die losgeschickt wurden, den Christbaum auszusuchen – in ihrer Liebe unerschütterlich und mit großen Hoffnungen für die Zukunft, trotz der düsteren Prognose des Arztes, dass es Eleanors Gesundheitszustand unmöglich mache, Kinder zu bekommen. Jahre später war ihre Tochter Sylvia mit ihrem geliebten Ehemann James in den verschneiten Wald aufgebrochen.

Der liebe, wunderbare James!

Sie hatten sich auf dem Jahrmarkt von Pennsylvania kennengelernt, als Sylvia sechzehn war. Jedes Jahr stellten sie und Claudia dort ihre Quilts in der Hoffnung aus, einen Preis zu gewinnen, und Großtante Lucinda reichte die besten ihrer früher gefertigten Arbeiten ein. Ihr Vater führte seine preisgekrönten Pferde vor und diskutierte stundenlang mit anderen Männern aus der Branche, von denen einige seine direkten Konkurrenten waren, über die Vorteile verschiedener Zucht- und Trainingsmethoden. Der neun Jahre alte Richard wich seinem Vater nicht von der Seite und sog jedes Wort auf, das die Männer wechselten. Wie Sylvia hatte er stets gewusst, dass er eines Tages neben seinem Vater und Onkel einen Platz in der Pferdezucht der Bergstroms einnehmen würde.

Obwohl Sylvia sich genauso für das Geschäft interessierte wie ihr Bruder, war sie auf dem Markt doch zu sehr mit ihren Reitturnieren beschäftigt, um Geschäftstrends und den Rivalitäten der Konkurrenten große Beachtung schenken zu können. Bei fast jedem Wettkampf, an dem sie teilnahm, belegte sie den ersten Platz, was sie ebenso den guten Pferden ihres Vaters wie ihrem eigenen Können zuschrieb.

Als sie ihren Vater stolz auf sich zustürmen sah, wenn die Juroren ihr die Bänder überreichten und dem Pferd einen Blumenkranz um den Hals hängten, wusste sie, dass sie ihren Teil dazu beitrug, den Ruf der Bergstrom-Vollblutpferde zu untermauern. Nach schwierigen Jahren gewann das Familienunternehmen allmählich wieder seine frühere Bedeutung zurück.

Hervorragende Ergebnisse in letzter Zeit beim Pferderennen in Preakness hatten ihnen neue Kunden eingebracht, und viele ihrer ehemaligen Geschäftspartner waren, genau wie Onkel William es immer vorausgesagt hatte, zurückgekehrt, als sie sich den Kauf teurer Pferde wieder leisten konnten.

Ein junger Mann, den sie nicht kannte, kam in diesem Jahr bei der Messe häufig zum Trainingsrund und stand an den Zaun gelehnt da, um Sylvia zu beobachten, wenn sie auf Dresden Rose ritt. Einmal, als sich ihre Blicke trafen und er ihr einen Gruß zurief, antwortete sie mit einem Nicken und tat dann so, als ignoriere sie ihn. Sie fand seine Anwesenheit irritierend und fragte sich, ob eine Rivalin ihn geschickt hatte, um ihre Konzentration

zu stören und sie im Ring zu Fehlern zu provozieren. Entsetzt wurde ihr klar, dass der Plan, falls ein solcher dahinter steckte, große Chancen hatte, aufzugehen. Der junge Mann war unbestritten gut aussehend, groß und stark, mit dunklen Augen und dunklen, lockigen Haaren – man konnte ihn einfach unmöglich ignorieren.
Später, als sie sich im Stall um Dresden Rose kümmerte, gesellte sich der junge Mann vom Trainingsrund zu ihr. Er machte Komplimente über die Stute, die er sofort als Bergstrom-Vollblut erkannte, und fragte Sylvia, ob sie häufig Pferde der Bergstroms reite.
»Natürlich«, antwortete Sylvia.
»Sie gelten als die besten Pferde hier in der Gegend.«
»Dieser Meinung sind viele Leute.«
Er lächelte. »Ich weiß, das sollte ich nicht zugeben, aber das beste Pferd aus dem Stall meiner Familie kann dem schlechtesten des alten Bergstrom nicht das Wasser reichen.«
»Ach, tatsächlich?« Sylvia war so überrascht, dass sie beinahe losgelacht hätte. »Ich denke, der ›alte Bergstrom‹ würde sich freuen, das zu hören.«
»Ich wette, das weiß er bereits.« Der junge Mann vertraute ihr weiter an, dass sein Vater sich zum Ziel gesetzt habe, den alten Bergstrom in einer Generation einzuholen, er persönlich aber nicht glaube, dass seinem Vater dies gelingen würde. Eines Tages jedoch würde er noch bessere Pferde züchten als die besten, die der alte Bergstrom anzubieten hatte.
Als er nach diesem Geständnis Sylvia nach ihrem Namen fragte, hielt sie es für angeraten, nur ihren Vornamen zu nennen. Er stellte sich vor, und sie war erstaunt, dass er James Compson war, der jüngste Sohn des ärgsten Konkurrenten ihres Vaters.

James erfuhr erst später am Tag bei ihrem nächsten Wettkampf, wer Sylvias Vater war. Von ihrem Pferd herab erspähte sie ihre Familie, die ihr von den Zuschauerrängen zujubelte, und winkte ihnen mit gestärktem Selbstvertrauen zu. Dann, als sie zu einer anderen Stelle der Zuschauerränge schaute, kreuzte sich ihr Blick mit dem von James. Er betrachtete sie so direkt und eindringlich, dass sein aufmunterndes Grinsen sie völlig aus der Fassung brachte. Sie wandte den Blick ab und bemühte sich, sich zu beruhigen, zumal der Sprecher gerade in diesem Augenblick die Namen der Reiter ankündigte.
Als sie an der Reihe war, erschallte die Stimme des Sprechers so laut, dass alle ihn hören konnten: »Unsere fünfte Teilnehmerin – Sylvia Bergstrom!«
Während Dresden Rose in den Ring trabte, riskierte Sylvia einen Blick zu James Compson hinüber und freute sich, dass er sie mit schockierter, verwirrter und bekümmerter Miene anstarrte. Später, als er nicht mehr am Trainingsrund auftauchte, bedauerte sie, dass sie sich auf seine Kosten amüsiert hatte. Sie hätte ihm gleich, als er erkannte, dass Dresden Rose aus dem Stall ihres Vaters stammte, sagen sollen, wer sie war. Er glaubte doch hoffentlich nicht, dass sie ihrem Vater sofort von den Plänen seines Konkurrenten berichtete, die dessen Sohn so leichtfertig ausgeplaudert hatte – allerdings kam sie sich irgendwie illoyal vor, weil sie ihr Wissen nicht weitergab.
James musste ihr verziehen haben, denn als sie sich ein paar Jahre später das nächste Mal trafen, war er freundlich und nett. Sie fingen an, sich zu schreiben, und führten die Korrespondenz über mehrere Jahre, in denen aus Freundschaft Liebe wurde. Als Sylvia zwanzig war und James zweiundzwanzig, heirateten sie, James zog zu

den Bergstroms nach Elm Creek Manor und stieg ins Familiengeschäft ein.

Ihr erstes Weihnachtsfest als Ehepaar fiel in eine Zeit gestiegener Hoffnungen und neuerlichen Glücks in der Familie Bergstrom, die seit dem Jahr, als Claudia versucht hatte, den Weihnachtsquilt fertigzustellen, einige ihrer Mitglieder verloren hatte. Großtante Lucinda, das jüngste Kind von Hans und Anneke, war nach kurzer Krankheit gestorben. Onkel William war bei einem Sturz vom Pferd ums Leben gekommen, und als Tante Nellie wieder heiratete, zog sie mit ihren Kindern fort. Auch andere Verwandte verließen das Elm Creek Tal, als der Familienbetrieb in Schwierigkeiten steckte und andernorts bessere Jobs in Aussicht waren. Elm Creek Manor, das einst so voller Leben zu sein schien, hatte auf die noch verbliebenen wenigen Bewohner mit einem Mal unerträglich groß und leer gewirkt. Obwohl die Gefahr eines Kriegs in Europa am Horizont dräute, versprach die Ankunft von James, dass sie einen Wendepunkt erreicht hatten, dass er helfen würde, das Geschäft wieder in Schwung zu bringen, und das Haus eines Tages wieder in seinem früheren Glanz erstrahlen würde.

Claudia konnte ihre Eifersucht nur schlecht verhehlen, als Sylvia und James an Heiligabend als das Ehepaar, das zuletzt geheiratet hatte, für den Ausflug in den Schnee in ihre Mäntel und Stiefel schlüpften. Doch Sylvia rechnete es ihrer Schwester hoch an, dass sie es wenigstens versuchte. Claudia kannte ihren Freund, Harold, seit der Highschool, und sie hätte zugegebenermaßen die erste der Schwestern sein sollen, die vor den Traualtar trat, aber Harold hatte ihr noch keinen Antrag gemacht. Niemand bezweifelte, dass er sich irgendwann dazu durchringen würde, aber Claudia ärgerte sich, dass ihre

jüngere Schwester ihr wieder einmal zuvorgekommen war. »Stimmt, du bist die Erste, die den Baum holt«, hatte sie festgestellt, als sie im Laufe des Tages den berühmten Bergstrom-Strudel gemacht hatten. »Aber ich werde die Frischvermählte sein, bis Richard heiratet, das heißt, dass ich öfter an der Reihe sein werde als du.«
Sylvia war so guter Stimmung gewesen, dass sie Claudia beigepflichtet und so getan hatte, als ärgere sie sich, dass ihre Zeit als die letzte Braut schon bald zu Ende sein könnte. Sie erwähnte jedoch nicht, dass Harold es nicht sonderlich eilig zu haben schien und dass Richard sehr wohl alt genug sein könnte, um vor Claudia zu heiraten, falls Harold ihr nicht bald einen Antrag machte.
Nachdem der Rest der Familie ihnen an der Hintertür viel Glück gewünscht hatte, marschierten Sylvia und James los, allerdings hielten sie gleich an der Scheune an, um die Axt, ein Seil und den Schlitten zu holen. »Möchtest du damit fahren?«, fragte James und nickte breit grinsend in Richtung Schlitten.
»Der ist für den Baum«, erinnerte ihn Sylvia und griff mit ihrer in Fäustlingen steckenden Hand neben seiner nach dem Zugseil.
Über Nacht war eine dicke Schicht Pulverschnee gefallen, der Himmel war mit dichten Wolken verhangen, aber die Luft war klar und rein. Sie liefen schweigend nebeneinander her, bis James plötzlich vor einer schmalen Kiefer stehen blieb. »Wie wäre der?«
»Er ist groß genug, aber er hat zu wenig Zweige«, antwortete Sylvia. »Ich mag dichtere Bäume, du nicht auch? Der Ballsaal ist so groß, und wenn wir keinen dichten Baum haben, geht er in dem Raum unter.«
»Dann suchen wir weiter.« James zog am Seil, und sie setzten ihren Weg fort. »Zu Hause bei meinen Eltern

wollte mein Vater immer einen raumhohen Baum, aber meine Mutter zog einen kleinen vor, den man auf den Tisch stellen konnte. Sie sagte, so hätte man es in ihrer Familie immer gehalten, und mein Vater fügte sich ihr zuliebe. Im Laufe der Jahre haben sie so viel Baumschmuck angesammelt, dass er nicht mehr an einen kleinen gepasst hat, aber anstatt einen größeren zu besorgen, haben sie zwei kleine Bäume geholt und sie in verschiedenen Zimmern aufgestellt. Als ich zur Schule kam, hatten wir in fast jedem Raum einen kleinen Baum auf einem Tisch stehen. Wenn Besuch gekommen ist, haben meine ältere Schwester und ich immer Führungen gemacht, damit die Gäste auch jeden Baum in Augenschein nehmen konnten.«
Sylvia lächelte, als sie sich ihren geliebten Mann als Jungen am Weihnachtsmorgen vorstellte. »Wenn du willst, können wir das so machen und mehrere kleine Bäume statt eines großen aufstellen.«
»Nein, das ist das Haus der Bergstroms, und wir halten uns an die Bergstrom-Sitten.«
»Das ist jetzt auch das Haus der Compsons.« Sylvia hakte sich bei ihm unter. »Hier werden Compson-Kinder auf die Welt kommen und leben. Wir müssen Compson-Traditionen hochhalten.«
»Ein paar Compson-Traditionen«, stimmte James zu. »Ich werde die Gottesdienste an Heiligabend vermissen und würde am Weihnachtsmorgen lieber zu Hause bleiben, um im Schlafanzug die Geschenke auszupacken.«
Sylvia lachte. »Vielleicht könnten wir das nächstes Jahr versuchen.« Sie blieb stehen und deutete auf einen Baum ein paar Schritte zu ihrer Linken. »Wie wäre es mit dem?«
James ließ den Schlitten stehen und stapfte durch den Schnee. »Der sieht genau richtig aus«, sagte er und griff

nach den mittleren Zweigen. »Er ist schön dicht, aber die Zweige sind zu schwach. Sie werden nicht viel Gewicht tragen können.«
Er führte ihr vor, wie leicht sie sich bogen, und Sylvia konnte sich ausmalen, wie der ganze Baum unter der Unmenge von Schmuck und Girlanden zusammensacken würde. »Wir brauchen einen stabileren«, pflichtete Sylvia ihm bei. »Das ist wichtiger als sein Aussehen, es sei denn, wir wollen im Ballsaal in den nächsten zwölf Tagen ständig zerbrochenes Glas vom Boden auffegen.«
Sie kehrten zum Schlitten zurück und gingen tiefer in den Kiefernwald hinein. Während sie nebeneinander her spazierten und an den Baumstümpfen ehemaliger Christbäume vorbeikamen, dachte Sylvia an all die Bergstrom-Frauen, die vor ihr diesen Ausflug gemacht hatten. Sie waren einmal so jung und voller Hoffnung und Liebe für ihre Männer gewesen wie sie.
»James«, sagte sie unvermittelt. »Versprich mir, dass du mich nie verlässt.«
»Das habe ich dir bei der Hochzeit versprochen.«
»Versprich es mir noch einmal.«
Er blieb stehen und ergriff amüsiert ihre Hände. »Ich, James Compson, verspreche dir, Sylvia Bergstrom-Compson, meiner rechtmäßig angetrauten Ehefrau, dass mich nichts auf der Welt dazu bringen kann, dich zu verlassen.«
»Nicht einmal ein Krieg?«
Er zögerte. »Wenn wir in den Krieg in Europa hineingezogen werden, könnte es sein, dass mir nichts anderes übrig bleibt. Das weißt du doch.«
»Versprich mir, dass du dich nicht freiwillig meldest. Warte, bis du eingezogen wirst. Versprich mir, dass du nur gehst, wenn dir nichts anderes übrig bleibt.«

»Du bittest mich, Versprechungen über etwas zu machen, das vielleicht gar nicht eintritt.« Inzwischen zeigte seine Miene keine Spur mehr von Belustigung. »Was ist, wenn mir nichts anderes übrig bleibt, als mich freiwillig zu melden? Was ist, wenn das meine Pflicht ist?«

»Mach es zu deiner Pflicht, bei mir zu bleiben«, flehte Sylvia ihn an. »Bei dieser Familie. Ich habe im Ersten Weltkrieg zwei Onkel verloren, und ich weiß, wie der Kriegsdienst meinen Vater verfolgt. Ich will nicht, dass es dir auch so ergeht. Dass es uns so ergeht.«

»Sylvia ...«

»Bitte, James!«

Er schwieg und griff nach dem Schlittenseil. »In Ordnung«, sagte er schließlich leise. »Ich melde mich nicht freiwillig, es sei denn, ich muss es tun, um dich, um die Familie zu beschützen. Worum ich dich im Gegenzug bitte, ist, dass du mir die Entscheidung überlässt, wann dieser Zeitpunkt gekommen ist.«

Wie gern hätte sie gehört, dass er sich korrigierte, dass er sagte, er habe »falls« statt »wann« gemeint, aber das tat er nicht. »Na, schön«, antwortete sie. »Beten wir, dass dieser Zeitpunkt nie kommt.«

Er reichte ihr das Schlittenseil, und sie gingen weiter.

Nach kurzer Zeit blieb James stehen und deutete auf einen Baum ein paar Meter vor ihnen. »Wie wäre der da?«

Verdutzt musterte Sylvia die Blautanne von unten bis oben.

Es war der schönste Baum, den sie je gesehen hatte. Ihre Suche hatte sie von den normalen Wegen in einen Teil des Bergstrom-Waldes geführt, in den sie selten kam, aber trotzdem fragte sie sich, wie ihr dieser Baum bisher entgangen sein konnte. Irgendwie, dachte sie, hätte sie wissen müssen, dass er hier stand.

»Er ist wunderschön«, hauchte sie. Und das war er – kräftig, dicht und groß. Vielleicht zu groß. »Er sieht aus, als ob er etwa zwölf Meter hoch wäre.«
»Ich hätte ihn auf vierzehn Meter geschätzt.«
Sylvia lächelte. »Wir schaffen es nie, den ins Haus zu bringen. Wir müssten ihn in der Mitte umbiegen, damit er in den Ballsaal passt, und selbst dann würde er noch immer bis zur Decke reichen.«
James grinste zustimmend. »Schade. Es ist ein schöner Baum.«
»Pech, dass wir nicht einfach den oberen Teil absägen können.«
James betrachtete den Baum. »Wer sagt das?«
»Der gesunde Menschenverstand. Du würdest mit der Axt in der Hand so weit hinaufklettern müssen, und dann ...«
James nahm das aufgerollte Seil, schulterte die Axt und steuerte auf den Baum zu.
»James, nein!« Sylvia packte ihn am Ärmel seines Mantels. »Hast du den Verstand verloren? Du könntest herunterfallen und dir das Genick brechen.«
»Ich bin schon auf ein paar Bäume geklettert.«
»Aber du bist kein Holzfäller. Sei nicht albern. Es gibt hier noch mehr Bäume.«
Er griff nach einem der unteren Zweige. »Aber keinen wie diesen.«
Sylvia stellte sich vor, wie der obere Teil des Baums auf den Boden kracht und ihr Mann hinterherstürzt. Sie malte sich aus, dass der Baum auf die falsche Seite fällt und sie unter sich begräbt. »Wir könnten uns beide ernsthaft verletzen. Das ist dir doch klar, oder?«
Er strich ihr über die Wange und lächelte. »Sweetheart, hab ein bisschen Vertrauen.«
Sylvia hob die Hände und trat zurück. Selbst mit Seil und

Axt beladen erklomm James die Blautanne beachtlich schnell. Sylvia konnte den Blick nicht von ihm wenden, während er hinaufkletterte, als ob ihr Blick ihn oben hielte und er herunterstürzen würde, sobald sie auch nur einen Moment zur Seite sah. Bald waren durch die dichten Zweige nur noch Teile seiner Kleidung auszumachen – der Absatz seines braunen Stiefels, der rote Wollschal, den sie ihm gestrickt hatte.

Dann hörte sie das Geräusch, als Metall gegen das Holz hackte, und ein paar Minuten später einen Warnruf.

Instinktiv hob sie den Arm, um ihr Gesicht zu schützen, als der obere Teil des Baums für einen Moment in der Luft zu hängen schien, bevor er scheinbar langsam umknickte und auf den Boden stürzte. Ein kleinerer Schatten folgte unmittelbar danach.

Schneeverwehungen dämpften das doppelte Aufprallgeräusch.

Sylvia ertappte sich, dass sie den Atem angehalten und den Blick abgewendet hatte. Verzweifelt schaute sie zum Baum hinauf, bis sie James entdeckte, der mit dem Seil auf der Schulter herunter kletterte. Die Axt! Er hatte die Axt lieber heruntergeworfen, als sie zu tragen. Die Höhe, ihre Angst – das hatte dazu geführt, dass sie die Größe des zweiten herabfallenden Objekts falsch eingeschätzt hatte.

Als ihr Mann die Füße gerade wieder auf festen Boden setzte, rannte Sylvia zu ihm und schlang die Arme um ihn. »Tu das nie wieder, verstanden? Du hast mich zu Tode erschreckt.«

James sah sie verdutzt an. »Ich habe dir doch den perfekten Baum geholt, oder etwa nicht?«

»Du bist mir wichtiger als jeder Baum.«

»Wie schön, das zu hören.«

Sylvia zitterte noch immer, aber sie folgte James zu der heruntergefallenen Baumspitze und half ihm, sie aufzuheben.
Sie war unbeschädigt und tatsächlich so dicht und perfekt gewachsen wie es aus der Ferne den Anschein gehabt hatte. Sie luden sie auf den Schlitten und banden sie mit dem Seil fest. »Wir bringen diesen Teil mit, damit ihn alle sehen«, sagte James, als sie den Schlitten nach Hause zogen. »Aber wir wissen, was es in Wirklichkeit ist – nur ein kleiner Teil von etwas, das größer ist, als sich irgendjemand vorstellen kann.«
»Und der Baum wird weiterwachsen«, fügte Sylvia hinzu.
Sie ließen keinen Baumstumpf zurück. Ihr Baum würde weiterwachsen, und wenn alles gut ging, würde er eines Tages wieder seine frühere Höhe erreichen. In zwanzig Jahren könnten sie vielleicht zu diesem Baum zurückgehen – aber dann wären sie mit Sicherheit nicht mehr das Paar, das zuletzt geheiratet hatte. Falls jemand wieder diesen Baum auswählen sollte, dann ein anderes frischvermähltes Paar, das die Bergstrom-Traditionen weiterführte.
Gemeinsam zogen sie das Schlittenseil und brachten ihren ersten Christbaum der Familie, die im warmen und hell erleuchteten Haus darauf wartete.
Drei weitere Jahre wählten Sylvia und James den Baum für die Bergstroms aus.
An ihrem vierten Weihnachtsfest als Ehepaar war es zwar noch nicht zu dem erwarteten Familienzuwachs gekommen – ein Baby oder Claudias Freund Harold –, doch das Familienunternehmen war seit ihrer Hochzeit weiter gediehen. Richards Unrast hatte sich im Laufe der Jahre verstärkt, und als er sechzehn war, hatte er seinen Vater schließlich überredet, ihm den Besuch einer Akademie

für junge Männer in Philadelphia zu gestatten. Ein paar Tage nach Beginn des Schuljahres telegrafierte er die erstaunliche Nachricht nach Hause, dass er Andrew getroffen habe und sie ihre enge Freundschaft nun wieder pflegen würden. Sylvia war froh, dass ihr Bruder in der Schule einen Freund hatte, vor allem einen, der sich in der Stadt gut auskannte, aber sie vermisste Richard schrecklich. Doch gewöhnlich behielt sie ihre Sorgen für sich. Es war im Herbst 1943, und da so viele andere Familien um ihre gefallenen Brüder oder Söhne trauerten, hatte sie kein Recht, sich zu beklagen, wo ihr Bruder doch nur in der Schule war.

In diesem Jahr freute sie sich mehr denn je auf das Weihnachtsfest. An dem Tag, als Richard für die Ferien zu Hause erwartet wurde, herrschte in Elm Creek Manor große Vorfreude und Aufregung. Den ganzen Tag rannte Sylvia herum und kümmerte sich um die letzten Vorbereitungen, entfernte sich jedoch nie weit von einem Fenster, weil sie durch den fallenden Schnee nach ihrem Bruder Ausschau hielt.

Plötzlich kam einer der Cousins vom Spielzimmer die Treppe heruntergerannt und rief, dass ein Auto die Auffahrt heraufkomme. Sylvia sauste in die Eingangshalle, riss die Tür auf – und stellte fest, dass Richard nicht allein gekommen war. Es hätte ihr nichts ausgemacht, wenn Andrew ihn begleitet hätte, aber stattdessen ertappte sie sich dabei, dass sie eine kleine Gestalt anstarrte, die so schüchtern hinter Richard stand, dass man hätte meinen können, sie wolle sich verstecken. Die größten blauen Augen, die Sylvia je gesehen hatten, blickten unter einer weißen Pelzkappe zu ihr auf, doch das übrige schmale und blasse Gesicht war fast vollständig von einem dicken Wollschal verdeckt.

Richard lachte, drückte seiner Schwester einen Kuss auf die Wange und führte seine Begleiterin ins Haus.
So lernte Sylvia die große Liebe ihres kleinen Bruders kennen.
Agnes Chevalier übertraf Claudia an Schönheit bei Weitem. Ihre Haut war so zart und die Gesichtszüge so fein, dass sie Sylvia an eine dunkelhaarige Ausgabe der Porzellanpuppe erinnerte, die sie vor Jahren Andrews Schwester geschenkt hatte. Doch Sylvia war schon wenige Stunden nach ihrer Ankunft klar, dass man unmöglich begreifen konnte, was ihr Bruder, abgesehen von der Schönheit, an diesem Mädchen fand. Er musste den Verstand verloren haben, denn wie sonst hätte er sie, ohne Anstandsbegleitung, den ganzen Weg von Philadelphia hierher bringen und das Weihnachtsfest der Bergstroms aufmischen können? Wollte ihre eigene Familie sie nicht bei sich haben?
Bald fand Sylvia heraus, dass dies tatsächlich der Fall sein könnte, denn sie war zwar gewiss das hübscheste Mädchen, das Sylvia je gesehen hatte, aber auch das dümmste und verwöhnteste Geschöpf, das Elm Creek Manor je betreten hatte. Schlimmer noch, Richard war offenbar ganz vernarrt in sie und erfüllte ihr jeden Wunsch. Als sie nach dem Abendessen genau in dem Augenblick, als Sylvia mit dem Teetablett hereinkam, nach Kaffee verlangte, rannte Richard in die Küche und machte Kaffee. Selbst nachdem Richard sie auf dem Anwesen herumgeführt und ihr den Betrieb erklärt hatte, den er eines Tages übernehmen würde, bezeichnete sie den Stall immer noch als »Scheune« und ein junges Pferd als »Kalb«. An Heiligabend kam sie um elf Uhr für die Christmette angezogen herunter – und Richard begleitete sie, ohne eine Sekunde zu zögern, in die Kirche, obwohl

er wie jeder andere Bergstrom sein ganzes Leben lang den Gottesdienst am Weihnachtsmorgen besucht hatte. Am Weihnachtsmorgen bestand sie beim Frühstück darauf, dass der legendäre Strudel von Gerda Bergstrom unmöglich so köstlich schmecken könne wie jener, den Sylvia und Claudia gemacht hatten, was angesichts der Tatsache, dass sie das ohnehin gar nicht beurteilen konnte, absolut lächerlich war.

Es wurmte Sylvia, dass ihr Vater das fünfzehn Jahre alte Kind allem Anschein nach bezaubernd fand und dass James und Claudia die Schwächen, die für Sylvia so offensichtlich waren, nicht zu bemerken schienen. James warnte Sylvia sogar, dass sie sich lieber an Agnes gewöhnen sollte, weil sie vielleicht eines Tages Mitglied der Familie werden könnte. Sylvia erschauerte schon bei dem Gedanken, aber sie beschloss, ihre Gefühle Richard zuliebe zu verbergen. Mit der Zeit würde sich gewiss herausstellen, dass Richards Interesse nichts anderes als vorübergehende Vernarrtheit war, und das nächste Weihnachtsfest würden die Bergstroms wieder unter sich feiern – zusammen mit Harold, weil er immer zu ihnen kam. Aber das machte Sylvia nichts aus, da er schon so lange Claudias Freund war, dass er fast zur Familie zählte.

Sylvia hätte sich mit ihrer Vorhersage nicht gründlicher täuschen können.

Im folgenden Frühjahr reagierte Richard auf die zunehmend antideutsche Stimmung im Land und fasste den Entschluss, bezüglich seines Alters zu lügen und sich freiwillig beim Militär zu melden, um seinen Patriotismus und seine Vaterlandstreue unter Beweis zu stellen. Sein bester Freund Andrew hatte vor, es ihm gleichzutun. Als James und Harold von diesen Plänen erfuhren, reisten sie schnellstens nach Philadelphia, um die beiden davon abzuhalten, aber sie kamen zu spät – und auch zu spät, um die Hochzeit von Richard mit Agnes zu verhindern. Wie so viele andere junge Paare, denen die Trennung bevorstand, hatten sie überstürzt geheiratet, doch die Eltern von Agnes hatten ihre Zustimmung offenbar nur widerwillig gegeben, denn sie war in ihrem Haus nun nicht mehr willkommen.

Richard und Andrew erhielten eine Frist von zwei Wochen, dann mussten sie zur Grundausbildung einrücken, deshalb begleitete Richard seine junge Frau, als James und Harold sie nach Elm Creek Manor brachten. Erst dann erfuhr Sylvia, dass sich James und Harold ebenfalls beim Militär gemeldet hatten, weil ihnen versprochen worden war, dass sie, wenn sie sich sofort entschieden, alle vier zusammenbleiben könnten.

»Das war die einzige Möglichkeit, Sylvia«, beharrte James, als sie von dem Schock noch ganz benommen war. »Es war die einzige Möglichkeit. Ich werde auf ihn aufpassen. Das verspreche ich dir. Ich verspreche, dass wir alle heil wieder nach Hause kommen.«

Sie konnte nichts unternehmen. Er hatte sich freiwillig gemeldet, das konnte er nicht mehr rückgängig machen. Noch konnte sie ihn anschreien, weil er das Versprechen brach, das er ihr an jenem Heiligabend gegeben hatte. Er hatte sich gemeldet, um auf ihren geliebten kleinen Bruder aufzupassen. Er war der Meinung, er täte, was nötig sei, um sie, um ihre Familie zu beschützen.

Die letzten Tage in Elm Creek Manor verflogen für die Männer in Windeseile. Harold machte Claudia einen Heiratsantrag, und sie nahm ihn an. Sylvia rechnete damit, dass sie noch vor Harolds Abreise heiraten würden, aber Claudia sagte, die Hochzeit fände erst nach seiner Rück-

kehr statt. Harold schien über diesen Aufschub nicht erfreut zu sein, aber er konnte sich schlecht beklagen, weil es schließlich seine Schuld war, dass sie nicht schon vor Jahren geheiratet hatten.
Bevor sich Sylvia mit der bevorstehenden Abreise der Männer abfinden konnte, brachen sie für ihre achtwöchige Grundausbildung auf. Sylvia besuchte ihren Mann noch ein letztes Mal, bevor er an Bord des Truppentransporters ging, und verplemperte mehr Geld für die Bahnkarte und die Pension, als sie sich eigentlich leisten konnte, aber sie konnte den Gedanken einfach nicht ertragen, ihn nicht noch einmal zu sehen. James war zwar der Einzige von ihnen, der eine nächtliche Ausgangserlaubnis erhielt, doch sie schaffte es, auch die anderen drei Männer auf der Basis zu sehen, bevor sie das Schiff bestiegen. Richard und Andrew waren stolz und freuten sich auf ihren Einsatz, während Harold wortkarg und zurückhaltend war und sich in seiner Uniform nicht wohlfühlte. Nur James wirkte unverändert – er war, bis auf die Uniform, derselbe geliebte Mann.
Sie war nicht die einzige Ehefrau oder Freundin, die gekommen war, um ihren Geliebten zu verabschieden. Als es Zeit war, sich zu trennen, stand sie mit anderen Frauen hinter einem Maschendrahtzaun, während die Männer in ihre Baracken zurückmarschierten. Einige Frauen riefen den Soldaten aufmunternd zu, andere winkten und versprachen, zu schreiben, viele weinten. Sylvia schaute den Männern nach, so lange sie konnte, weil sie wollte, dass ihr letzter Blick James und Richard während ihrer Abwesenheit Trost sein sollte. Sie mussten wissen, dass sie stark sein, dass sie die Familie und den Betrieb in ihrer Abwesenheit zusammenhalten würde.
Aber Harold ruinierte den Augenblick. Im letzten Mo-

ment kam er zurückgerannt und verschränkte die Finger durch den Maschendrahtzaun mit ihren. »Überbringst du Claudia eine Nachricht?«
Sylvia nickte. »Natürlich. Was du willst.«
»Bittest du sie, auf mich zu warten?«
Zuerst war Sylvia perplex. »Ich dachte, sie hätte deinen Antrag angenommen.«
»Ja, aber …« Er zögerte. »Vielleicht bin ich lange fort, und sie ist ein schönes Mädchen …«
Sylvia war empört. »Meine Schwester liebt dich, seit sie siebzehn war«, schnauzte sie ihn an. »Es ist ungeheuerlich, dass du jetzt ihre Treue anzweifelst. Du hattest reichlich Gelegenheit, sie zu heiraten. Es ist nicht ihre Schuld, dass du deine Zeit verplempert hast.«
Sie wandte den Blick von seinem verdutzten, verletzten Gesicht ab und ging davon, so schnell sie konnte. Sie drehte sich nicht um, um zu sehen, ob James den Wortwechsel mitbekommen hatte, ob seine letzte Erinnerung an sie der von Wut und Ärger war.
Wenige Wochen, nachdem der Einsatz der Männer begonnen hatte, stellte Sylvia fest, dass sie schwanger war.

* * *

Die Monate vergingen. Nur selten kamen heiß ersehnte Briefe von den Männern, und manchmal waren sie so stark zensiert, dass Sylvia kaum etwas verstand. Sie stürzte sich in die Arbeit, kümmerte sich um Haus und Hof, meldete sich, wann immer sie konnte, bei Maßnahmen der Heimatfront, organisierte Transporte von Metallschrott und kaufte Kriegsanleihen – was sich eben gerade ergab. Sie hätte sich den Frauenhilfstruppen der Armee angeschlossen oder wäre nach Pittsburgh gezogen, um dort in einer der Fabriken zu arbeiten, die inzwischen Kriegsmaterial produzierten, wäre sie nicht zu Hause gebraucht worden, um den Bergstrom-Zuchtbetrieb zu führen. Und hätte sie nicht befürchtet, sie könnte damit dem Baby schaden.

Sie dankte Gott für das Baby, für etwas von James, das sie immer bei sich trug. Dieses Kind gab ihr Hoffnung und eine Zukunft, auf die sie sich freuen konnte. Im Spätherbst ließ ihre morgendliche Übelkeit nach, doch keiner, der sie sah, hätte vermutet, dass sie ein Kind erwartete. Claudia erklärte ihr, sie könne sich glücklich schätzen, aber Sylvia sehnte sich nach einem dicken Bauch als Beweis, dass das Kind real und lebendig war und wuchs. Einmal, als Anfang des Winters der Wind die letzten braunen Blätter von den Bäumen fegte, vertraute Sylvia ihrer Schwester an, dass sie am Boden zerstört wäre, wenn James nicht rechtzeitig nach Hause käme, um sein Neugeborenes im Arm zu halten. Claudia sagte ihr, sie solle sich keine Sorgen machen. Sie habe im Radio gehört, dass die Alliierten in Europa sehr große Landgewinne machten und der Krieg bis Weihnachten vorüber sein würde. Sylvia betete, sie möge Recht behalten.

Der Dezember brach an, und es gab keinerlei Anzeichen, dass der Krieg bald enden würde. Sylvia widmete sich der Führung des Betriebs und des Haushalts – und ihrer jungen Schwägerin, die mit ihrer Weinerlichkeit und ihrem Trostbedürfnis Sylvias Geduld auf eine harte Probe stellte. Auch Sylvia fürchtete um ihren Mann und Bruder, doch sie tigerte nicht wie wild auf der Veranda hin und her, wenn sich der Briefträger verspätete, oder brach bei einem wehmütigen romantischen Lied im Radio gleich in Tränen aus. Sie wusste, dass sie stark sein und die

Belastungen und die Einsamkeit klaglos hinnehmen musste. Nichts, womit sie in Elm Creek Manor zu kämpfen hatten, war mit dem zu vergleichen, was ihre Männer durchmachten.

Sylvia hätte vermutet, dass ein so ängstliches Mädchen wie Agnes Geschichten von der Front aus dem Weg gehen würde, aber sie schleppte Sylvia und Claudia mindestens einmal pro Woche ins Kino nach Waterford, um sich die Wochenschau anzusehen. Sobald auf der Leinwand Kampfszenen aufflackerten, war Sylvia genauso angespannt wie die übrigen Zuschauer. Sie schaute in das Gesicht jedes Soldaten, ob es James, Richard, Andrew – ja sogar, ob es Harold sein könnte. Auch um seine Sicherheit sorgte sie sich Claudia zuliebe. Seine letzte Botschaft hatte sie ihrer Schwester nicht ausgerichtet. Was hätte sie ihnen genutzt? Was er als Liebeserklärung verstanden hatte, schien ihre Treue infrage zu stellen. Sylvia hielt es für eine Gefälligkeit, das Gesagte einfach zu vergessen.

Die Wochenschauen boten den Bergstrom-Frauen eine seltsame Art von Trost, weil sie ihnen einen flüchtigen Einblick in das Leben ihrer Männer ermöglichten und sie erfuhren, was sie durchmachten und so die Belastungen mit ihnen teilen konnten. Nachrichten von den Männern und Freunden anderer Frauen genügten ihnen, wenn sie selbst nichts von ihren Lieben gehört hatten. Die Briefe waren ihre Rettungsleine, doch häufig vergingen Wochen, bis wieder ein Brief aus dem Pazifik kam, dann trafen mehrere auf einmal ein, und zwischen den Daten, als sie verfasst wurden, lagen oft mehrere Wochen.

Wenn Claudia in besonders gedrückter Stimmung war, ließ sie die Wochenschau aus und kam erst rechtzeitig für den Film, doch Agnes verfolgte die Nachrichten so unerschrocken wie Sylvia. Im Laufe der Zeit entwickelte

Sylvia diesem Mädchen gegenüber widerwillig Respekt. Sie hatte heimlich einen Blick auf einige Briefe von Agnes an Richard geworfen und war erstaunt gewesen, kein einziges Wort der Klage zu lesen, nur liebevolle Aufmunterungen und lustige Beschreibungen, wie sie ihre Tage verbrachte.

Agnes schloss sich Sylvia bei allen ihren freiwilligen Aktivitäten an, zwar konnte sie nicht sonderlich gut nähen, aber sie strickte erstaunlich schnell und ließ nie eine Masche fallen. Obwohl ihre Kleidung, ihre Sprache und ihre Unkenntnis in allen praktischen Dingen den Schluss nahelegten, dass sie vor der Hochzeit mit Richard ein privilegiertes Leben geführt hatte, hatte sie doch irgendwie gelernt, sparsam zu sein, denn sie stopfte so gekonnt Socken und zerrissene Pullover, dass ihre Reparaturen kaum zu sehen waren.

Wenn ihr ein Kleidungsstück in die Hände fiel, aus dem der Besitzer herausgewachsen war oder das nicht mehr geflickt werden konnte, zog sie die Maschen auf, rollte die Wolle zu Knäuel auf und strickte daraus Socken und Waschlappen für das Rote Kreuz, das die Sachen den Soldaten schickte.

Vielleicht war das ja der Wesenszug von Agnes, der Richards Herz gewonnen hatte.

Zwei Tage vor Weihnachten konnte Sylvia die Sehnsucht nach ihrem Mann fast nicht mehr ertragen. Sie saß mit Claudia und Agnes im vorderen Wohnzimmer, strich sich über den runden Bauch und träumte von James, wie er ihr Baby im Arm hält. Claudia schnitt Schablonen für ihren Hochzeitsquilt zu und machte sich über ihr Kleid Gedanken, während Agnes' Stricknadeln die Begleitung zu »I'll be Home for Christmas« lieferten, das aus dem Radio drang.

Sylvia konnte es nicht ertragen. »Schalt das aus!«, befahl sie. Claudia hielt mitten in ihrer Beschreibung des geplanten Designs ihres Mieders inne und starrte sie an. Sylvia hievte sich aus dem Stuhl und drehte das Radio aus. »Ich kann das nicht mehr hören. Sie kommen nicht rechtzeitig zum Weihnachtsfest nach Hause, was hat es also für einen Sinn, davon zu träumen?«
»Manchmal sind Träume alles, was uns bleibt«, sagte Agnes leise.
Das war genau die Art von Bemerkung, die Sylvia von ihr erwartete. Sylvia brauchte aber mehr als Träume. Sie brauchte James an ihrer Seite. Sie brauchte Richard wohlbehalten zu Hause.
»Was wir brauchen, ist ein Weihnachtswunder«, sagte Claudia. »Dass der Krieg zu Ende ist. Wenn wir je für den Frieden auf Erden beten mussten, dann jetzt.«
»Der Krieg ist zu Ende, wenn wir gewonnen haben«, stellte Sylvia müde fest. Mochte es noch so lange dauern, mochte er noch so viele Menschenleben kosten.
Sie schwiegen. Sylvia wollte, weil ihr ihr Ausbruch peinlich war, das Radio gerade wieder einschalten, als Claudia erneut das Wort ergriff. »Wir haben noch gar keine Weihnachtsvorbereitungen getroffen.«
»Wir haben den Jungs doch ihre Päckchen geschickt«, entgegnete Agnes.
»Ja, aber hier haben wir nichts getan.« Claudia sammelte ihre Quiltteile zusammen und legte sie zur Seite. »Wir hätten Plätzchen nach einigen von Großtante Lucindas alten Rezepten backen sollen.«
»Die Zuckerrationen reichen dafür nicht aus«, stellte Sylvia fest.
»Dann sollten wir zumindest das Haus schmücken.« Claudia stand auf und griff nach Agnes' Hand. »Komm

schon. Wir brauchen etwas, was uns an die weihnachtliche Freude und Hoffnung erinnert. Wir holen die Schachteln vom Speicher. Nicht du, Sylvia. Du sollst in deinem Zustand nichts Schweres tragen. Bleib sitzen und ruh dich aus.«

»Ich sitze schon den ganzen Tag da und ruhe mich aus«, schimpfte Sylvia, aber ihr Interesse war geweckt. Als Claudia und Agnes nicht gleich mit dem Weihnachtsschmuck herunterkamen, ging sie in die Küche und schaute in der Speisekammer nach, wie viel Mehl, Zucker und Gewürze noch vorhanden waren. Dass sie jede Menge Äpfel im Keller hatten, wusste sie bereits. Die gute Ernte in diesem Jahr war eine zweischneidige Sache gewesen, denn da die Männer fort waren, hatten die vier verbliebenen Bergstroms die reiche Ernte nicht selbst einbringen können. Weil sie die Äpfel nicht auf dem Boden verfaulen lassen wollten, hatten sie sich so viele genommen, wie sie brauchten, und dann in der Stadt bekannt geben lassen, dass jeder, der die Äpfel aufklauben wolle, gern so viel mitnehmen dürfe, wie er tragen konnte. Freunde und Nachbarn, aber auch Leute aus der Stadt, die sie kaum kannten, hatten das Angebot gern angenommen, und einige hatten ihnen im Gegenzug überschüssige Erzeugnisse aus ihren eigenen Gärten geschenkt. An einem sonnigen Nachmittag war sogar eine ganze Pfadfindergruppe aufgekreuzt und hatte die reifen Früchte geerntet. Jeder Junge hatte seiner Familie einige nach Hause mitgebracht, aber die meisten wurden an Krankenhäuser und Suppenküchen im ganzen Bundesstaat geliefert. Noch weit mehr wurde an Lazarette und Trainingscamps geschickt und ernährten verwundete Soldaten, aber auch jene, die noch nicht in den Kampf gezogen waren.

Äpfel hatten die Bergstroms also im Überfluss, und sie hatten noch genügend Zutaten für einen Strudel. Morgen, beschloss Sylvia, morgen würden sie und Claudia einen machen. Vielleicht würde Agnes es ja gern lernen.
Gerade, als Claudia und Agnes anfingen, den Weihnachtsschmuck auszupacken, kam sie in die Eingangshalle zurück. Sie ging schnell zum Wohnzimmer, machte die Tür auf und schaltete das Radio ein, damit sie bei der Arbeit Musik hören konnten, dann schloss sie sich Claudia und Agnes an.
Stilles Glück durchströmte sie, als sie die vertrauten Weihnachtsdinge auspackte – Richards Nussknacker, die Papierengel, die sie und Claudia in der Sonntagsschule gebastelt hatten, Großtante Lucindas Plätzchendose in Form des Weihnachtsmanns. Den rotgoldenen Glasstern für die Baumspitze hatten sie nie mehr zu Gesicht bekommen. Seit seinem Verschwinden war die Spitze jedes Jahr kahl geblieben. Sylvia hatte es leid getan, dass die traditionelle Suche nach dem Stern dahin war, aber in diesem Jahr waren sowieso keine Kinder im Haus, die hätten suchen können – es sei denn, dachte sie bissig, man zählte Agnes als solches.
»Schaut, was ich gefunden habe!«, rief Agnes auf einmal aus und spähte in einen weißen Kopfkissenbezug, der prall gefüllt war, als stecke darin ein unförmiges Kissen. Einen Augenblick dachte Sylvia, sie hätte den Stern entdeckt, aber die bunten Teile, die sie aus dem Kopfkissenbezug holte, waren aus Stoff, nicht aus Glas. »Ist das ein Quilt?«
Plötzlich hatte Sylvia einen Kloß im Hals, und sie schaute zu Claudia hinüber, die wie angewurzelt dastand.
»Jedenfalls Teile für einen«, sagte Sylvia, als ihre Schwester nicht antwortete.

Agnes breitete die Feathered-Star-Blöcke auf dem Marmorboden aus. »Die sind aber hübsch!«
»Die hat unsere Großtante gemacht«, erklärte Claudia leise. Dann stellte sie weiter Kerzen in Messinghaltern auf die Fensterbänke.
Wieder griff Agnes in den Kissenbezug. »Diese Applikationen sind schön«, sagte sie und bewunderte die Stechpalmenzweige. »Wenn ich der Meinung wäre, dass ich etwas so Schönes zustande brächte, wäre ich versucht, das Quilten zu lernen.«
»Es ist nicht so einfach, wie es aussieht«, stellte Sylvia fest.
Agnes warf ihr einen abschätzigen Blick zu. »Ich habe nicht behauptet, dass es einfach aussieht.«
»Ich könnte dir das Quilten beibringen«, bot ihr Claudia an.
»Nein, danke.« Agnes warf einen letzten bewundernden Blick auf die Quiltblöcke, dann steckte sie sie wieder in den Kissenbezug. Sylvia war enttäuscht, dass Agnes die Behelfstasche nicht ganz geleert hatte. Hätte Agnes ihre Meinung über diese Variable-Star-Blöcke kundgetan, dann hätte Claudia vielleicht nicht so großzügig angeboten, ihr Quiltunterricht zu erteilen. »Warum hat ihn eure Großtante nicht fertiggestellt?«
»Sie war nicht die Einzige, die daran gearbeitet hat«, erklärte Sylvia. »Meine Mutter hat die Applikationen gemacht, und Claudia hat fünf andere Sterne genäht. Sie sind wahrscheinlich noch in dem Bezug, wenn du sie dir anschauen willst.«
»Hast du denn nicht an dem Quilt gearbeitet?«
»Nein.« Sylvia warf einen Blick zu Claudia hinüber, die Desinteresse vortäuschte und Weihnachtsschmuck aus der grünen Truhe auspackte. »Claudia hat gesagt, sie möchte ihn selbst fertigstellen, deshalb habe ich ...«

»Du kannst ihn fertig machen, wenn du willst«, fiel ihr Claudia ins Wort. »Ich muss so viel für meine Hochzeit nähen, dass ich für andere Projekte gar keine Zeit habe. Er war mir sowieso nie so wichtig. Ich habe seit zehn Jahren nicht mehr daran gearbeitet.«
Das wusste Sylvia. Seit Claudia die Teile an jenem ersten Weihnachtsfeiertag vor so langer Zeit weggeräumt hatte, hatte sie den Quilt nicht mehr zu Gesicht bekommen. Und sie hatte keine Ahnung, wie die Teile zusammen mit dem Weihnachtschmuck in einem Kissenbezug in die Truhe geraten waren.
Sylvia musterte ihre Schwester unsicher. »Es würde dir wirklich nichts ausmachen? Du hast gesagt, du möchtest nichts mehr von diesem Quilt sehen. Du hast gesagt, du könntest es nicht ertragen, an das schlimmste aller Weihnachtsfeste erinnert zu werden.«
Claudia lachte kurz auf. »Ich glaube, wir stimmen alle überein, dass jenes Weihnachtsfest diesen Titel kaum mehr verdient.«
»Sag nicht so etwas.«
Agnes stand auf und hielt den Kissenbezug vorsichtig, als befände sich darin etwas Wertvolles und Zerbrechliches. »Das mag ja ein einsames Weihnachten werden, aber immer noch ein Weihnachtsfest. Sylvia, ich fände es gut, wenn du den Quilt fertigstellen würdest. Das würde dazu beitragen, uns alle in Weihnachtsstimmung zu versetzen.«
Agnes hielt ihr den Kissenbezug hin, und als es so aussah, als würde sie ewig mit ausgestrecktem Arm dastehen, wenn Sylvia ihn nicht nahm, griff sie danach. »Ich werde bis Weihnachten bestimmt nicht fertig.«
»Ich mag ja nicht quilten können, aber das weiß ich auch so.« Agnes lächelte und wandte sich wieder der blauen

Truhe zu. »Warum setzt du dir nicht das Ziel, ihn bis nächstes Weihnachten fertig zu machen, damit du und James unter dem Christbaum zusammen mit dem Baby darauf spielen könnt?«

Sylvia wurde es bei dem Bild, das sie vor Augen hatte, ganz warm ums Herz. Der Christbaum, der bunt erstrahlte und an dem Kerzen leuchteten. James, wohlbehalten wieder zu Hause, der ihr Kind stolz anlächelte. Ihr geliebter Sohn oder ihre Tochter, mit strahlenden Augen, einem Schmollmund, wie das Kind dasaß oder herumkrabbelte – du meine Güte, was würde das Baby um diese Zeit nächstes Jahr schon alles können? Und sie würden auf dem weichen und bequemen Weihnachtsquilt sitzen.

Sylvia wollte unbedingt gleich anfangen, aber sie zögerte. »Der Schmuck ...«

»Das schaffen wir ohne dich«, versicherte ihr Agnes.

»Du solltest sowieso die Füße hochlegen«, stellte Claudia fest, ohne von ihrer Arbeit aufzublicken.

Sylvia war im Begriff, scharf zu erwidern, dass sie keine Invalide sei, aber sie überlegte es sich anders. Das war schließlich der perfekte Vorwand. »Ich bin im Wohnzimmer«, sagte sie und ging mit dem Kissenbezug in der Hand davon, um ihren Nähkorb zu holen.

In ihrem Lieblingszimmer direkt neben der Küche breitete Sylvia die Blöcke auf dem Boden aus und betrachtete sie. Erstaunlicherweise war der Stoff über die Jahre nicht ausgeblichen. Die Farben waren noch immer so leuchtend und fröhlich wie an dem Tag, als Großtante Lucinda sie vor so langer Zeit gekauft hatte. Die Feathered-Star-Blöcke und die Stechpalmen waren so hübsch, wie sie sie in Erinnerung hatte, und da Claudia für ihre Variable Stars zum größten Teil die gleichen

Stoffe verwendet hatte, war es durchaus möglich, sie zwischen die schöneren Blöcke einzustreuen, sodass ihre Fehler nicht ins Auge sprangen. Aber wie sollte Sylvias Beitrag aussehen? Was konnte sie hinzufügen, um die unterschiedlichen Teile harmonisch zur Geltung zu bringen?

Sylvia dachte an das Weihnachtsfest zurück, als Lucinda den Quilt definitiv zur Seite gelegt hatte, um bei den Näharbeiten für die Hochzeit ihrer Cousine Elizabeth zu helfen. Die Bergstrom-Frauen hatten Elizabeth ein schönes Brautkleid und einen Hochzeitsquilt aus Double Wedding Rings, verziert mit Blumenapplikationen, genäht. Ein paar Wochen vor der Hochzeit hatte die kleine Sylvia festgestellt, dass Großtante Lucinda an einem neuen Quilt arbeitete, an einem Muster konzentrischer Dreiecke und Quadrate, jeweils der halbe Block in hellen, der andere in dunklen Farben gehalten. Er ähnelte dem Blockhausmuster so sehr, dass Sylvia zunächst fälschlicherweise dachte, es seien Übungsblöcke für ihre Quiltstunden.

Doch Großtante Lucinda verriet ihr, dass es ein weiterer Quilt für Elizabeth sei, eine strapazierfähige Patchworkdecke für den täglichen Gebrauch, die sie an ihre Großtante erinnern sollte. »Dieses Muster heißt Chimneys and Cornerstones«, erklärte sie. »Immer wenn Elizabeth ihn sieht, wird sie sich an unser Zuhause und all die Leute darin erinnern. Wir Bergstroms haben das Glück, ein Haus zu besitzen, das vom Kamin bis zum Eckstein von Liebe erfüllt ist. Dieser Quilt wird Elizabeth helfen, etwas von dieser Liebe mitzunehmen.«

Sylvia nickte zum Zeichen, dass sie begriffen hatte. Es machte nichts aus, dass dies keine Blockhausquadrate waren. Die bevorstehende Hochzeit hatte sie schon so

verdrossen, dass eine weitere Verschiebung ihres Quiltunterrichts sie gar nicht mehr enttäuschen konnte.
Großtante Lucinda fuhr von eincr Ecke des Blocks zur anderen über eine diagonale Reihe roter Quadrate. »Siehst du diese roten Quadrate? Jedes ist ein Feuer, das im Kamin brennt, um Elizabeth nach einer anstrengenden Heimreise zu wärmen.«
»Du hast zu viele gemacht«, sagte Sylvia und zählte nach. »So viele Kamine haben wir gar nicht.«
Lucinda lachte. »Ich weiß. Das ist nur Fantasie. Elizabeth wird das verstehen. Aber die Geschichte geht noch weiter. Siehst du, dass eine Hälfte des Blocks aus dunklem, die andere aus hellem Stoff besteht? Die dunkle Hälfte symbolisiert den Kummer im Leben, die hellen Farben die Freuden.«
»Und warum schenkst du ihr dann nicht einen Quilt ganz aus hellem Stoff?«
»Das könnte ich schon, aber dann würde sie das Muster nicht sehen. Es kommt nur zur Geltung, wenn man dunkle und helle Stoffe nimmt.«
»Aber ich will nicht, dass Elizabeth Kummer hat.«
»Ich auch nicht, Liebes, aber wir alle haben hin und wieder Kummer. Mach dir keine Sorgen. Weißt du noch?« Großtante Lucinda tippte auf einige der roten Quadrate. »Solange diese Feuer brennen, wird Elizabeth stets mehr Freude als Kummer haben.«
Die Bedeutung des Quilts hatte Sylvia damals getröstet, und auch jetzt wärmte die Erinnerung an Großtante Lucindas Liebe ihr das Herz. Cousine Elizabeth war so weit weggezogen, dass keiner der Bergstroms damit rechnete, sie je wiederzusehen. So Gott wollte, würde Sylvia ihren Mann und ihren Bruder, aber auch Andrew und Harold wiedersehen. Bis dahin würden die Berg-

strom-Frauen die Feuer im Haus am Brennen halten. Sie würden eine Kerze ins Fenster stellen, um ihre Lieben zu Hause willkommen zu heißen.

Unterdessen würde Sylvia ihre Freude und ihren Kummer in den Weihnachtsquilt nähen und für ihre Blockhausquadrate, die sie nie mit ihrer Großtante hatte machen können, die Stoffe der Frauen benutzen, die den Quilt vor ihr in Angriff genommen hatten.

Sie wählte rote Stoffreste für das Mittelstück des Blockhauses aus und nähte dunkelgrüne und schneeweiße Rechtecke daran, wobei sie die Farben abwechselte, sodass die eine Hälfte des Blocks, durch eine diagonale Linie getrennt, hell, die andere dunkel war. Hin und wieder waren die grünen Stoffteile so dunkel, dass sie fast schwarz zu sein schienen, und häufig geriet ein elfenbeinfarbener Stoffrest oder ein Stück Musslin zwischen die weißen. Diese Verschiedenheiten verliehen ihrer Arbeit Tiefe und Dimension, feine Nuancen, die die Schönheit der klareren Farben bestens zur Geltung brachten.

In Gedanken an vergangene und zukünftige Weihnachtsfeste vertieft, nach denen sie sich sehnte, verbrachte Sylvia den Tag mit Nähen und Nachdenken. Später, als der Hunger sie aus dem Wohnzimmer trieb, stellte sie fest, dass ihr Zuhause durch die liebevolle Arbeit ihrer Schwester und ihrer Schwägerin verwandelt war. Die Eingangshalle, der Ballsaal und die anderen mit so vielen Erinnerungen behafteten Winkel und Ecken waren mit all den alten, vertrauten Dingen geschmückt. In den Fenstern leuchteten Kerzen, Stechpalmen- und Efeukränze zierten die Türen.

»Wir brauchen einen Baum«, sagte Agnes, während sie ein einfaches Abendessen für sich und Sylvias Vater zu-

bereiteten, der sich im Bett von einer Grippe erholte und dem man das Essen auf einem Tablett hinaufbringen musste.
Claudia blickte aus dem Fenster. Die Sonne berührte den Horizont, und die den Bach säumenden Ulmen warfen lange Schatten, die sich über den schneebedeckten Boden erstreckten und bis zum Haus reichten, als sehnten sie sich nach der Wärme darin. »Wir können heute Abend nicht nach einem Baum suchen«, sagte sie. »Es ist zu spät. Bis wir mit dem Essen fertig sind, ist es schon dunkel.«
»Dann eben morgen«, erklärte Agnes fröhlich. »Das ist der richtige Tag, nicht wahr? Richard hat mir gesagt, dass eure Familie den Baum immer an Heiligabend holt.«
Sylvia fragte sich, was Richard ihr sonst noch alles erzählt hatte.
Nach dem Essen kehrte sie ins Wohnzimmer zurück, um an ihrem Quilt zu nähen. Claudia und Agnes gesellten sich mit ihren eigenen Arbeiten zu ihr, in die sie aber nicht so vertieft waren, dass sie nicht hin und wieder innegehalten und Sylvias Fortschritte bewundert hätten.
Am nächsten Morgen setzte sich Sylvia nach dem Frühstück wieder an ihre Blockhausquadrate und nähte, bis Claudia vorschlug, dass sie jetzt den Strudel machen könnten. Die Schwestern beauftragten Agnes, mit dem Schälen der Äpfel anzufangen, während sie den Teig zusammen mischten und kneteten, dann nahmen auch sie ihre Schälmesser zur Hand und halfen Agnes, solange der Teig ruhte.
»Meine Eltern in Philadelphia haben einen Koch angestellt, der in Paris gelernt hat«, erzählte Agnes, als sie die geschälten Äpfel in gleichmäßige Stücke schnitten. »Er hat jedes Jahr das gleiche Dessert gemacht, einen

Schichtkuchen, der so dekoriert war, dass er einem Baumstamm glich.«

»*Bûche de noël*«, sagte Sylvia, der die Worte ihrer Mutter plötzlich wieder in den Sinn kamen.

»Ja, so hat er es genannt.« Agnes warf ihr einen erstaunten Blick zu. »Hast du je einen gemacht?«

»Nein, aber er kam in der Familie meiner Mutter jedes Jahr auf den Tisch, als sie noch ein Kind war.«

Agnes nickte gedankenverloren, und Sylvia fragte sich plötzlich, was ihre Mutter wohl von der jungen Frau gehalten hätte. Möglicherweise hatten sie mehr gemein, als Sylvia je vermutete.

Als die Apfelfüllung vorbereitet war und der Teig lange genug geruht hatte, führten Sylvia und Claudia vor, wie man ihn ausziehen musste. Agnes war beeindruckt, aber zu besorgt, sie könnte den Teig ruinieren, um es selbst auch zu probieren. Sylvia hätte es ihr durchgehen lassen, doch Claudia wollte eine solche Zurückhaltung nicht dulden. »Du bist eine Bergstrom, und Bergstrom-Frauen müssen das Rezept lernen«, beharrte sie. »Außerdem müsste sich Sylvia dringend hinsetzen, und ich kann ihn nicht allein fertig machen.«

Sylvia wusste, dass ihre Schwester sehr wohl allein zurechtgekommen wäre, aber sie sagte nichts, weil Agnes durch diesen Trick schließlich überzeugt wurde, sich die Ärmel aufzukrempeln und es zu versuchen. Sie stand Claudia gegenüber, griff unter den Teig und zog ihn mit den Handrücken zu sich, genau wie es ihr die Schwägerin vormachte. Zunächst ging sie so zaghaft vor, dass sie keinerlei Fortschritte erzielte, aber als Claudia sie ermunterte und Sylvia sie neckte, wurde sie mutiger. Der Teig hatte sich in der Größe schon fast verdoppelt, als Agnes' Ehering am Teig hängen blieb und ihn einriss.

»Du hättest deinen Schmuck ablegen müssen«, sagte Sylvia und stand von ihrem Hocker auf, um Claudia beim Flicken des Risses zu helfen.
»Niemals!«, entgegnete Agnes. So fest umklammerte sie mit der rechten die Finger der linken Hand, dass Sylvia und Claudia lachen mussten. Danach arbeitete Agnes zwar vorsichtiger, trotzdem riss sie den Teig noch zwei Mal ein, bis er schließlich bis zur Tischkante reichte.
Es dauerte nicht lange, dann war der Strudel im Ofen und erfüllte die Küche mit dem herrlichen Duft nach Äpfeln und Zimt. »Es riecht himmlisch«, stellte Agnes fest und atmete tief ein, während sie Apfelschalen vom Boden aufhob.
»Ja«, pflichtete ihr Claudia bei, »aber er riecht nicht halb so gut wie der von Gerda Bergstrom.«
»Woher willst du das wissen?«, fragte Sylvia.
Claudia sah sie verdutzt an. »Ich glaube, ich weiß es nicht wirklich«, antwortete sie. »Das habe ich so oft gehört, dass ich davon ausgegangen bin, dass es stimmt.«
Sylvia lachte.
»Jetzt, wo wir mit dem Strudel fertig sind, könnten wir doch losgehen und einen Baum suchen?«, fragte Agnes.
Sylvias Heiterkeit war mit einem Schlag verflogen. »Wir können nicht aus dem Haus gehen, solange der Strudel im Ofen ist. Er könnte verbrennen.«
»Wir müssen ja nicht alle gehen«, erwiderte Claudia. »Eine von uns sollte hierbleiben.«
»Um einen Baum zu holen, werden wir uns alle zusammen anstrengen müssen«, entgegnete Sylvia. »Du hast das nie gemacht, deshalb weißt du das nicht. Selbst mit einem starken Mann an deiner Seite ist es ganz schön schwer, einen Baum auf den Schlitten zu hieven.«
Agnes zuckte die Schultern. »Dann holen wir einen

kleineren Baum. Ohne Christbaum können wir doch nicht Weihnachten feiern.«

Sylvia dachte an die vier Weihnachtsfeste nach ihrer Hochzeit zurück, die vier Mal, als sie und James in den Wald hinausgegangen waren, um den perfekten Baum zu suchen.

Keiner dieser späteren Ausflüge war so dramatisch verlaufen wie der erste, aber jeder war irgendwie unvergesslich. Jeder brachte ihnen Erkenntnisse über ihre Ehe – wie sie zusammenarbeiteten, wie sie Entscheidungen trafen, sich gegenseitig Respekt zollten, unterschiedlicher Meinung waren – über Facetten ihrer Beziehung, die schon immer vorhanden gewesen waren, jetzt aber an die Oberfläche traten und von ihnen mit Freude akzeptiert wurden oder zu dem Entschluss führten, etwas zu verändern. Weil sie seit ihrer Hochzeit an jedem Heiligabend so viel mit James geteilt hatte, konnte sie den Gedanken nicht ertragen, dass eine andere Person seinen Platz neben ihr einnahm, nicht einmal ihre Schwester.

»Es ist eine Bergstrom-Familientradition, dass das Paar, das zuletzt geheiratet hat, den Baum auswählt«, stellte Sylvia fest. »James ist nicht da, ich kann allein keinen Baum holen, und ich will mit niemandem sonst gehen. Ich bin zu dem Schluss gekommen, dass wir dieses Jahr lieber keinen Baum haben, als mit der Familientradition zu brechen.«

Claudia starrte sie an. »Du bist also der Meinung, dass das Paar beziehungsweise in diesem Fall die Braut, die zuletzt geheiratet hat, entscheiden sollte, ob wir einen Baum holen?«

»Genau.«

»Das klingt meiner Meinung nach vernünftig.«

»Gut«, sagte Sylvia und war überrascht, dass ihre Schwester sich so schnell geschlagen gegeben hatte.
Mit einem triumphierenden Grinsen wandte sich Claudia an Agnes. »Es ist also deine Entscheidung. Sollen wir dieses Jahr einen Baum aufstellen oder nicht?«
Entsetzt fuhr Sylvia herum und sah Agnes an. Sie hatte es vergessen. Das Eingeständnis fiel ihr unglaublich schwer, aber manchmal vergaß sie schlichtweg, dass Richard geheiratet hatte und Agnes mehr als nur eine Besucherin war.
»Wenn ich entscheiden darf ...« Agnes wich Sylvias Blick aus. »Ich hätte gern einen Baum.«
Claudias Lächeln wurde noch breiter, und ihre Zufriedenheit feuerte Sylvias Wut noch zusätzlich an. »Den müsst ihr selbst holen«, sagte sie und ging ins Wohnzimmer, um an ihrem Weihnachtsquilt zu nähen.
Sie hörte, dass sie sich an der Hintertür anzogen, um in den Schnee hinauszugehen, aber sie stand nicht auf. Sie arbeitete an dem Weihnachtsquilt und legte nur kurz eine Pause ein, um den Strudel, der inzwischen perfekt goldbraun gebacken war, aus dem Ofen zu holen und das Mittagessen für ihren Vater zuzubereiten. Sie stellte eine Suppentasse, ein paar Cracker und einen Becher heißen Tee mit Zitrone und Honig auf ein Tablett und trug es in die Bibliothek hinauf, wo ihr Vater in einem Lehnstuhl vor dem Kamin saß und las, in einen blauweißen Quilt mit Ocean Waves gewickelt, den ihre Mutter vor langer Zeit genäht hatte.
»Es ist Zeit fürs Mittagessen«, verkündete sie. »Hühnersuppe mit Nudeln und Tee mit Honig.«
»Besser als jede Medizin.« Das Buch in der Hand und den Quilt um sich haltend, kam er zu ihr an den großen Eichenschreibtisch und setzte sich in den Ledersessel, als

sie das Tablett vor ihn abstellte. »Was macht ihr Mädchen da unten? Ich dachte, ich hätte die Hintertür aufgehen gehört.«
»Claudia und Agnes sind fortgegangen, um einen Baum zu holen.« Sylvia räumte einen Stapel Geschäftspapiere zur Seite und schob die Suppentasse näher zu ihm heran.
»Ach, wirklich?« Ihr Vater strahlte. »Das ist eine gute Idee. Ich dachte schon, ihr Mädels wolltet dieses Jahr keinen Baum.«
»Agnes ist ganz wild darauf.«
»Braucht ihr meine Hilfe, um ihn in den Ständer zu stellen?«
»Wir schaffen das schon, Vater. Danke.«
»Quatsch.« Ein heiserer Hustenanfall schüttelte ihn. »Mir geht es gut.«
»Ach ja, das sehe ich. Du gehörst ins Bett.« Als er sie warnend ansah, hob sie die Hände. »Schon gut. Du bist auf dem Weg der Besserung. Ich werde mit dir nicht streiten.«
»Du bist diejenige, die ins Bett gehört«, stellte er fest und nickte in Richtung ihres Bauchs.
»Das ist nun wirklich Quatsch«, sagte Sylvia und tat seinen Rat mit einem Lächeln ab. »Ich sage dir, wenn der Baum aufgestellt ist, dann kannst du beim Schmücken helfen.«
Schon bald, nachdem sie zu ihrem Quilt zurückgekehrt war, hörte sie, dass die Hintertür aufging. Kurz darauf stand Claudia, noch immer in Mantel und Stiefeln, in der Tür zum Wohnzimmer. »Sylvia«, sagte sie nach Luft japsend, »ich brauche deine Hilfe.«
Alarmiert, hievte sich Sylvia mühsam auf die Beine. »Was ist los? Ist Agnes verletzt?«
»Nein, aber sie ist – ich kann es nicht erklären. Komm einfach mit.«

Schnell schlüpfte Sylvia, da sie nicht mehr in ihren Mantel passte, in ein paar alte Wintersachen von James und folgte ihrer Schwester ins Freie hinaus. Sie trotteten durch den Schnee auf den großen Kiefernwald zu und folgten der schmalen Spur, die Claudia und Agnes zuvor gebahnt hatten.

Sie waren nicht weit gekommen. Noch immer in Sichtweite des Hauses konnte Sylvia durch die kahlen Ulmen Agnes' Mantel mit der Kapuze auf der anderen Seite des Baches ausmachen. Die junge Frau stand wie angewurzelt da und starrte in die Äste einer Frazier Tanne hinauf. Der Baum war dicht und groß, und als sie näher kamen, verstand Sylvia, warum Agnes sich diesen ausgesucht hatte.

»Was ist los?«, fragte Sylvia leise. »Hat sie Angst, sich mit der Axt zu verletzen? Soll ich es machen?«

»Das kannst du gern versuchen, wenn sie dich lässt.«

Als sie bei Agnes ankamen, wurde Sylvia klar, dass die Aufgeregtheit ihrer Schwester Verzweiflung, nicht etwa Angst war. »Agnes?«, fragte sie vorsichtig. »Stimmt mit dem Baum etwas nicht?«

»Nein.« Agnes starrte mit einem Gesichtsausdruck hinauf, der nicht zu interpretieren war. »Er ist perfekt.«

Sylvia sah sich nach der Axt um und entdeckte sie auf dem Schlitten. »Dann fällen wir ihn und bringen ihn ins Haus.«

»Nein!« Agnes packte Sylvia am Ärmel, bevor sie nach der Axt greifen konnte. »Siehst du nicht? Da oben ist ein Vogelnest!«

Sie deutete hinauf, und Sylvia folgte der beschriebnen Linie bis zu einer Stelle knapp oberhalb der Baummitte. Nach kurzem Suchen konnte sie zwischen den Tannenzweigen ein Nest aus Reisig, braunen Blättern und Stroh erkennen.

»Ich habe ihr gesagt, dass es verlassen ist«, erklärte Claudia. »Alle Vögel sind über den Winter nach Süden geflogen.«

»Nicht alle«, entgegnete Agnes. »Manche Meisen fliegen nicht fort. Auch Eulen und Spechte nicht.«

»Was für eine Vogelart hat dieses Nest gebaut?«, wollte Sylvia wissen.

Agnes zögerte. »Ich weiß nicht.«

»Dann hat es höchstwahrscheinlich einer Wanderdrossel gehört, die schon vor Monaten in wärmere Gefilde aufgebrochen ist.« Claudia schüttelte den Kopf. »Es ist fast sicher, dass das Nest verlassen ist.«

»*Fast* sicher«, sagte Agnes. »Ich will das Zuhause eines Lebewesens nicht zerstören, wenn wir es nicht genauer wissen. Und selbst wenn das ein Zugvogel ist, was denkt er wohl, wenn er im Frühling wieder zurückkehrt und feststellt, dass sein Zuhause verschwunden ist?«

Sylvia hatte noch nie viele Gedanken darauf verschwendet, was und ob Vögel überhaupt dachten. »Vielleicht wäre der Vogel froh, wenn er einen Vorwand hätte, sich ein schönes neues Nest in einem Baum tiefer im Wald zu bauen.«

Agnes sah sie ungläubig an. »Würdest du so denken? Meinst du, die Männer würden so denken, wenn sie vom Krieg zurückkämen und feststellten, dass wir Elm Creek Manor abgerissen hätten und ins ehemalige Farmhaus der Nelsons gezogen wären, weil das näher zur Stadt steht?«

Claudia hob die Hände. »Das ist dermaßen idiotisch, dass es gar nicht in Worte zu fassen ist.«

Agnes, die verletzt wirkte und den Tränen nahe war, richtete den Blick wieder auf den Baum. Sylvia sah, dass sie sich innen in die Wange biss, um nicht loszuweinen.

»Ich weiß eine Lösung«, sagte sie vorsichtig. »Warum wählen wir nicht einen anderen Baum aus, einen, in dem kein Nest ist?«
»Nein.« Agnes' angespannter Kiefer zeigte deutlich, dass sie fest entschlossen war. »Der muss es sein. Ich wusste es schon in dem Augenblick, als ich ihn gesehen habe.«
»Aber ...« Sylvia warf Claudia einen hilflosen Blick zu, doch Claudia schüttelte nur den Kopf. »Wir haben hier so viele Bäume, und du hast gar nicht lange gesucht. Ich bin mir sicher, dass du einen Baum findest, der genauso schön ist.«
»Nein, das werde ich nicht. Ich bin nicht losgegangen, um einen akzeptablen Baum oder den günstigsten zu suchen. Ich bin losgegangen, um den richtigen zu finden, und das habe ich. Das ist derjenige, den ich ausgewählt habe. Habt ihr noch nie etwas gefunden und sofort im Innersten gewusst, dass es für euch bestimmt ist?«
Das hatte Sylvia einmal. Sie seufzte. »Na ja, du hast ihn gefunden, aber du kannst ihn nicht haben.«
»Das weiß ich«, antwortete Agnes.
Sylvia überlegte einen Augenblick. »Wir könnten das Nest in einen anderen Baum setzen.«
»In deinem Zustand kletterst du auf keinen Baum«, sagte Claudia. »Das kann Agnes machen.«
»Ich weiß nicht, wie man auf Bäume klettert«, räumte Agnes ein. »In der Stadt hat man dazu nicht viele Gelegenheiten.«
»Für ein Mädchen, das noch nie auf einen Baum geklettert ist, weißt du aber über die Gewohnheiten der Zugvögel von Pennsylvania gut Bescheid.«
»Hört auf, euch zu streiten«, befahl Sylvia. »Ich versuche nachzudenken.« Claudia hatte recht, wenn sie sagte, dass Agnes unvernünftig war, aber Sylvia hatte noch nie erlebt,

dass sich die jüngere Frau auf die Hinterbeine gestellt hatte, und sie musste zugeben, dass das eine Veränderung war, die ihr gefiel. Außerdem spürte sie, dass etwas anderes der eigentliche Grund für die Beharrlichkeit von Agnes war. Irgendwie bestand in den Gedanken der jungen Frau ein Zusammenhang zwischen dem Schicksal des abwesenden Vogels, dem ihrer Männer in Übersee und ihrer Verbannung aus ihrem Elternhaus, und obwohl Sylvia es nicht ganz verstand, suchte sie nach einer Lösung, die Agnes ihren Seelenfrieden zurückbringen und die Familie zufriedenstellen würde.

Ein leichter Windstoß fuhr zwischen den Bäumen hindurch und blies etwas Schnee auf den Pelzmantel von Agnes. Die winzigen Kristalle glitzerten wie Diamanten in der Mittagssonne.

Plötzlich fiel es ihr ein. »Lasst uns den Baum doch einfach hier draußen schmücken.«

Die anderen starrten sie an, Claudia verwirrt, Agnes hoffnungsvoll. »Hier draußen?«, wiederholte Claudia.

»Ja, warum denn nicht? Man sieht ihn vom Haus aus. Wir können ihn von den Fenstern des Ballsaals aus bewundern.«

Claudia war sprachlos. »Mitten im Winter sollen wir Baumschmuck, der seit Generationen in Familienbesitz ist, an einen Baum im Freien hängen?«

»Das ist ja nicht nötig«, erklärte Agnes. »Wir haben schon Popcorn und Preiselbeeren und Nüsse aufgefädelt. Damit können wir den Baum schmücken ...«

»Und Äpfel, damit es ein bisschen bunter wird«, fügte Sylvia hinzu.

»Und Kerzen ...«

»Ach ja, unbedingt«, fiel ihr Claudia ins Wort. »Was wäre Weihnachten ohne einen ordentlichen Waldbrand?«

»Gut, dann vergiss die Kerzen.« Agnes strahlte Sylvia an. »Hilfst du mir?«
Sylvia lächelte. »Natürlich.«
Sobald Claudia erkannte, dass die beiden wild entschlossen waren, fand sie sich mit Agnes' Wahl ab und wollte beim Schmücken des Baums nicht ausgeschlossen sein. Sie gingen zum Haus zurück, um die Äpfel und Girlanden aus Popcorn, Preiselbeeren und Nüssen zu holen, die sie um die Frazier Tanne wanden, indem sie das eine Ende der Fäden in die höchsten Zweige warfen, die sie erreichen konnten, und sie dann abwickelten, während sie um den Baum gingen. Mit Schnurstücken befestigten sie die Äpfel an ihren Stängeln an den Enden der Zweige, die sich unter ihrem Gewicht leicht senkten. Inspiriert, schickte Sylvia Agnes ins Haus zurück, damit sie Plätzchenausstecher holte, die sie benutzten, um Sterne und Kreise aus verharschtem Schnee auszustechen, gefrorene Figuren, die sie wie Baumschmuck auf die Zweige legten. Claudia erwies sich dabei als besonders geschickt. Bald amüsierte sie sich genauso wie die anderen und stimmte ein paar Weihnachtslieder an, von denen sie einige selbst getextet hatte.
»Don't sit under the Christmas tree, with anyone else but me«, sang Claudia, und die anderen brachen in Gelächter aus.
Sie tat, als wäre sie beleidigt. »Lacht nicht. Ich komponiere einen Weihnachtsklassiker.«
»Ich bin sicher, Glenn Miller kann es kaum erwarten, ihn aufzunehmen«, sagte Sylvia.
Als sie fertig waren, traten sie ein paar Schritte zurück, um ihre Arbeit zu bewundern. Agnes strahlte glücklich, und Claudia räumte ein, dass ihr Baum auf seine Weise schön war. »Jedenfalls ist er einzigartig«, pflichtete ihr

Sylvia bei, und die Frauen hakten sich unter, als sie durch den Schnee zum Haus zurücktrotteten und den Schlitten hinter sich herzogen.

Am nächsten Morgen ging es Sylvias Vater so gut, dass er die Frauen in die Kirche begleiten konnte. Die Stimmung der Gemeinde war eher gedämpft als feierlich, eher sehnsuchtsvoll als freudig. Sylvia wusste, dass fast jeder der hier Versammelten sich nach einem Bruder, Vater, Ehemann oder Sohn in Übersee sehnte oder um einen im Krieg Gefallenen trauerte.

Selbst der Pastor hatte einen Bruder, der in Frankreich diente, und in seiner Predigt sprach er von den Männern, die sie alle vermissten, und wie sehr sie sich nach Frieden sehnten.

»Wir dürfen nicht verzweifeln«, sagte der Pastor. »Wir müssen Vertrauen in Gott haben, der uns liebt und uns nicht im Stich lässt. Obwohl viel zu viele von uns goldene Sterne auf die Kirchenfahnen genäht haben, die draußen vor unseren Fenstern flattern, obwohl so viele von uns trauern, dürfen wir nicht glauben, dass Gott uns nicht mehr liebt. Er hat uns nicht vergessen. In schwachen Momenten fürchten wir vielleicht, allein zu sein, aber wir dürfen nie vergessen, dass Gott uns das Licht seiner Liebe und Gnade geschenkt hat. Das Licht leuchtet in der Finsternis, und die Finsternis wird nicht obsiegen.

Das Weihnachtswunder besteht darin, dass Gott, indem er uns seinen einzigen Sohn gesandt hat, dessen Geburt wir heute Morgen feiern, ein Licht in der Finsternis, in die die Erde getaucht war, entzündet hat – ein Licht, das weiter hell leuchten und nie erlöschen wird. Heute, meine lieben Brüder und Schwestern, sind wir von Finsternis umgeben – von der Finsternis des Krieges, der Tyrannei, der Unterdrückung, der Einsamkeit und des

Bösen auf der Welt. Heute, da der Weltkrieg tobt, scheint wirklich tiefe Düsternis zu herrschen, aber wir dürfen nicht vergessen, dass Jesus Christus das Licht des Friedens, der Hoffnung und der Versöhnung in die Welt gebracht hat und keine Finsternis es je erlöschen wird. Jeder von uns muss Licht in die Welt tragen, damit die Dunkelheit nicht die Oberhand gewinnt.«

Von seinen mitreißenden Worten fasziniert, spürte Sylvia, die mit wehem Herzen an ihren Mann dachte, dass sie gegen Tränen der Trauer und Angst anzukämpfen hatte. Sie wusste nicht, wie sie es ertragen könnte, falls James und Richard nicht zu ihr zurückkehren sollten. Sie wusste, dass sie es nicht verkraften würde. Verzweifelt wünschte sie sich, das Licht, von dem der Pastor gesprochen hatte, würde die Finsternis ihres Lebens erhellen, aber sie hatte so große Angst, fühlte sich so allein. Die Dunkelheit, die sie umgab, war so undurchdringlich, dass sie befürchtete, kein Licht könnte sie erhellen.

Im Stillen flehte sie Gott um Gnade an, um den Trost, den nur er spenden konnte.

Eine Hand – Claudias – ergriff die ihre, und sie streckte die andere Hand nach Agnes aus, und dann begriff Sylvia. Sie alle waren allein und verängstigt. Sie mussten füreinander das Licht sein.

Bis zum Ende des Gottesdienstes hielten sich die drei Bergstrom-Schwestern fest bei der Hand. Auch noch, als sie sich erhoben, um das Schlusslied zu singen. Während die letzten Töne des Gesangs verklangen, spürte Sylvia, wie Frieden ihr Herz erfüllte, und sie flüsterte ein Dankgebet, dass sie ihre beiden Schwestern hatte. Sie würden einander stützen, was auch kommen, welche Finsternis sie auch bedrohen mochte.

Zu Hause nahm die Familie das Frühstück ein – den berühmten Bergstrom-Strudel und Kaffee, und versammelte sich dann im Ballsaal für die Bescherung. Sylvia stiegen Tränen in die Augen, als sie das Geschenk von Agnes auspackte – ein schön im Samenmuster gestricktes Mützchen, eine Babydecke und Schühchen, alles zart blau-rosa gestreift.

»Wo in aller Welt hast du denn das Garn her?«, fragte Sylvia und betastete die kostbaren Stücke.

»Ich habe im Speicher eine abgenutzte Babygarnitur gefunden«, gestand Agnes. »Die Decke war von Motten zerfressen, aber ich habe sie gründlich gewaschen, und der größte Teil des Garns war noch zu gebrauchen. Mir wäre es lieber, ich könnte sagen, dass das Garn neu ist.«

»Quatsch«, erwiderte Sylvia. »Es ist so gut wie neu. Besser noch. Es hat eine Familiengeschichte.«

Agnes war so erfreut, dass sie errötete.

Später, als die Geschenke ausgepackt und bewundert waren, lasen die Frauen laut aus den Briefen ihrer Männer vor, die sie für diesen Anlass aufbewahrt hatten, damit sie das Gefühl haben konnten, die Familie sei am Weihnachtstag endlich wieder vereint. Sylvia hatte ihre ganze Willenskraft zusammennehmen müssen, um den Brief von James nicht gleich aufzureißen, als er vor einer Woche eintraf, aber jetzt war sie dankbar, dass sie Claudias Vorschlag zugestimmt hatte. Den Männern war ein warmes Weihnachtsessen anstatt der üblichen Rationen versprochen worden, schrieb James. Gefüllter Truthahn, Preiselbeersauce, Kartoffelpüree, grüne Bohnen und zum Nachtisch Apfelkuchen. Es würde mit Gerda Bergstroms Essen natürlich nicht zu vergleichen sein, aber für die Männer, die sich nach etwas sehnten, was wie daheim schmeckte, würde es wie ein königliches Mahl sein.

Harold berichtete von einem leichten Fall von Ruhr. Richard lernte, einen Panzer zu fahren. Andrew hatte ihnen allen einen Brief geschickt, in dem er ihnen für die Fotos der jungen Frauen auf der hinteren Treppe des Hauses dankte. »Ich habe keinen Schatz, dem ich nach Hause schreiben könnte«, gestand er, »deshalb freue ich mich über eure Briefe ganz besonders.« Er versprach, auf Richard aufzupassen, und dankte Sylvias Vater für die Erinnerung an das schönste Weihnachtsfest, das er je erlebt hatte, was, wie er sagte, ihn an diesem Weihnachtsfest in der Hitze des Südpazifiks, fern der verschneiten heimatlichen Wälder und Felder, trösten würde.

Sylvias Vater räusperte sich mehrmals, als der letzte Brief vorgelesen wurde, und als Agnes fertig war, trat er allein ans Fenster und starrte zum grauen Himmel hinaus, der weiteren Schneefall versprach. Sylvia wünschte sich, sie hätten noch mehr Briefe erhalten. Cousine Elizabeth hatte nun zum dritten oder vierten Mal hintereinander nicht geschrieben. Sylvia verlor allmählich den Überblick.

Aber sie wusste, dass das, wonach sich ihr Vater am meisten sehnte, nicht in Erfüllung gehen würde: Dass sein Sohn in diesem Augenblick durch die Tür kam, dass seine Frau neben ihm stand und seine Hand hielt, dass sein Bruder Scherze machen und die Kinder necken würde, und dass seine Großtante Lucinda und seine Mutter in ihren Sesseln neben dem Kamin thronten.

»Sylvia«, sagte er plötzlich und machte ihr ein Zeichen. »Komm und schau dir das an!«

Sie ging zu ihm und blickte aus dem Fenster. Unmittelbar hinter den Ulmen auf der anderen Seite des Bachs sah sie Agnes' Christbaum, einfach, aber schön geschmückt. Als sie genauer hinschaute, bemerkte sie, dass sich dort etwas bewegte, und mit einem Mal tauchte aus dem Wald eine Hirschkuh mit ihrem Kitz auf und bahnte sich vorsichtig den Weg durch den verharschten Schnee. Sie näherten sich dem Christbaum, und die Hirschkuh reckte sich, um an einer Popcorngirlande zu knabbern. Vorsichtig biss ihr Kitz in einen Apfel.

Sylvia lächelte breit, als hektische Bewegungen die Ankunft eines Meisenschwarms ankündigte. Bald schlossen sich andere Vögel dem Festmahl an, aber auch Eichhörnchen, die sich eifrig am Popcorn, den Äpfeln und Nüssen am Christbaum gütlich taten.

Claudia und Agnes kamen, um zu sehen, was sie so faszinierte.

»Unser Baum«, jammerte Claudia, als sie begriff, was da vor sich ging, aber Agnes lachte laut auf.

»Ich wusste doch gleich, dass das Nest nicht verlassen war!«, rief sie aus. »Ich wusste, dass in dem Baum noch jemand wohnt.«

»Wenn nicht zuvor, dann bestimmt jetzt«, stellte Sylvia fest, und ihr Vater kicherte.

»Wir sollten das zu einer neuen Tradition machen«, sagte Agnes, während sie dem Festmahl zusahen. »Jedes Jahr sollten wir einen Baum für uns hereinholen, und diesen für die Tiere schmücken.«

Amüsiert fragte Sylvia: »Was ist, wenn Richard nächstes Jahr diesen Baum fällen und ins Haus bringen will?«

»Das werde ich ihm schon ausreden«, erklärte Agnes, ohne eine Sekunde zu zögern.

»Nächstes Jahr werden wir wieder alle zusammen sein«, sagte Claudia mit solcher Entschlossenheit, dass sich einen Augenblick alle ihrer Überzeugung anschlossen. »Nächstes Jahr wird der Krieg vorbei und die Männer werden wieder zu Hause sein.«

Und Claudia und Harold könnten die Frischvermählten sein, überlegte Sylvia. Dann wären sie an der Reihe, den Baum auszuwählen. Ihr Neffe oder ihre Nichte würde sein oder ihr erstes Weihnachtsfest erleben, und so Gott wollte, würden im Laufe der Jahre noch viele Cousins hinzukommen und das Haus wieder mit Liebe und Lachen erfüllen.

Lass das unser Weihnachtswunder sein, betete Sylvia und blickte aus dem Fenster, während die wilden Tiere von Elm Creek Manor ein unerwartetes Weihnachtsmahl genossen und wieder leichter Schneefall einsetzte.

5

Sylvia bewahrte sich die Weihnachtsfreude bis ins neue Jahr in ihrem Herzen, und sie half ihr über die letzten schweren Kriegsmonate hinweg.
Aber zu den zukünftigen Weihnachtsfesten mit Mann und Kind, für die sie gebetet hatte, sollte es nicht kommen. Von den vier Männern, nach deren Rückkehr sie sich sehnten, kehrten nur Andrew und Harold nach Hause zurück.
Ein paar Monate nach Weihnachten starb James bei dem Versuch, Richard das Leben zu retten – entschlossen, ihn wie versprochen bis zum Ende zu beschützen.
Der Schock auf diese Nachricht löste bei Sylvia vorzeitige Wehen aus. Ihre zu früh geborene Tochter rang drei Tage um ihr Leben, verlor den Kampf jedoch.
Am Boden zerstört, halb wahnsinnig vor Kummer, konnte sich Sylvia kaum erinnern, was danach geschehen war. Als blicke sie durch einen Nebel der Trauer, sah sie sich weinend in dem Krankenhausbett liegen, den kleinen, leblosen Körper ihres Babys in den Armen. Sie erinnerte sich, dass sie die Ärzte angefleht hatte, sie zu entlassen, damit sie an der Beerdigung ihres Vaters teilnehmen konnte, der durch den Schock all dieser Verluste einem Schlaganfall erlegen war.
Schließlich wurde Sylvia aus dem Krankenhaus entlassen

und nach Hause geschickt. Wochenlang hatte sie das Gefühl, als sei die Welt in eine dicke Watteschicht gehüllt. Die Geräusche waren undeutlicher. Farben waren gedämpfter. Alles schien sich langsamer zu bewegen.
Nach und nach verschwand die Benommenheit, die sie erfasst hatte, und machte schier unerträglichem Schmerz Platz. Ihr geliebter James war tot, und sie wusste noch immer nicht, wie er ums Leben gekommen war. Ihre Tochter war tot. Sie würde sie nie mehr in den Armen halten können. Ihr lieber kleiner Bruder war tot. Ihr Vater war tot. Unaufhörlich musste sie daran denken, bis sie glaubte, sie würde noch verrückt werden.
Ein paar wenige Mitglieder der Waterford Quilting Guild kamen vorbei, um Sylvia ihr Beileid auszusprechen und zu fragen, ob sie möglicherweise irgendetwas tun könnten, aber Sylvia weigerte sich, sie zu empfangen. Schließlich stellten sie ihre Besuche ganz ein.
Der Krieg endete. Harold kehrte nach Elm Creek Manor zurück – dünner und ernster, ein fahler Schatten seiner selbst. Vielleicht der Ablenkung wegen oder um zur Normalität zurückzufinden, stürzte sich Claudia auf die Planung ihrer Hochzeit. Als ihre Brautführerin wurde von Sylvia erwartet, dass sie sich daran beteiligte, doch obwohl sie sich bemühte, konnte sie dafür keinerlei Interesse entwickeln und hatte Schwierigkeiten, sich an die Details der Aufgaben zu erinnern, mit welchen Claudia sie betraut hatte.
Eines Tages, ein paar Wochen vor der Hochzeit, stattete ihnen Andrew einen Überraschungsbesuch auf dem Weg von Philadelphia nach Detroit ab, wo er eine neue Anstellung antreten wollte. Sylvia war froh, ihn zu sehen. Er hinkte neuerdings und saß steif auf seinem Stuhl, als sei er noch immer bei der Armee, und obwohl er zu allen

anderen freundlich war, hatte er für Harold, der Andrew aus dem Weg zu gehen schien, kaum ein nettes Wort übrig. Sylvia fand das komisch, da sie immer gehört hatte, dass Kriegsveteranen beinahe wie Brüder miteinander verbunden seien. Vielleicht weckte die Begegnung ja Erinnerungen an den Krieg, die noch zu schwer zu ertragen waren.

An diesem Abend traf Andrew Sylvia nach dem Essen allein in der Bibliothek an. Als er Sylvia bei der Hand nahm und sie zum Sofa hinüberführte, zitterte er vor Anstrengung, seine Wut und seine Trauer zu beherrschen. Von einem Kliff, von dem man den Strand, auf dem ihre Lieben gestorben waren, überblicken konnte, hatte er alles beobachtet. Er war Zeuge des Ganzen gewesen, hatte ihnen aber nicht helfen können. Er bot ihr an, ihr zu erzählen, wie ihr Bruder und ihr Mann ums Leben gekommen waren, warnte sie jedoch, dass die Wahrheit ihr kein Trost sein würde. Er wollte sie gern schonen, wusste aber nicht, wie sie reagieren würde.

Ohne die Konsequenzen zu bedenken, sagte Sylvia, er solle ihr erzählen, was er gesehen hatte. Stockend, weil ihm jedes Wort schwerfiel, beschrieb er, wie Richard unter Beschuss der eigenen Leute geraten war, wie James losgerannt war, um ihn zu retten, und dass er es hätte schaffen können, wäre ihm nur ein weiterer Mann zu Hilfe gekommen. Dass Harold sich aber lieber versteckt hatte, als sein Leben aufs Spiel zu setzen. Dass Andrew den steilen Abhang direkt hinunter und zum Strand gerannt war, auf dem seine Freunde im Sterben lagen, wohlwissend, dass er niemals rechtzeitig zu ihnen gelangen würde.

»Es tut mir so leid, Sylvia«, sagte Andrew, und ihm versagte die Stimme. »Er hat mich gerettet, als wir Kinder waren, aber ich konnte ihn nicht retten. Es tut mir so leid.«

Sylvia hielt ihn in den Armen, als er weinte, aber sie fand keine Worte, um ihn zu trösten.

Am nächsten Morgen reiste Andrew von Elm Creek Manor ab. Während die Tage vergingen und die Hochzeitsvorbereitungen weiter vorangetrieben wurden, grübelte Sylvia in stiller Wut vor sich hin. Schließlich konnte sie nicht mehr länger schweigen. Ihre Schwester musste die Wahrheit über den Mann erfahren, den sie heiraten wollte.

Aber Sylvia war schockiert und entsetzt, als Claudia die Wahrheit abstritt und Sylvia vorwarf, ihre Anschuldigungen seien lediglich durch Eifersucht begründet, weil Harold zurückgekehrt war, James dagegen nicht. Von diesem unerwarteten Verrat schwer getroffen, verließ Sylvia Elm Creek Manor noch am selben Tag, weil sie den Anblick des Mannes, der zugelassen hatte, dass ihr Mann und ihr Bruder starben, einfach nicht ertragen konnte, weil sie nicht mit einer Schwester zusammenleben konnte, die eine gemeine Lüge der Wahrheit vorzog. Sie packte alles, was sie tragen konnte, in zwei Koffer – Fotos, Briefe von Richard und James, den Nähkorb, den sie an jenem letzten Weihnachtsfest vor dem Tod ihrer Mutter geschenkt bekommen hatte. Alles andere ließ sie zurück – die geliebten Schätze aus der Kindheit, Lieblingsbücher, unvollendete Projekte und den Weihnachtsquilt. Alles, bis auf Erinnerungen und Trauer.

Sie wollte nie mehr zurückkommen.

Als sie fünfzig Jahre später die Nachricht erhielt, dass Claudia gestorben war, versuchte sie, einen anderen Erben für das Haus ausfindig zu machen – einen entfernten Verwandten, den sie nie kennengelernt hatte, egal wen. Sie engagierte sogar einen Privatdetektiv, aber seine Nachforschungen führten schnell ins Leere – so schnell, dass sie hin und wieder den Verdacht hegte, er habe nicht so gründlich nachgeforscht, wie es sein Honorar verdient hätte. Doch da sie niemanden hatte, dem sie die Last aufbürden konnte, kehrte sie als die einzige Erbin des Bergstrom-Besitzes nach Elm Creek Manor zurück.

Und hier würde sie bis ans Ende ihrer Tage leben und sich nun, dank Sarah und Matt McClure, nicht mehr von Bedauern verzehren. Sie würde sich immer nach dem, was hätte sein können, sehnen, aber sie würde das Schöne, das ihr so spät im Leben gewährt wurde, dankbar annehmen.

Wäre nur Claudia bei ihr, um es mit ihr zu teilen!

Sie hörte, dass die Hintertür aufging und Sarah und Matt lachend hereinkamen. »Wir haben einen Baum gefunden!«, rief Matt.

Sylvia stand auf und ging zu ihnen.

Beim hinteren Eingang lag eine knapp zwei Meter große Blautanne auf dem Boden. »Was hältst du davon?«, fragte Sarah, während sie und Matt aus ihren Mänteln und Stiefeln schlüpften.

»Liegend sieht er nicht besonders aus«, stellte Sylvia fest. Sie warf einen Blick auf ihre Uhr. Sie hatten respektable anderthalb Stunden gebraucht, um den Baum zu holen. Das sprach für das Paar – genau genommen mehr, als sie erwartet hatte. Sie hatten offenbar keine Zeit mit Streitereien verplempert, noch waren sie unentschlossen gewesen und hatten aus Angst, den anderen zu verletzen, mit ihrer Meinung hinter dem Berg gehalten. Aber sie waren auch nicht zu schnell wiedergekommen, was darauf hingewiesen hätte, dass nur einer den Baum aus-

gesucht hatte und der andere nicht bereit gewesen war, eine Alternative vorzuschlagen. Oder dass dessen Meinung einfach ignoriert wurde. Falls ein Mann und eine Frau bei einer so einfachen Aufgabe wie der Wahl des Christbaums nicht zusammenarbeiten konnten, dann war das für die wichtigen Entscheidungen, die sie in ihrem gemeinsamen Leben zu treffen hatten, kein gutes Zeichen.
Sylvia dachte, dass Sarah und Matt gut miteinander auskommen würden.
»Sollen wir ihn im Wohnzimmer im Westflügel aufstellen?«, fragte Sarah. »Das hat noch Zeit«, antwortete Sylvia. »Zuerst muss ich jemandem, den ich zu lange vernachlässigt habe, einen Besuch abstatten, und es wäre mir lieb, einer von euch würde mich fahren.«

Sylvia saß auf dem Beifahrersitz von Sarah und Matts rotem Pick-up, den Kranz aus Tannenzapfen im Schoß, den sie damals mit ihrer Mutter gemacht hatte. Sie fuhren an der alten roten Scheune vorbei, die Hans Bergstrom einst an den Hang gebaut hatte, um die Kurve und dann am Rand des Obstgartens entlang den Hügel hinunter. Als sie in den Wald kamen, wurde die unbefestigte Straße schmaler, das Auto holperte und schaukelte über die Schlaglöcher, bis sie nach einem Kilometer wieder herausfuhren und dann nach links auf die geteerte Staatsstraße einbogen, die nach Waterford führte.
»Würde es dir etwas ausmachen, mir zu sagen, wo wir eigentlich hinfahren?«, fragte Sarah. »Oder ist das eine Überraschung?«
Sylvia deutete auf die Straße. »Fahr nur einfach weiter Richtung Stadt.«
Sarah zuckte die Schultern und tat, wie ihr geheißen.

Als sie weiter nach Norden fuhren, machte die ländliche Landschaft geplanten Wohnvierteln Platz, die während Sylvias Abwesenheit auf dem Farmland entstanden waren, dann kamen ein paar Einkaufsstraßen, die genauso aussahen wie jede andere Einkaufsstraße in den städtischeren Gegenden Pennsylvanias. Näher im Stadtzentrum waren die Gebäude älter und charaktervoller, doch die meisten der Geschäfte, in denen Sylvia als junge Frau eingekauft hatte, waren durch schicke Boutiquen, Restaurants und Bars ersetzt worden, in denen die Studenten und das Lehrpersonal des Waterford College verkehrten.

»Bieg hier ab«, sagte Sylvia, als sie sich der Church Street näherten.

Einen Block vom Stadtzentrum entfernt bat Sylvia Sarah, auf dem Parkplatz vor der Kirche anzuhalten. Während Sylvia durch die Windschutzscheibe zu dem kleinen, von einem niedrigen gusseisernen Zaun umschlossenen Friedhof blickte, fragte Sarah: »Soll ich mitkommen?«

Sylvia riss sich aus ihren Gedanken und öffnete den Sicherheitsgurt. »Nein, meine Liebe«, antwortete sie. »Ich brauche ein paar Worte unter vier Augen.«

Vorsichtig ging sie, den Kranz in der Hand, über den Parkplatz und durch das Tor in den Friedhof hinein. Auf den Gehwegen war ebenso wie auf dem Parkplatz der Schnee der letzten Nacht geräumt worden, aber der Wind hatte eine dünne Schneeschicht auf die Wege geweht, und an den Fußspuren erkannte Sylvia das Verlangen der anderen Trauernden, die heute hierher gekommen waren, um den Toten die Ehre zu erweisen. Seit den 1950er-Jahren, als östlich der Stadt ein größerer Friedhof eröffnet wurde, waren nur wenige Menschen in diesem hier beerdigt worden, aber die Bergstroms besaßen ein

Familiengrab, und viele Generationen waren im Schatten des alten Kirchturms zur letzten Ruhe gebettet worden. Der Fliederbusch, den ihr Vater gepflanzt hatte, stand noch da, nun mitten im Winter kahl, aber gesund und größer, als sie ihn in Erinnerung hatte. Im Frühjahr würde der Wind die Gräber ihrer Eltern mit zarten Blüten überschütten. Sylvia blickte auf den Grabstein hinab, in den ihre Namen und Lebensdaten eingraviert waren – ihr Vater war fünfzehn Jahre nach ihrer Mutter gestorben. Sie hatten das Beste aus der ihnen gewährten Zeit gemacht, und Sylvia wünschte sich, sie wäre ihrem Beispiel gefolgt. Zu spät hatte sie begriffen, wie klug sie gewesen waren.

Stumm sprach sie ein Gebet und suchte dann nach dem Grabstein, den sie ein paar Tage nach ihrer Rückkehr nach Waterford nur einmal kurz gesehen hatte. Er war kleiner als der ihrer Eltern, lag flach auf dem Boden, und es waren nur Claudias Ehenamen sowie ihr Geburts- und ihr Sterbedatum eingraviert. Zwei Frauen der Gemeinde hatten den einfachen und bescheidenen Stein ausgewählt, und sie hatten sich entschuldigt, als sie ihn Sylvia zeigten. Claudia habe ein wenig Geld für ihre Beerdigung zur Seite gelegt, sagten sie, aber es habe nicht weit gereicht. Hätten sie gewusst, dass sie noch Familienangehörige hatte, dann hätten sie gewartet, aber so hatten sie Claudias Anweisungen bestmöglich erfüllt. Sylvia könne den Grabstein ja durch einen angemesseneren ersetzen, wenn sie wolle.

»Nein«, hatte Sylvia ihnen geantwortet. »So wollte sie es haben, und damit ist gut. Danke, dass Sie sich darum gekümmert haben.«

Und wie bei ihrem ersten Besuch vor zwei Jahren betrachtete Sylvia den Grabstein und fragte sich, warum

Claudia diese Stelle für sich ausgewählt hatte und Harold in dem neueren, größeren Friedhof hatte beisetzen lassen. Warum hatte sie nicht neben ihrem Mann bestattet werden wollen, so wie ihre Eltern? Warum war Harolds Grabstein so kahl wie der von Claudia, ohne liebevolle Inschrift, die der Welt gezeigt hätte, dass er einmal geliebt wurde?

Sylvia vermutete, dass sie den Grund kannte. Falls Claudia der Wahrheit über Harolds Rolle beim Tod von Richard und James am Ende doch Glauben geschenkt hatte, dann konnte sich Sylvia nicht vorstellen, wie sie es ertragen hatte, so lange als seine Frau zu leben. Elm Creek Manor war nicht groß genug, als dass sie sich auf Dauer hätten aus dem Weg gehen können. Sylvia wusste so wenig über Claudias Leben nach ihrer eigenen abrupten Abreise Bescheid. Agnes war noch ein paar Jahre in Elm Creek Manor geblieben, bis sie einen Geschichtsprofessor vom Waterford College geheiratet hatte, aber sie hatte Sylvia nur sehr wenig über jene Zeit erzählt, wahrscheinlich, weil sie ihr den Kummer ersparen wollte. Sylvia hatte so wenige Informationen über die Frau, zu der sich ihre Schwester entwickelt hatte – ein paar unfertige Quilts, der überwucherte Garten, der heruntergekommene Zustand des Hauses –, aber nichts, was sie selbst geschrieben hätte, kein einziges Foto. Claudia würde in Sylvias Erinnerung immer genau so bleiben wie an jenem Tag, als ihr letzter Streit Sylvia aus dem Elternhaus trieb.

Hätte Sylvia sich nur daran erinnert, wie sie an diesem letzten Weihnachtsfest im Krieg füreinander das Licht in der Finsternis gewesen waren. Hätte sie sich nur daran erinnert – und wäre nach Hause gekommen!

»Es tut mir leid«, sagte Sylvia laut. »Es tut mir leid, dass ich zu stolz war, nach Hause zurückzukehren. Es tut mir leid, dass ich nie die Chance hatte, mich bei dir zu entschuldigen. All die Jahre habe ich dich beschuldigt, mich aus dem Haus gejagt zu haben, aber das ist nicht der Grund, warum ich gegangen bin, nicht wirklich. Es liegt nicht daran, dass du Harold geheiratet hast. Es liegt nicht einmal daran, dass ich seinen Anblick nicht ertragen konnte, obwohl ich lange gebraucht habe, bis ich keinen Hass mehr für ihn empfand.«

Sylvia holte tief Luft, ihre Nasenflügel brannten wegen der Kälte, und ihr Atem kam wie eine unheimliche Nebelwolke aus ihrem Mund. »Ich bin davongerannt, weil ich Angst hatte. Ich glaubte, die tägliche Erinnerung an das Glück, das ich einst hatte und das verloren war, nicht verkraften zu können. Jetzt weiß ich, dass ich hätte bleiben sollen. Zusammen, du, ich und Agnes, hätten wir einander helfen können, unseren Kummer zu ertragen. Stattdessen bin ich fortgerannt, aber ich habe meinen Kummer mit mir genommen, und ich habe es von Anfang an bereut.«

Sie bückte sich, legte den Kranz auf Claudias Grab, und arrangierte sorgfältig das rote Samtband. Dann richtete sie sich wieder auf. »Ich wünschte ...« Sie zögerte. »Ich wünschte mir, dass du mir verziehen hast, wo immer du jetzt bist.«

Sie murmelte ein Gebet, dann drehte sie sich um und ging zu dem wartenden Auto zurück. Als sie einstieg, schenkte ihr Sarah ein aufmunterndes Lächeln, aber zum Glück belästigte sie sie nicht mit Fragen.

Wieder zu Hause, stellten Sylvia und Sarah fest, dass der Christbaum noch immer direkt beim Hintereingang auf dem Boden lag. Matt war im Wohnzimmer im Westflügel und drehte die letzten Schrauben in einen metallenen

Baumständer, den er im Laufe des Tages gekauft haben musste, weil Sylvia ihn noch nie gesehen hatte. Matt hatte Möbel zur Seite geschoben, um in der Ecke Platz für den Baum zu schaffen, hatte die Nähmaschine an die Wand gestellt und die Teile des Weihnachtsquilts ordentlich auf das Sofa gestapelt. Schachteln mit Weihnachtsschmuck standen auf dem Boden zwischen dem Couchtisch und den zwei Sesseln beim Fenster.

Matt blickte auf und lächelte, als sie eintraten. »Genau rechtzeitig«, sagte er. »Sarah, könntest du mir mit dem Baum helfen?«

Sylvia sprang zur Seite, als das junge Paar den Baum holte und ihn durch den Flur ins Wohnzimmer schleppte. Sie gab ihnen beim Aufstellen des Baums Anweisungen, und sie rückten ihn hin und her, bis er endlich ganz gerade stand. Dann schoben sie ihn in die Ecke und drehten den Ständer, bis die schönste Seite des Baums nach vorne zeigte.

Er war schön, dicht und groß und duftete.

Sylvia nickte zustimmend, als Sarah und Matt ein paar Schritte zurücktraten, um ihn besser betrachten zu können. »Ihr habt eine gute Wahl getroffen«, lobte sie die beiden. »Ich glaube, ihr habt den schönsten Baum des ganzen Waldes gefunden.«

»Da war noch einer, der uns besser gefallen hat und näher am Haus stand, zwischen dem Bach und der Scheune«, sagte Sarah. »Wir haben aber beschlossen, ihn nicht zu fällen, weil darin ein Vogelnest war.«

Sylvia schaute sie lange an. »Tatsächlich?«

»Auf mich hat das Nest verlassen gewirkt«, erzählte Matt, »aber wir haben beschlossen, es für alle Fälle an Ort und Stelle zu lassen.«

»Dafür habe ich volles Verständnis«, sagte Sylvia und in-

spizierte den Baum. »Ich sehe, dass ihr ihn hier ein bisschen stutzen musstet«, fuhr sie fort und deutete zur Spitze des Baumes, wo der durchgesägte Stamm von Zweigen verborgen war. »War er schief, oder habt ihr gemeint, der Baum wäre zu groß?«
»Wir haben nicht die Spitze abgeschlagen«, antwortete Matt. »Siehst du, wie verwittert das Holz ist? Die Spitze dieses Baums ist vor langer Zeit gefällt worden. Wir haben ihn nur um zwei Meter gekürzt.«
Sylvia starrte erst ihn, dann Sarah an. »Du meinst, dass der Baumpfleger, den du im letzten Frühling hast kommen lassen, diesen Baum gestutzt hat.«
Matt schüttelte den Kopf. »Nein, das habe ich nicht gemeint. Wenn ich vor langer Zeit sage, dann meine ich vor Jahrzehnten. Vielleicht vor vierzig oder sechzig Jahren, aber das ist nur eine grobe Schätzung.«
»Fünfundfünfzig«, murmelte Sylvia. Das war ein unglaublicher Zufall. Von all den Bäumen im Wald hatten Sarah und Matt zufällig genau jene Blautanne ausgewählt, für die sie und James sich einst entschieden hatten? Sie war einfach zu skeptisch, um das glauben zu können.
Aber woher hätten sie es wissen sollen?
Sie hatte gegen einen Anflug von Verwirrung anzukämpfen. Zufall, sagte sie sich entschlossen. Nichts weiter.
Sie hängten winzige weiße Lichterketten an den Baum, da den Kerzen aus Sylvias Kindheit das gleiche Schicksal wie anderen Gefahren beschieden war, die sie einst in ihrer Unwissenheit gedankenlos eingegangen waren. Zu den Klängen der Weihnachtslieder aus Sarahs CD-Spieler schmückten sie den Baum mit den geliebten und vertrauten Dingen aus Sylvias Jugend – den Keramikfigür-

chen aus Deutschland, den funkelnden Kristallprismen aus New York und den geschnitzten Holzengeln mit den wollenen Haaren aus Italien. Unter dem Baum baute Sarah die Krippe auf, die Sylvias Großvater einst geschnitzt hatte, während Matt Richards Nussknacker und Großmutters Spieluhr in Form eines grünen Schlittens auf den Tisch stellte. Sylvia entdeckte die Papierengel, die sie und Claudia in der Sonntagsschule gebastelt hatten, vom Alter vergilbt und wellig, aber so lieb gewonnen, dass sie nicht im Traum daran dachte, sie wegzulassen. Sie platzierte sie an gut sichtbare Stellen in den Baum, Claudias auf einen Zweig und ihren eigenen an der gegenüberliegenden Seite auf genau die gleiche Höhe – keinen Zweig höher, keinen darunter.

»Was sollen wir an die Baumspitze tun?«, wollte Sarah wissen und kramte in den Schachteln. »Ich habe nichts gefunden, was offensichtlich als Baumspitze gedient hat wie einen Stern, einen Engel oder so.«

»Wir haben die Spitze jahrelang kahl gelassen«, antwortete Sylvia.

»Warum? Hatte das irgendeine symbolische Bedeutung?«

Verlust, hätte Sylvia beinahe geantwortet. »Nein. Wir hatten früher immer einen rotgoldenen Glasstern, aber in einem Jahr ist er verschwunden, und wir haben ihn nie ersetzt.«

»Ich glaube, ich weiß warum«, sagte Matt und nickte grinsend in Richtung der Papierengel. »Du und deine Schwester, ihr habt euch darum gestritten, wessen Engel über dem der anderen stehen sollte. Keine von euch wollte nachgeben, deshalb habt ihr lieber gar nichts oben angebracht.«

»Du kennst uns aber gut«, antwortete Sylvia leichthin, obwohl ihr bis zu diesem Augenblick nie die Frage in den

Sinn gekommen war, warum keiner je den Vorschlag gemacht hatte, dass man ihre Engel an die Spitze setzen könnte. Vielleicht sollte die kahle Spitze das schlechte Gewissen des Übeltäters wecken als jährliche Erinnerung, dass der Verlust des Sterns nicht vergessen war. Wahrscheinlich hatte ihr Vater aber nichts vorschlagen wollen, was einen Streit zwischen den Schwestern hätte auslösen können.

Genau in diesem Augenblick hörte Sylvia ein Klopfen an der Hintertür, dann folgte eine kurze Pause, bevor diese geöffnet wurde. »Hallo?«, rief eine Stimme. »Ist jemand zu Hause? Streitet es nicht ab, wir haben nämlich den Truck in der Garage gesehen.«

Sylvia lächelte, als sie die Stimme erkannte. »Wir sind hier, Agnes.«

Schon im nächsten Moment erschien Agnes in der Tür, zierlich und weißhaarig, und ihre blauen Augen strahlten hinter rosa getönten Brillengläsern. Hinter ihr stand ihre älteste Tochter Cassandra, einen Kopf größer als ihre Mutter, aber mit den gleichen blauen Augen und rabenschwarzen Haaren, wie Agnes früher hatte, in denen sich jedoch bereits die ersten grauen Strähnen fanden. Beide hatten ihren Mantel abgelegt, und Cassandra trug eine weiße Konditoreischachtel.

»Frohe Weihnachten!«, sagte Agnes zur Begrüßung. Sie umarmte zuerst Sylvia, dann Sarah und Matt. »Was für ein schöner Baum!«

»Sarah und Matt haben ihn ausgewählt«, erklärte Sylvia.

»Klar. Sie sind diejenigen, die zuletzt geheiratet haben.« Agnes' Belustigung verwandelte sich in Erstaunen, als sie den Weihnachtsquilt auf dem Sofa hinter Sylvia entdeckte. »Du meine Güte! Du hast den Weihnachtsquilt herausgeholt. Endlich setzt du ihn zusammen.«

»Ja, nun – Sarah möchte es in Angriff nehmen«, sagte Sylvia.
Agnes ging schnell hinüber und nahm einen Abschnitt des Quilts in die Hand, jenen, den Sarah aus den Feathered Stars und den Stechpalmen zusammengesetzt hatte.
»Sie sind genauso schön, wie ich sie in Erinnerung habe. Die Applikationen deiner Mutter haben mich inspiriert, das weißt du. Ich habe ihre schöne Näharbeit nie vergessen. Als Joe mir den Heiratsantrag gemacht hat, war ich entschlossen, das Applizieren zu lernen, damit ich uns einen schönen Hochzeitsquilt machen konnte, ein richtiges Erbstück.«
»Das habe ich ja gar nicht gewusst«, warf Sylvia ein.
»Du solltest ihn dir mal anschauen«, meldete sich Cassandra zu Wort und lächelte ihre Mutter an. »Er ist exquisit. Mit all den schönen Rosenknospen.«
»Ich würde ihn nicht als exquisit bezeichnen«, wandte Agnes ein, aber alle wussten, dass sie hocherfreut war. »Nicht mit den vielen Fehlern. Ich war ja eine blutige Anfängerin und das Muster für mich zu kompliziert.«
»Mit irgendwas müssen wir alle mal anfangen«, entgegnete Sylvia.
»Da kann ich dir nur zustimmen.« Agnes strich liebevoll über die Stechpalmen und legte sie vorsichtig wieder aufs Sofa. »Ich bin so froh, dass jemand nach so vielen Jahren wieder an diesem Quilt arbeitet.«
»Ich war überrascht, dass Claudia ihn nicht weggeworfen hat, als ich fort war«, sagte Sylvia. »Für sie war er schon mit so vielen unerfreulichen Erinnerungen behaftet, noch bevor ich ihn zur Hand genommen habe, und ich bin sicher, dass meine Abreise die Sache nicht gerade besser gemacht hat. Ich denke, sie hat ihn nur allzu gern

weggeräumt, sodass sie ihn nie wieder zu Gesicht bekommen würde.«

Agnes warf ihr einen seltsamen Blick zu, und die rosafarbenen Brillengläser verliehen ihr ein rosiges, mädchenhaftes Aussehen. »Aber nein, das stimmt doch gar nicht. Claudia hat, solange ich hier gewohnt habe, in jeder Weihnachtszeit daran gearbeitet. Sie hat ihn am Nikolaustag herausgeholt und ihn nach Dreikönig mit den anderen Weihnachtssachen wieder weggeräumt. In den Jahren, als ich hier gelebt habe, hatte Claudia die feste Absicht, diesen Quilt fertigzustellen. Selbst als die Probleme mit Harold anfingen, lag es ihr am Herzen.«

»Aber ...« Sylvia schaute zum Sofa und zählte schnell die fünf Variable-Star-Blöcke ab. »Ich weiß, dass sie diese Variable Stars lange, bevor ich gegangen bin, fertig hatte.«

»Ich habe nicht gesagt, dass sie noch mehr Variable Stars gemacht hat«, sagte Agnes. »Hast du es wirklich nicht bemerkt? Wie viele Blockhausquadrate hast du genäht, Sylvia? Fünfzehn oder zwanzig?«

»Ja, so in etwa«, antwortete Sylvia.

»Aber es gibt viel mehr«, stellte Sarah fest. »Ich habe mindestens fünfzig gezählt.«

»Das kann nicht sein!«

Sylvia zählte nach und begutachtete dabei gleich die Qualität der Näharbeit. Jeder der zweiundfünfzig Blöcke war so feinsäuberlich und exakt genäht wie alle anderen Blöcke, die Sylvia je gemacht hatte. Sie konnte keinen Unterschied zwischen ihrer Arbeit und der ihrer Schwester erkennen. »Aber warum sollte sie mehr von dem Muster machen, das ich ausgesucht hatte, anstatt von ihrem?«

»Vielleicht hat sie begriffen, warum du diese Wahl getroffen hast«, warf Sarah ein. »Offenbar hat sie deinem Urteil mehr vertraut, als du dachtest. Vielleicht war das ihre Art, es dir zu sagen.«

Möglicherweise stimmte es ja. Konnte es sein, dass Claudia sie all die Weihnachtsfeste, die Sylvia allein und mit sehnsuchtsvollen Gedanken an Zuhause verbrachte, ebenfalls vermisst hatte?

Für Sylvia war das alles zu überwältigend. Sie setzte sich in ihren Lieblingssessel neben dem Fenster und starrte den Quilt an, der noch immer in Einzelteilen dalag, aber dank Sarahs liebevoller Arbeit langsam Gestalt annahm.

»Weil der Weihnachtsschmuck so lange weggeräumt war«, sagte sie leise, »habe ich befürchtet, dass Claudia nach meiner Abreise Weihnachten gar nicht mehr gefeiert hat.«

»Du hast den Alu-Baum vergessen«, stellte Sarah fest. »Erinnerst du dich? Vielleicht konnte sie allein kein traditionelles Bergstrom-Fest begehen, aber sie hat Weihnachten gefeiert.«

»Und dann war da natürlich der ... Ach, du meine Güte! Du bist nicht die einzige Vergessliche hier.« Agnes machte ihrer Tochter ein Zeichen, näher zu kommen. »Cassie, würdest du Sylvia bitte ihr Geschenk geben?«

Cassandra stellte Sylvia die weiße Konditoreischachtel auf den Schoß. »Du solltest sie gleich aufmachen«, sagte sie lächelnd. »Warte auf keinen Fall bis zum Weihnachtsmorgen.«

Sylvia nahm den Deckel ab, und an jedem anderen Tag wäre sie erstaunt gewesen, einen Strudel, genau wie die berühmten Bergstrom-Strudel von früher, zu sehen, nicht jedoch heute.

»Wo in aller Welt habt ihr den denn gekauft?«, rief sie aus. »Ich dachte, die deutsche Bäckerei in der College Avenue hätte schon vor Jahren zugemacht?«

»Sie hat ihn nicht gekauft«, erklärte Cassandra stolz. »Sie hat ihn selbst gemacht. Und was für eine Produktion das war!«
»Claudia hat es dir beigebracht«, stellte Sylvia verdutzt fest. »Sie hat die alten Traditionen bewahrt.«
»Diese leider nicht«, sagte Agnes. »Wir haben an Weihnachten nach deiner Abreise Strudel gemacht, aber ohne dich, ohne Richard und James war es ein so trostloses und ödes Fest, dass wir ihn nicht einmal essen konnten. Wir haben zwei Strudel gebacken und beide verschenkt. Soweit ich weiß, war dies das letzte Mal, dass jemand in der Bergstrom-Küche Strudel gemacht hat.«
»Und du hast dich nach all den Jahren an das Rezept erinnert?«
Als Agnes den Kopf schüttelte, sagte Sylvia: »Dann hat Claudia es dir aufgeschrieben.«
»Nein, in Wahrheit bin ich viele Jahre, nachdem ich wieder geheiratet hatte, vorbeigekommen und habe Claudia darum gebeten, aber sie sagte, es sei nie aufgeschrieben worden und sie habe es vergessen. Dann, zehn Jahre später, hat sie mir eine Weihnachtskarte geschickt und das Rezept beigelegt. Sie hat sich daran erinnert, dass ich sie darum gebeten habe, deshalb hat sie es sich von einer entfernten Verwandten, die irgendwo im Westen wohnt, besorgt. Von einer Cousine zweiten Grades, glaube ich.«
Sylvia stockte der Atem. »Erinnerst du dich an ihren Namen? Wann hat sie Claudia geschrieben?«
Agnes schüttelte den Kopf. »Nein, leider, daran kann ich mich nicht mehr erinnern.«
Sylvias Mut sank. Es wäre, wie sie wusste, einfach zu schön gewesen.
»Aber ich habe den Brief zu Hause.«

In den zwanzig Minuten, die Cassandra brauchte, um zum Haus ihrer Mutter zu fahren und den Brief zu holen, schossen Sylvia alle möglichen Gedanken durch den Kopf. Die einzige Verwandte, die »irgendwo im Westen« wohnte, war Elizabeth, und obwohl Sylvia sie immer als ihre Cousine bezeichnet hatte, war sie als die Tochter von Sylvias Großonkel George genau genommen ihre Cousine zweiten Grades.
»Ach, was kann Cassandra nur so lange aufhalten?«, rief Sylvia aus, die im Wohnzimmer auf und ab tigerte.
»Sie braucht zehn Minuten hin und wieder zehn Minuten zurück«, versuchte Agnes, sie zu beruhigen. »Sie ist bald wieder da.«
»Was ist, wenn sie ihn nicht findet?«
Agnes versicherte ihr, dass das unwahrscheinlich war. »Bring einfach das ganze Kästchen«, hatte sie ihrer Tochter gesagt und sich dabei auf ein kleines Zedernholzkästchen bezogen, in dem sie ein paar Dinge von Richard aufbewahrte. Sie hatte beschrieben, wo es zu finden war, nämlich in einer größeren Truhe hinten in Agnes' Kleiderschrank. Eigentlich musste es leicht zu finden sein.
Nach für Sylvia endlos langem Warten kam Cassandra mit dem kleinen Holzkästchen in den Händen zurück. »Ich wäre schneller wieder da gewesen«, sagte sie atemlos, als sie ihrer Mutter das Kästchen gab und sich dann Mantel und Handschuhe auszog, »aber ich hatte in eurem Wald Schwierigkeiten, nicht von der Straße zu rutschen.«
»Wir müssen mit dieser Straße etwas unternehmen«, erklärte Sylvia. »Und, Agnes? Ist er da?«
»Noch heute Morgen war er da, als ich das Rezept herausgeholt habe«, antwortete sie leicht amüsiert. »Würdest du

dich bitte hinsetzen? Der ganze Weihnachtsschmuck scheppert, so wie du hin und her rennst.«
Sylvia ließ sich in ihren Lieblingssessel sinken und rang nervös die Hände, während Agnes in dem Sessel neben ihr Platz nahm. Sylvia hielt den Atem an, als Agnes den Deckel anhob und ein zusammengefaltetes vergilbtes, unliniertes Blatt herauszog. Liebevoll lächelnd reichte sie es ihrer Schwägerin.
Sylvia setzte sich die Brille auf, faltete das Blatt auseinander und las:

6. Dezember 1964

Liebe Claudia,
wie schön, nach all den vielen Jahren wieder etwas von dir zu hören! Dein Brief ist wirklich das schönste Weihnachtsgeschenk, das ich dieses Jahr erhalten werde. Ich entschuldige mich, dass ich dir so lange nicht geschrieben habe. Ich denke, ich habe es mir abgewöhnt. (Ist es nicht schrecklich, so etwas über den Kontakt zur eigenen Familie zu sagen? Das sollte eine Gewohnheit sein wie der tägliche Sport und die Einnahme der Vitamine.)
Jedenfalls verspreche ich, dir bald einen ausführlichen Brief zu schreiben und dir eingehender von mir und der Familie zu berichten. So viel schon jetzt: Uns geht es hier im sonnigen Südkalifornien gut. Inzwischen leben hier mehr Leute als früher, aber das Wetter ist schön, und uns gefällt es. Ich werde dich auf meine Briefliste für Weihnachten setzen, also schau in ein oder zwei Wochen in deinen Briefkasten, dann wirst du vielleicht mehr Nachrichten von uns bekommen, als du ertragen kannst.
Wenn wir schon bei diesem Thema sind: Würde es dir etwas ausmachen, mir von dir und dem Rest der Familie

in Elm Creek Manor zu berichten? Wie geht es dir? Wie geht es Harold? Und wie geht es meiner lieben kleinen Sylvia und Baby Richard? Sie werden wohl nicht mehr so klein sein. Bitte sag Sylvia, dass sie mir schreiben soll und dass es ihrer alten Cousine leid tut, dass sie sich so lange nicht gemeldet hat. Es würde mir ganz recht geschehen, wenn sie mich inzwischen völlig vergessen hätte.
Nun, zum Anlass dieses Briefs: Ich mache den berühmten Bergstrom-Strudel jedes Jahr an Weihnachten und werde von allen, die das Privileg haben, ihn kosten zu dürfen, dafür gelobt. Ich backe ihn noch ganz nach der alten Methode, messe mit der Hand und dem Auge ab, anstatt mit Tassen und Teelöffeln. Aber weil du meine süße kleine Cousine bist (und weil mich vielleicht mein schlechtes Gewissen plagt, dass ich euch so lange vernachlässigt habe), habe ich heute Morgen einen Strudel gemacht, die Zutaten zuerst nach der alten Methode abgemessen und dann alles in Messbecher gefüllt, damit ich dir die genauen Angaben liefern kann, um die du gebeten hast. Du findest das Rezept auf der Rückseite. Falls meine Angaben hier und da etwas ungenau sind, musst du das entschuldigen.
Wahrscheinlich spielt es keine Rolle. Sobald du erst einmal angefangen hast, wieder Strudel zu machen, fällt dir bestimmt alles wieder ein.
Schon jetzt wünsche ich dir und der Familie frohe Weihnachten. Bitte schicke mir das nächste Mal einen Brief mit allen Neuigkeiten von daheim. Ich weiß, dass du das schaffst! Und bitte, schreib bald! Ich vermisse euch das ganze Jahr über, aber an Weihnachten ganz besonders.

Viele liebe Grüße von deiner Cousine
Elizabeth

Sylvia drehte das Blatt um und fand, wie versprochen, das Rezept in Elizabeths ordentlicher Handschrift auf die Rückseite geschrieben.
Noch einmal las sie das Datum. Elizabeth lebte 1964 also noch immer in Südkalifornien und hatte Familie – wie der Brief Sylvia bestätigte. Elizabeth müsste jetzt, wenn sie noch am Leben war, dreiundneunzig sein, aber falls nicht, so lebten wahrscheinlich ihre Nachkommen – egal, zu welchen Ergebnissen der Privatdetektiv gelangt war.
»Hast du eine Adresse?«, fragte sie Agnes mit vor Rührung erstickter Stimme.
»Tut mir leid.« Agnes schüttelte mitfühlend den Kopf. »Claudia hat mir nur dieses Blatt geschickt. Ich weiß nicht, was mit dem Umschlag passiert ist.«
»Verstehe.« Immerhin hatte sie eine Fährte, und vielleicht befand sich der Weihnachtsbrief, den Elizabeth Claudia versprochen hatte, ja noch irgendwo im Haus. Sylvia hatte Claudias Papiere nicht alle durchgesehen. Es waren einfach zu viele gewesen. Sie hatte also allen Grund zu der Hoffnung, dass sich darunter die Adresse finden ließe.
»Mom, warum zeigst du ihr nicht den Rest?«, fragte Cassandra. »Die Briefe und das alles?«
Agnes errötete. »Ach, nicht die Briefe. Nicht einmal nach so langer Zeit. Verzeih mir, Sylvia, aber Richard war ein Romantiker, und ich würde es nicht ertragen, wenn irgendjemand sie zu Gesicht bekäme. Ich weiß nicht einmal, ob Joe wusste, dass ich dieses Kästchen vor ihm versteckt hielt. Er war nicht besonders eifersüchtig, aber trotzdem ...«
»Ich möchte meine Nase nicht in die Romanze zwischen dir und meinem kleinen Bruder stecken«, sagte Sylvia amüsiert. Sie versuchte, einen Blick in das Kästchen zu werfen, doch der Deckel verstellte ihr die Sicht. »Wenn du

aber etwas weniger Privates in diesem Kästchen hast, wäre ich dir dankbar, wenn du es mir zeigen würdest.«
»Klar.« Agnes wirkte richtig erleichtert. »Ein paar der Sachen hast du schon früher gesehen, aber es ist so lange her.«
Sie gab ihr einen Stapel Fotos: Richard und Andrew in der Schule, Richard und Agnes auf den Eingangsstufen der Independence Hall, die drei Freunde, wie sie an einem sonnigen Tag am Fluss Delaware stehen und in die Kamera lachen, die Skyline von Philadephia im Hintergrund. Es gab weitere Schnappschüsse von Richard allein, darunter eine Porträtaufnahme in Uniform und ein weiterer Schnappschuss, der während des Krieges gemacht wurde. Lange betrachtete Sylvia ein Foto von Richard und James im Kampfdrillich, grinsend die Arme um die Schultern des anderen geschlungen.
»Das kannst du behalten«, sagte Agnes.
Sylvia dankte ihr leise.
»Ich denke, auch den solltest du behalten«, erklärte Agnes und nahm aus dem Kästchen einen rotgoldenen Glasstern, dessen acht Zacken den Feathered-Star-Blöcke ähnelten, die Großtante Lucinda vor so langer Zeit genäht hatte. Er unterschied sich nur durch einen kleinen Splitter in einer der goldenen Spitzen und einem haarfeinen Riss, wo eine rote Zacke abgebrochen und wieder angeklebt worden war, davon, wie Sylvia ihn in Erinnerung hatte.
Sylvia starrte ihn an, und der Schock verschlug ihr die Sprache. »Wo um alles in der Welt hast du *den* her?«, brachte sie schließlich heraus.
»Richard hatte ihn.« Agnes drehte den Stern in den Händen, schüttelte verwirrt den Kopf und reichte ihn Sylvia. »Ich bin mir nicht ganz sicher, welche Geschichte

dahintersteckt. Es war im Dezember unmittelbar vor den Weihnachtsferien, als ich ihn zum ersten Mal gesehen habe. Wir waren eines Tages alle zusammen, als Andrew ihn plötzlich aus seiner Manteltasche zog, genau so repariert, wie du ihn jetzt siehst, ihn Richard gab und sagte: ›Frohe Weihnachten. Ich denke, du wirst dieses Jahr den Preis bekommen.‹ Richard lachte, als wäre das der beste Witz, den er je gehört hatte, und sagte: ›Ich wusste doch gleich, dass du es warst! Ich habe es von Anfang an gewusst. Mit dir werde ich nie wieder pokern!‹ Und dann schüttelten sich die beiden vor Lachen, und Richard sagte: ›Ich kann es kaum erwarten, ihre Gesichter zu sehen, wenn sie am Weihnachtsmorgen aufwachen und ihn oben am Baum entdecken.‹ Aber er muss es in der ganzen Aufregung vergessen haben, weil er ihn doch nicht an den Baum angebracht hat.«

»Was für eine Aufregung?«, fragte Sylvia.

Agnes schaute verlegen zu Sylvia hinüber. »Na, gewissermaßen habe ich mich selbst eingeladen, als Richard von der Schule in die Weihnachtsferien nach Hause gefahren ist. Ich habe ihn mit meinem Koffer in der Hand am Bahnhof getroffen und ihn gefragt, ob ich mit ihm kommen kann. Ohne auch nur einen Augenblick zu zögern, hat er ja gesagt, obwohl ich mir sicher bin, dass er wusste, dass meine Eltern nicht über meine Pläne Bescheid wussten.«

»Das habe ich gleich vermutet«, erklärte Sylvia. »Ich wusste, dass es einen wirklich triftigen Grund geben musste, dass Richard uns nicht gewarnt hatte, dass du mitkommen würdest.«

»Gewarnt?«, wiederholte Cassandra.

»Informiert«, korrigierte sich Sylvia hastig.

»Der Stern befand sich unter Richards Schulsachen«, fuhr

Agnes fort. »Er hat so schnell gepackt, nachdem er sich freiwillig beim Militär gemeldet hat, dass ich mir nie die Zeit genommen habe, richtig Ordnung in seiner Truhe zu machen. Nach seinem Tod – nun, da war es einfach zu schmerzhaft. Ich habe die Truhe aufgemacht, um dieses Kästchen, seine Uniform und ein paar andere Sachen hineinzutun, aber ich konnte mich nicht durchringen, alles zu sortieren. Als ich Joe geheiratet habe, habe ich die Truhe mitgenommen. Nach ein paar Jahren wollte ich mir diese alten Fotos wieder anschauen, und da ist mir der Stern in die Hände gefallen.«

»Aber warum hast du uns nicht gesagt, dass du ihn gefunden hast?«, fragte Sylvia.

Agnes zuckte die Schultern. »Ich hab ja gar nicht gewusst, dass er vermisst wurde.«

»Er wird nicht mehr vermisst«, entgegnete Sarah. »Sylvia, warum übernimmst du die ehrenvolle Aufgabe nicht selbst?«

Sylvia, die den Stern zärtlich in der Hand hielt, stand auf, ging zum Christbaum, griff zum höchsten Zweig hinauf und befestigte den rotgoldenen Glasstern vorsichtig an dem abgesägten Baumstamm. Er fing das Sonnenlicht ein, das durch die Westfenster hereinfiel, und warf tanzende rote und goldene Reflexionen auf die Wände, die Decke und den Boden, so wie er es an jenem längst vergangenen Weihnachtsfest getan hatte, als Elizabeth den Stern unter ihrem Kopfkissen versteckt und ihr Vater sie mit seinen starken Armen hochgehoben hatte, damit sie ihn an dem Baum anbrachte, den Onkel William und Tante Nellie ausgewählt hatten. Aus der Ferne waren die reparierte Stelle und die angeschlagene Ecke kaum mehr zu sehen.

Sie würde nicht so weit gehen und all die außergewöhnlichen Vorkommnisse dieses Tages als Weihnachtswunder bezeichnen. Ein Wunder, dachte sie, war schon ein wenig höher anzusiedeln. Aber als Ganzes betrachtet – die Sache mit dem Baum, von Elizabeth zu hören, und sei es nur in einem alten Brief – nun, sie wäre ein Schwachkopf, würde sie die Zeichen nicht erkennen. Sie brauchte keinen brennenden Dornbusch, nicht den Geist von Jacob Marley, der in den Hallen mit den Ketten rasselt, um zu wissen, wann es galt, auf der Hut zu sein.

Nun, Claudia, dachte sie lächelnd. *Ich habe kapiert.*

Sylvia war verziehen worden. Das wusste sie jetzt. Trotz ihrer Differenzen, trotz Sylvias Fehler liebte ihre Schwester sie und hatte sie immer geliebt. Aber die Erkenntnis war nicht ungetrübt, weil Claudia nicht da war, um das Wunder dieses Heiligabends zu erleben, das Weihnachtsfest, an dem endlich die Freude und Hoffnung in Elm Creek Manor wieder Einzug hielt.

Aber sie konnte das Leben einer Freundin zum Positiven verändern.

Sylvia wandte sich an Sarah. »Ich habe versucht, dich zur Vernunft zu bringen. Ich habe Andeutungen und Vorschläge gemacht, sogar zu einer List gegriffen, aber nichts hat funktioniert. Trotzdem musst du es tun, ich akzeptiere kein Nein als Antwort.«

Sarah starrte sie an. »Als Antwort worauf?«

»Auf den Vorschlag, deine Mutter über Weihnachten zu besuchen.«

Sarah verdrehte die Augen. »Das hatten wir doch durch. Ich dachte, du hättest begriffen ...«

»Ich habe durchaus begriffen. Ich begreife, dass du und deine Mutter Frieden schließen müsst, damit es euch nicht wie mir ergeht, weil mir zu spät klar geworden ist, wo ich Fehler begangen und mich mit Erinnerungen aus-

gesöhnt habe anstatt mit den Menschen aus Fleisch und Blut.« Sie tippte Sarah gegen die Brust, und die junge Frau war zu erschreckt, um zurückzutreten und ihr auszuweichen. »Du, junge Dame, wirst nicht den gleichen Fehler machen. Dafür werde ich sorgen.«
Misstrauisch fragte Sarah: »Was genau hast du vor?«
»Ich werfe dich hinaus.«
»Was?«
»Nur über die Feiertage. Nach Weihnachten bist du jederzeit wieder willkommen.«
Sarah schüttelte den Kopf. »Das ist verrückt.«
»Der ganze Tag war verrückt. Ich denke, das ist irgendwie ansteckend.« Sylvia hob die Hände, um erst gar keine Diskussion aufkommen zu lassen. »Nun, da ich mich entschlossen habe, brauchen wir nicht herumzustreiten. Ich kann dich nicht zwingen, zu deiner Mutter zu fahren. Ich denke, du könntest draußen im Auto schlafen oder dir irgendwo ein Hotelzimmer nehmen, aber ich kann nur hoffen, dass du nicht so stur bist.«
»Sylvia ...« Sarah musterte sie und schüttelte ungläubig den Kopf. »Warum ist das für dich denn so wichtig?«
Sylvia packte sie sanft an den Schultern. »Weil du für mich wichtig bist. Ich möchte nicht, dass du eines Tages auf dein Leben zurückblickst und dich fragst, ob du alles in deiner Macht Stehende getan hast, um deine Zeit auf dieser Welt bestmöglich zu nutzen. Wir alle sind dafür verantwortlich, den weihnachtlichen Frieden auf diese Erde zu bringen, Sarah. Angefangen bei unserer eigenen Familie.«
»Ich kann mit meiner Mutter nicht Frieden schließen, wenn sie mir nicht auf halbem Weg entgegenkommt«, erwiderte Sarah, aber dann zögerte sie. »Wenn dir das so viel bedeutet, dann werde ich es versuchen. Ich fahre zu

ihr. Aber ich kann dir nicht versprechen, dass sie uns mit offenen Armen empfangen wird.«
»Ich verlange nicht mehr, als dass du sie mit offenem Herzen begrüßt.«
»Und was ist mir dir?«, fragte Sarah. »Du kannst Weihnachten doch nicht hier allein verbringen.«
Sylvia zuckte die Schultern. »Wir feiern doch heute Abend. Du und Matthew, ihr könnt morgen früh zu deiner Mutter fahren.«
»Das klingt für mich akzeptabel«, meldete sich Matt zu Wort.
Sarah war noch nicht zufrieden. »Dann bist du an den Feiertagen trotzdem allein.«
»Sylvia kann ja zu mir kommen«, sagte Agnes. »Zu mir und den Mädchen und den Enkeln. Wir haben immer noch Platz für einen Gast.«
»Nein, habt ihr nicht«, entgegnete Sylvia, die sich an ihr Telefongespräch vom Vormittag erinnerte. »Deshalb solltest du Weihnachten mit deiner Familie bei mir verbringen.
»Hier, in Elm Creek Manor?«, fragte Agnes mit strahlendem Lächeln.
»Wir könnten in der Scheune feiern, wenn dir das lieber ist, aber im Haus wäre es wärmer.« Sylvia schmunzelte. »Warum nicht hier? Wir haben einen Baum, alles, was wir für das Weihnachtsessen brauchen, und jede Menge Platz, sodass die Kinder herumtoben können.«
Agnes warf ihrer Tochter einen fragenden Blick zu, und Cassandra antwortete: »Mir ist das recht, Mom, und ich weiß, dass auch Louisa einverstanden ist. Sie hat sich schon Sorgen gemacht, dass die Kinder dein Haus verwüsten, deshalb wird ihr bestimmt ein Stein vom Herzen fallen.«

»Die Kinder können mein Haus gern verwüsten«, erklärte Sylvia.
Agnes strahlte, und einen Augenblick erkannte Sylvia in ihrem faltigen Gesicht das Mädchen wieder, das ihr Bruder einst geliebt hatte. »Ich diesem Fall nehmen wir deine Einladung gerne an.«

Am Weihnachtsmorgen standen Sylvia, Sarah und Matt früh auf, um in die Kirche zu gehen, sie kehrten zum Frühstück zurück und aßen den Apfelstrudel von Agnes. Der berühmte Bergstrom-Strudel war so köstlich, wie Sylvia ihn in Erinnerung hatte. Die mit Zimt gewürzten Äpfel und der hauchfeine Teig versetzten Sylvia augenblicklich in jene Weihnachtsmorgen ihrer Kindheit zurück, als sich die Menschen, die sie liebte, um den Tisch versammelten und über vergangene Weihnachtsfeste und nicht anwesende Familienangehörige sprachen. Gerda Bergstrom hätte den Strudel nicht besser hinbekommen.
Sie überreichten sich die Geschenke, und nachdem Sylvia ihnen versichert hatte, dass alles bestens sei, luden Sarah und Matt ihre Koffer in den roten Pick-up und fuhren in Richtung Uniontown los, um ein paar Tage bei Sarahs Mutter zu verbringen. Sarah rief noch am selben Nachmittag an und erzählte Sylvia, dass sich ihre Mutter über den Quilt mit den Hunter's Stars sehr gefreut habe. Carol hatte Sarah und Matt Jeans, identische blau-weiß gestreifte Pullover und Strickmützen der Penn State Universität geschenkt. »Kannst du dir das vorstellen?«, fragte Sarah mit leiser Stimme, damit keiner es mitbekam. »Passende Kleider, als waren wir fünf Jahre alte Zwillinge oder so.« Aber sie klang erfreut.
Schon bald, nachdem Sarah und Matt abgefahren waren,

tauchte Agnes mit ihrer Sippschaft auf, und die Kinder erfüllten das Haus sogleich mit so viel Lärm und Gelächter, dass man hätte meinen können, es seien doppelt so viele. Der Weihnachtsmann hatte offenbar am Heiligabend eine Einkaufstour unternommen – wohl eher in einem roten Pick-up als auf einem Schlitten –, denn unter dem Baum lag für jedes Kind ein Spielzeug. Nach gründlichem Nachdenken entschied sich Sylvia dagegen, die Tradition, den rotgoldenen Glasstern zu verstecken, wieder aufleben zu lassen.

Es war ein wunderschöner, gesegneter Tag.

Als ihre Gäste abfuhren, räumte Sylvia in der Küche auf und machte es sich dann zufrieden mit einer Tasse Tee im Wohnzimmer bequem. Sie setzte sich die Brille auf und las Elizabeths Brief noch einmal durch, seufzte, faltete ihn zusammen und legte ihn zur Seite, sodass sie ihn jederzeit wiederfinden würde. Irgendwo in Kalifornien waren Elizabeths Kinder und Enkel vielleicht gerade um ihren Christbaum versammelt und dachten so liebevoll an Elizabeth, wie sie es tat. Oder vielleicht weilte Elizabeth ja unter ihnen, betrachtete ihre Familie von einem Lieblingsplatz neben dem Kamin, den Quilt mit den Chimneys und Cornerstones über die Beine gelegt. Wo immer sie war, sie war auch bei Sylvia in Elm Creek Manor, denn wie der Weihnachtsquilt Sylvia an diesem Tag klar gemacht hatte, lebten jene, die sie liebte, in ihrer Näharbeit und in den Herzen derjenigen, die an sie dachten, fort.

Morgen, beschloss Sylvia, würde sie Popcorn und Preiselbeeren zu Girlanden auffädeln und einen Baum beim Bach damit schmücken. Die wilden Tiere von Elm Creek Manor hatten schon viel zu lange kein eigenes Weihnachtsmahl gehabt. Sie würde Claudias Papiere

durchsehen und nach dem Brief suchen, den Elizabeth ihr versprochen hatte, und vielleicht eine Adresse finden, eine verheißungsvolle Spur zu den Nachkommen, die sie möglicherweise hatte.
Aber das war morgen. Heute Abend, in den letzten Stunden des Weihnachtsfeiertags, hatte Sylvia vor, an dem Weihnachtsquilt zu arbeiten und eine Aufgabe zu Ende zu bringen, die viel zu lange liegen geblieben war. In ihrem mit so vielen Erinnerungen angefüllten Haus spürte sie die Anwesenheit all jener, die sie liebte, ihren Segen und ihr Wohlwollen. Jetzt endlich verstand sie die wahre Bedeutung des Weihnachtsquilts, nämlich dass eine Familie ein Schöpfungsakt war, das Zusammenfügen unterschiedlicher Teile zu einem Ganzen – häufig harmonisch, gelegentlich nicht ohne Reibungen und Misstöne, aber hin und wieder unerwartet schön und stark. Ohne Kontrast entstand kein Muster, genau wie Großtante Lucinda ihr vor so langer Zeit erklärt hatte, und jedes Teil, ob aus feinster Seide oder verblasster Baumwolle, würde Bestand haben, wenn es durch stabile Nähte mit den anderen verbunden war – Bande der Liebe und Loyalität, von Tradition und Glauben.

Originaltitel: *The Christmas Quilt*
Originalverlag: Simon & Schuster, Inc.

Besuchen Sie uns im Internet:
www.weltbild.de

Weltbild Buchverlag – Originalausgaben –

4. Auflage 2007

Projektleitung und Redaktion: Dr. Ulrike Strerath-Bolz
Umschlag: X-Design, München
Umschlagabbildung: © Honi Werner
Satz: avak Publikationsdesign, München
Druck und Bindung: GGP Media GmbH, Pößneck

Gedruckt auf chlorfrei gebleichtem Papier

Printed in Germany

ISBN 978-3-89897-560-5